MARC HOFMANN

ROMAN

TROPEN

Tropen
www.tropen.de
© 2015 by J. G. Cotta'sche Buchhandlung
Nachfolger GmbH, gegr. 1659, Stuttgart
Alle Rechte vorbehalten
Printed in Germany
Umschlaggestaltung und Motiv:
Hauptmann + Kompanie Werbeagentur, Zürich
Gesetzt in den Tropen Studios, Leipzig
Gedruckt und gebunden von CPI – Clausen & Bosse, Leck
ISBN 978-3-608-50149-0

Für Irene. Danke.

# Die Zukunft ist auch nicht mehr das, was sie mal war

Im Zimmer meiner achten Klasse herrschen vierzig Grad. Alle Fenster sind geschlossen und das offenbar schon seit mehreren Tagen. Ich bin auf Höhe des Pultes angekommen, als eine Art Unterdruck meinen Brustkorb zusammenpresst. Der Sauerstoffgehalt liegt deutlich unter dem zulässigen Grenzwert. Um mich herum wabert ein ungutes Gemisch aus billigem Deo, Hormonschweiß und Grippebazillen. Es gibt nicht viele Lebensformen, die in einer Umgebung wie dieser länger als zwei Minuten überleben können. Das eine sind Grottenolme, das andere Pubertierende. Ich wanke zum Fenster und reiße es auf. Ich weiß gar nicht, ob das arbeitsrechtlich überhaupt erlaubt ist, sich derart toxischen Bedingungen auszusetzen.

»He, du Knecht, betatsch mich nicht!«

Gierig sauge ich Frischluft in meine Lungen.

»Herr Millford, der Jan, der Napf, malt dauernd Penisse auf mein Heft.«

Mach etwas Vernünftiges, habe ich mir damals überlegt, studiere auf gymnasiales Lehramt, das ist ein sinnvoller Beruf, da kann man noch etwas bewegen. Das sind Kinder, die wollen lernen, die sind neugierig, haben Fragen an sich und die Welt, die ich ihnen kompetent beantworten kann.

»He, Yalcin, du Lappen, was heißt Döner-Zombie auf Türkisch?«

»Das wird kalt, wollen Sie mal das Fenster zumachen?«, quengelt eine Schülerin. Ich lüfte noch keine zwanzig Sekunden.

»Buch raus, Seite achtzig. Lies du gleich mal vor«, sage ich zu ihr, bevor ich etwas tue, was mich zu einem Fall für die Staatsanwaltschaft macht.

# Stephen King im Lehrerzimmer

Das Gewicht meiner Umhängetasche zieht mir die Schulter nach unten. Vor dem Lehrerzimmer hat sich ein unüberwindlicher Knoten aus mehr als fünfzehn Schülern gebildet. Eine junge Kollegin steht mit wirrem Gesichtsausdruck in der Tür und wird mit einem Potpourri von Fragen bombardiert.

»Ist Frau Schmelzer-Schmelzer da?«

»Wollen Sie das Herrn Heizmann ins Fach legen?«

»Schreiben wir jetzt diesen unangekündigten Test bei Herrn Schröder?«

Es gibt kein Durchkommen. Zum Glück läuft Sport-Gerber vor mir. Der versucht, das Problem mit der nötigen Sportlehreraggression zu lösen.

»So, ihr Moschtköpf. Jetzet lasset uns emol *bitte* durch«, ruft er in breitestem Schwäbisch.

Keiner rührt sich. Sport-Gerber, der mit einem unmittelbaren Reiz-Reaktions-Effekt gerechnet hat, läuft frontal in die hinterste Schülerreihe.

»Jetzt hauet emol ab! Mir Lehrer henn jetzt au Pause!«, schreit er und schiebt beidhändig die zähe Schülermasse zur Seite, wodurch sich ein schmaler Gang öffnet. Ich stelle mir ein englisches Internat vor, an dem die Schüler dem Lehrer die Tür aufhalten und *Good Morning, Sir* sagen, und schlüpfe schnell durch die Gasse, bevor sie sich wieder schließt.

Ich schleppe mich zu meinem Platz, wo schon mein Nebensitzer Heizmann mit einem Kaffee in der Hand vor einer Gruppe Referendare und Praktikanten steht und wie jedes Jahr um diese Zeit darüber doziert, dass die Fastnacht im südbadischen Raum von den Nazis wiederbelebt wurde und seither in ihrer ganzen Unsäglichkeit floriert.

Heizmann ist so eitel, ich nenne ihn insgeheim GröFaZ, größter Fatzke aller Zeiten. Unterrichtet Latein und Geschichte und hält alle anderen Fächer für unnötigen Ballast, der vom Wesentlichen ablenkt.

Die Referendare, die um ihn herumstehen, sind natürlich die ärmsten Schweine an der Schule. Erst kürzt man ihnen das Referendariat um ein halbes Jahr, nachdem man ihnen schon an der Uni nicht beigebracht hat, wie man in diesem Job überlebt, und jetzt müssen sie auch noch Heizmanns Sermon anhören und so tun, als interessiere sie das. Aber sie dürfen sich keine Blöße geben, sie müssen allzeit hellwach sein und jeden Scheiß mitmachen.

*Wir bräuchten noch Helfer für den Tag der offenen Tür, vor allem beim Aufbau, während der Veranstaltung und beim Abbau.* Oder: *Beim Oberstufenball fehlen für die Schicht von 23:30 bis 1:00 noch Aufsichtspersonen, könnten Sie nicht…?*

Sie dürfen niemals *Nein* sagen, denn am Ende lauert das Schulleitergutachten, in dem sie, wenn sie immer schön *Ja* zu allem gesagt haben, am Ende vielleicht eine Zwei erhalten. Warum, werden sie natürlich niemals erfahren.

»Du, sag mal«, unterbreche ich Heizmann, »das ist ja total interessant. Wie war das eigentlich noch mal genau mit den Nazis und der Fastnacht?«

Heizmann glotzt mich an. Die Referendare wissen nicht, ob sie über meinen Witz lachen dürfen oder nicht. Sie wissen nicht, dass ich in der kollegiumsinternen Hierarchie keine Rolle spiele. Heizmann schon eher, der ist im Personalrat der Schule und außerdem im Kreisvorstand des Philologenverbands, daher tun sie gut daran, nicht zu lachen.

Ich schmeiße meine Tasche auf den Boden, mache ein paar Schulterdehnübungen und gehe Richtung Kaffeemaschine.

»Harry«, ruft eine Frau mit schriller Stimme hinter mir. Ich brauche mich nicht einmal umzudrehen, um zu wissen, dass es Kollegin Schmelzer-Schmelzer ist, die in meiner Klasse Latein und Religion unterrichtet.

»Harry!«

Sie baut sich vor mir auf, die Hände in die Seiten gestemmt.

»Also, deine Klasse war also heute wieder ... Also, das gibt es doch gar nicht ... Unmöglich, echt! Dieser Poneder und dieser Julius, also, was diese beiden, so etwas Unverschämtes ... Sagt der doch zu mir, also nein, das will ich gar nicht ... Das ist mir ja noch nie untergekommen!«

Was will sie mir sagen? Dass das Verhalten dieser pubertierenden Gehirnnotstandsopfer irgendwie meine Schuld ist? Oder ich auch nur den geringsten Einfluss darauf haben könnte? Außerdem, was heißt hier *meine Klasse*? Ich habe mich nicht darum gerissen, bei diesen Spinnern Klassenlehrer zu werden. Ich sehe, dass die Schlange vor dem Kaffeeautomaten immer länger wird.

»Ich rede mit ihnen, okay? Aber jetzt muss ich weiter.«

»Ich bitte darum«, ruft sie mir nach.

Es würde natürlich helfen, wenn sie zum Beispiel weniger Flecken und Krümel auf ihren Fleece-Oberteilen hätte und eventuell auch, wenn sie ein wenig an ihrer Syntax arbeiten würde. Es könnte sicher auch nicht schaden, etwas weniger weltfremd zu sein und sich zum Beispiel mal den Unterschied zwischen E-Mail, Facebook und YouTube erklären zu lassen, und vor allem würde ich ihr raten, dass sie irgendwann einfach akzeptieren sollte, dass sie mit Latein und Religion nur verlieren *kann*. Aber erstens bin ich nicht weisungsbefugt, und zweitens habe ich gerade Wichtigeres zu tun.

Als ich bei der Kaffeemaschine ankomme, stehen schon fünf Leute vor mir. Eine einzige Gesprächskarawane. Zwei Religionskollegen sprechen über Erlösung und halten den ganzen Laden auf, weil der eine nicht merkt, dass sein Kaffee schon lange fertig ist. Er fuchtelt mit den Händen. So sehr ich sie thematisch verstehen kann, Zeit ist jetzt keine für so ein Gepenne.

»Ihr wisst schon, dass Trägheit auch eine Todsünde ist«, rufe ich nach vorne.

Sie machen entschuldigende Gesten und räumen das Feld.

»Guten Tag! Herr Milford, richtig?«

Ich zucke zusammen. So schneidig wird man in diesem Laden normalerweise nicht angesprochen. Vor mir steht eine Frau, die viel zu jung und klein ist, um sich hier im Lehrerzimmer aufhalten zu dürfen.

»Geh du mal nach draußen, was fällt dir eigentlich ...?«

»Mein Name ist Mareike Selig. Ich bin Referendarin und habe die Fächer Deutsch und Englisch.«

Sie streckt mir ihre Hand entgegen und strahlt mich an. Ich schrecke ein wenig zurück vor so viel Enthusiasmus. Sie macht eine kurze Pause.

»Genau wie Sie!«

»Ja, herzliches Beileid auch.«
»Ja, gell?«
Sie kichert richtiggehend. Was ist mit der los? Ist die nicht ganz richtig im Kopf? Außerdem ist die doch viel zu klein für diesen Beruf. Die ist doch höchstens eins sechzig. Aber vielleicht wächst sie ja noch, wer weiß. So jung, wie sie aussieht. 23, älter bestimmt nicht. Mit siebzehn Abitur gemacht und dann gleich zügig durchstudiert, damit bloß keine Lücke im Lebenslauf entsteht. Und jetzt will sie Jugendlichen etwas über die Welt erzählen. Und kann 45 Jahre arbeiten bis zur Pensionierung. Glückwunsch auch.

»Na ja, jedenfalls«, fährt sie ungerührt fort, »sind Sie ja offenbar mein Mentor und ...«

Was?, denke ich, während sie weiterplappert. Mentor? Ich? Das kann ja wohl nur ein Missverständnis sein.

»Wer sagt das?«, unterbreche ich sie unwirsch.

»Na, Frau Gallwitzer-Merkensorg.« Sie stutzt. »Ja wissen Sie das denn gar nicht?«

Die Gallwitzer-Merkensorg, diese Natter! Sie ist die stellvertretende Schulleiterin. Ich mache, wenn möglich, einen weiten Bogen um sie. Und nicht nur ich. Selbst Heller, der Schulleiter, wird unruhig, wenn sie in seine Nähe kommt. Sie ist einfach zu verkrampft. Verbissen. Fanatisch geradezu. Aber heute muss es nolens volens zu einer Begegnung kommen. So nicht, Frau Gallwitzer-Merkensorg!

»Was ist denn da vorne?«, brüllt es von hinten.

Ich will gerade zurückschreien, als ich merke, dass ich schon lange an der Reihe gewesen wäre.

»Jaja«, sage ich und beginne, an der Kaffeemaschine herumzuhantieren.

Das Gerät hat jetzt laut Display diverse Probleme: *Wasser-*

*behälter leer, Satzbehälter leeren.* Ich starre es fassungslos an. Es mag psychologische Erklärungen dafür geben, dass man sich rote Ampeln, wenn man es eilig hat, eher merkt als grüne, und man daher immer glaubt, dass das Schicksal einem vor der Nase die Ampeln rot stellt, aber im Fall dieser Kaffeemaschine glaube ich davon kein Wort. Sie hasst mich. Wie dieses Auto bei Stephen King. Ich weiß es genau.

Eine neue Meldung erscheint im Display: *Die Pause ist sowieso um, Sie haben gar keine Zeit mehr für einen Kaffee.*

Ich mache, dass ich wegkomme. Soll sich der Nächste um den Wasserbehälter kümmern.

# Willkommen im Dschungel

Ich greife gerade meine Tasche, da steht schon wieder diese kleine Person vor mir.

»Ich habe einen Anschlag auf Sie vor!«

»Gute Einleitung«, erwidere ich. »Sie werden es sicher weit bringen in diesem Beruf.«

Sie lächelt verwirrt. »Ich weiß, das ist sehr kurzfristig…«

»Hören Sie, wenn Sie bei mir hospitieren wollen, kein Problem, aber das mit dem Mentor vergessen Sie mal ganz schnell. Das kläre ich jetzt stante pede! Sie warten hier!«

Ich und Mentor? So weit kommt's noch.

Ich eile zum Büro der Konrektorin. Was soll ich denn noch alles machen? Ich kann mich doch nicht um so eine unreife Göre kümmern, der noch nie jemand gesagt hat, dass sie sich einen anständigen Beruf suchen soll. Zumal bei der Körpergröße.

Ich stürme ins Sekretariat und auf die Tür der Gallwitzer zu.

»Halt!«

Frau Keil, der alte Wachhund mit Helmfrisur, springt von ihrem Platz auf und will sich mir in den Weg stellen. Frau Keil ist unsere Sekretärin und äußerst beliebt im Kollegium. Sie gilt allgemein als nett. Ich kann das nicht bestätigen.

»Was machen Sie denn da? Sie müssen sich einen Termin geben lassen!«

»Gehen Sie weg, Frau, und kümmern Sie sich um…«

Da öffnet sich schon die Tür und Frau Gallwitzer-Merkensorg tritt heraus. Sie trägt einen Hosenanzug. Was glaubt die, wo sie arbeitet? Bei der Deutschen Bank?

»Herr Milford, so in Eile?«, fragt sie, betont arglos.

»Wann hatten Sie eigentlich vor, mich zu fragen, ob ich Mentor einer Referendarin sein möchte? Haben Sie das vergessen? Dann haben Sie hier trotzdem meine Antwort: Nein, will ich nicht! Suchen Sie sich einen anderen Idioten.«

Ich meine zu erkennen, dass ein spöttisches Lächeln ihren Mund umspielt.

»Herr Milford, hier geht es eigentlich nicht darum, dass wir Sie fragen müssen. Ich meine, wir könnten, aber letztlich gehört das zu Ihren Dienstpflichten. Da gibt es wenig Spielraum. Für Sie!«

»Spielraum?«, schreie ich und blicke von der Gallwitzer zu Frau Keil, die mich triumphierend angrinst, und wieder zurück. Diese Xanthippen!

Ich drehe mich und erwäge kurz, Heller um Hilfe zu bitten.

»Herr Heller sieht das übrigens genauso«, keift es hinter mir.

Ich mache, dass ich rauskomme.

Vor der Tür wartet schon die kleine Referendarin.

»Und?«, fragt sie.

»Ja, äh, was weiß ich. Ich muss jetzt in den Unterricht.«

»Ja, ich weiß, kann ich mit?«

Ich überlege kurz, wie ich sie abschütteln kann, aber andererseits, soll sie halt mit. Mir doch egal.

»Na dann kommen Sie mal. Aber eines sag ich Ihnen gleich: Das ist keine Vorführstunde!«

Ich weiß zwar nicht genau, was sie sich davon verspricht, bei mir zu hospitieren, dafür weiß ich, was ich ihr jetzt demonstrieren werde. *Willkommen in der Realität. Folge 1: Wovon Ihnen an der Uni und am Lehrerseminar niemand etwas gesagt hat...*

Wir machen uns auf den Weg durch die endlosen Flure unserer Lehranstalt. Zeit, ihr gleich einmal ein paar Tipps für den Anfang zu geben.

»Sie wissen schon, dass Sie sich einen Beruf ausgesucht haben, der laut Umfragen zu den unbeliebteren in Deutschland zählt? Die Reaktionen, die man – zumindest in gewissen Kreisen – bei der Nennung dieses Berufs erntet, sind eine Mischung aus Abscheu und Mitleid, mitunter gesellt sich eine Portion Spott dazu.«

Sie blickt mich aus großen Augen an.

»Und wenn Sie einmal drin sind in diesem Job, dann kommen Sie nie mehr raus. Niemand will Sie mehr. Sie sind für den Arbeitsmarkt auf alle Zeiten verloren. Ich zum Beispiel unterrichte seit fünfzehn Jahren. Dunkel erinnere ich mich, dass ich mir anfangs vorgenommen hatte, nach zehn Jahren zumindest die Schule zu wechseln, um nicht eines dieser Fossilien zu werden, die man noch aus der eigenen Schulzeit kennt. Aber dann kauft man ein Eigenheim, bekommt Kinder... Sie wissen ja, wie das ist.«

Obwohl, so jung, wie sie aussieht, weiß sie das wahrscheinlich nicht. Egal.

»Und plötzlich«, fahre ich fort, »sind fünfzehn Jahre um oder mehr, und man ertappt sich dabei, wie man andauernd Dinge sagt wie *In diesem Sinne, frohes Schaffen* und vor dem Vertretungsplan steht und mit sich selbst spricht, und dann ist man auf einmal nicht mehr satisfaktionsfähig und trägt sogar im Sommer einen veritablen Gesichtsherbst durch die Gegend. Und es gibt nicht viel, was man dagegen tun könnte.«

Ich sehe, wie ihr die Gesichtszüge zu entgleisen drohen.

»Aber«, fahre ich fort, »natürlich gibt es einen Ausweg. Dazu müssen Sie allerdings ein paar Jahre durchhalten. Ich sage nur: Frühpensionierung.«

Ich drehe mich zur Seite. Sie ist weg.

»Hallo? Ah, da.«

Offenbar kam sie mir mit ihren kurzen Beinen nicht hinterher und ist etwas zurückgefallen. Ich bleibe kurz stehen.

»Sehen Sie, ein beträchtlicher Teil der Lehrer leidet unter Burn-out, etliche lassen sich aus gesundheitlichen Gründen frühpensionieren. Aber nichts mit dem Darm oder der Prostata! Ein Bandscheibenvorfall, zum Beispiel, ist eine prima Sache. Amtsärztlich eindeutig und unverdächtig fürs Umfeld. Verstehen Sie, was ich Ihnen sage?«

»Äh, ja.« Kreidebleich hoppelt sie mir auf ihren kurzen Beinchen hinterher.

»Nun fragt man sich, was mag die Ursache für diesen Verschleiß sein? Ich kann es Ihnen sagen: Unkündbarkeit und die Verbeamtung auf Lebenszeit sind es nicht. Und auch nicht die vierzehn Wochen Ferien im Jahr. Na ja, bei letzterem kommt es natürlich auf die häusliche Situation an. Ich sehe an den Augenringen regelmäßig vor sich hin karnickelnder Jungkollegen durchaus, dass die Schule für die erholsamer zu sein scheint als die Ferien. Nein, ich glaube, das Hauptproblem sind die Schüler. Und nicht selten auch deren Eltern. Ganz zu schweigen von den Kollegen und der Schulleitung. Die Politik mit ihrem unausgegorenen Aktionismus sowieso. Aber sonst? Dieser Beruf wäre ein Träumchen.«

Vor dem Klassenzimmer bleiben wir kurz stehen.

Der Referendarin steht der Schweiß auf der Stirn. Sie hat hektische Flecken im Gesicht und scheint auch etwas kurzatmig zu sein.

»So, nun aber frisch daran ist schnell vorbei. Wir lesen *Homo Faber*. Sie kennen den Roman, nehme ich an?«

»Äh, ja«, sagt sie, und ich habe das Gefühl, meine Einführungsrede hat ein paar Spuren hinterlassen.

Gut, denke ich.

# Homo Faller

Wir betreten die Klasse. Ich schreie laut »So!« und lasse wie immer erst einmal meine Tasche aufs Pult knallen, gefolgt von meinem riesigen Schlüsselbund.

Ich lege eine Folie auf den Projektor, aber der ist immer noch kaputt. Klar, der Hausmeister hatte ja schließlich auch Ferien.

Die Tür geht auf. Eine Schülerin schlendert lässig ins Zimmer. Dass sie zwei Minuten zu spät kommt, scheint für sie kein Grund für eine Entschuldigung zu sein. Dann muss ich wohl aktiv werden.

»Verzeihung?«

Sie blickt mich erstaunt an. Ich tippe mit dem Zeigefinger auf meine Uhr und mache eine fragende Geste.

»Ach so … Ich hab verschlafen.« Sie setzt sich hin in der Gewissheit, dass der Fall damit erledigt ist.

»Soso«, erwidere ich, »dann komm du doch nach der Stunde direkt mal zu mir.«

»Boah, das ist ja wohl voll unfair!«

Mein Blick bleibt am Dekolleté einer Schülerin in der zweiten Reihe hängen. Es ist eine Frechheit. Wer will das denn sehen? Ich wollte gerade noch etwas Maßgebliches zu der Zuspätkommerin sagen, aber ich habe vergessen, was es war. Ich wünsche mich in eine andere Zeit oder in ein anderes Land. Eines mit Schuluniform oder wenigstens einem Mindestmaß an textiler Contenance.

Ich reiße mich zusammen und entdecke Lukas Meier, der mit dümmlichem Gesichtsausdruck ins Leere starrt.

»Lukas, du Flitzpiepe, kannst du mir sagen, wieso der Roman *Homo Faber* heißt?«

Lukas Meier könnte im richtigen Leben vielleicht ein gar nicht so unsympathischer Kerl sein, aber als Schüler würde man gern auf ihn verzichten.

»Also Homo heißt ja, äh ... Mensch«, beginnt er seine profunden Ausführungen, aber er wird von Pascal Faller unterbrochen, der mit übertrieben tuckiger Stimme *Homo!* durch den Raum ruft.

Pascal Fallers Familie ist eine bildungsferne Schicht für sich. Ich habe schon seine beiden älteren Brüder unterrichtet, das waren genau die gleichen Dummbatze. Seit der fünften Klasse bildet Faller auf jeder Versetzungskonferenz einen eigenen Tagesordnungspunkt.

Ich starre ihn an.

»Was genau willst du damit sagen?«

»Nichts.«

»Du unterbrichst deinen Klassenkameraden und zerrst an meinen Nerven, um *nichts* zu sagen, ist es das, was du mir hier erzählst?«

»Äh, ja«, sagt er und grinst.

Ich will gerade zu einer Tirade anheben, da fällt mir auf, dass die Referendarin immer noch mitten im Zimmer steht, weil sie keinen Stuhl hat. So, Bursche, jetzt bist du fällig.

»Faller, komm doch mal her!«, sage ich. Pascal Faller hampelt nach vorne und zieht eine kleine Show für seine Kumpane ab, indem er läuft wie die Karikatur eines Rappers. Ich frage mich, was sein Friseur wohl beruflich macht.

Die Jungs in der letzten Reihe sitzen alle mit den Händen

unter den Tischen da, den Blicke scharf nach unten gerichtet. Ich entscheide mich, ihren *Plants versus Zombies*-Wettbewerb nicht zu unterbrechen, so sind sie wenigstens ruhig.

Die Tür geht auf. Zwei Schülerinnen betreten kichernd den Raum. Sie sehen keine Veranlassung, mich zu beachten. Ich blicke ihnen nach und warte darauf, dass sie merken, dass zu wenige Stühle im Raum sind. Sie schauen sich ratlos um.

»Die Damen, was mag wohl die Ursache für dieses dreiste Zuspätkommen sein?«

»Wir hatten Führerscheintheorie«, sagt die eine und geht mit der Stimme am Ende des Satzes zickig hoch.

»Prüfung?«

»Äh, nee, Unterricht.«

»Morgens um neun?«

»Ja, hallo? Können wir doch nichts für?«

Die Schüler grinsen in sich hinein.

Am Rand meines Sichtfeldes irritiert mich etwas Unangenehmes.

Es ist Faller, der immer noch neben mir steht.

»Faller, meinst du, ich käme damit durch, wenn ich deine Eltern auf Schmerzensgeld verklage, dafür, dass ich dich unterrichten muss?«

»Äh, was?«, fragt er.

»Vergiss es! Frau ... nehmen Sie sich Fallers Stuhl!«

»Selig«, sagt die Referendarin leise.

»Und wir?«, fragen die beiden Führerscheinexpertinnen.

»Mir doch egal«, antworte ich wahrheitsgemäß.

Ein Handy klingelt. Die Schüler kichern. Ich bin gespannt, ob ich irgendwann noch erleben darf, dass mal tatsächlich ein Schüler während des Unterrichts drangeht. Ich überlege, ob ich den Schuldigen ermitteln soll, aber es ist mir zu aufwendig. Ich blicke streng über den Rand meiner Brille. Dann wende ich mich wieder Faller zu.

»So, du Vogel! Willkommen im 21. Jahrhundert. Du schreibst mir jetzt bis morgen folgenden Satz zwanzig Mal von Hand: *Ich mache mich nie mehr über Homosexualität lustig, und ich werde nie mehr sprechen, wenn ich nichts zu sagen habe.* Kannst du dir das merken?«

Er meint, ich scherze.

»Und wo soll ich mich jetzt hinsetzen?«

»Frag nebenan nach einem Stuhl! Lukas, wo waren wir noch gleich, ehe man uns so jäh unterbrach?«

Lukas Meier, der gerade damit beschäftigt war, seinem Nachbarn mit dem Lineal Schmerzen zuzufügen, blickt mich verwirrt an.

»Äh...«

Die beiden Fahrschülerinnen, die Faller gefolgt waren, kommen mit Stühlen zurück. Sie plappern und kichern miteinander.

»Schnauze!«, herrsche ich sie an.

Bevor sie empört reagieren können, sage ich: »So! Heute schauen wir uns Herrn Fabers Beziehungen zu den Frauen näher an.«

Draußen herrscht plötzlich ein Wahnsinnsradau. Alle paar Sekunden klopft es an die Tür. Eine Klasse läuft durch den Gang und schreit, als wären sie im Fußballstadion. Ich öffne vorsichtig die Tür und spähe hinaus. Ein Schüler hämmert im Vorbeilaufen gegen die Tür des Nebenzimmers. Ich schleiche ihm hinterher, packe ihn am Kragen und schreie: »Los, komm mit, du Kasper!«

Damit hat er nicht gerechnet. Entsetzt starrt er mich an.

»Wir haben doch gar nichts gemacht«, sagt einer seiner Kumpane allen Ernstes.

»Na dann ist doch alles tippitoppi, oder?«, sage ich und ziehe den Klopfer an seinem Sweatshirt ins Zimmer der Elfer.

Pascal Faller hat sich einen Stuhl besorgt und will sich gerade wieder in die letzte Reihe setzen.

»Faller! Deinen Stuhl, schnell«, schreie ich.

»Was soll das denn jetzt?«

»Los, mach, oder willst du nachsitzen?«

»Das können Sie doch nicht ...«

»Leg's drauf an!«, schreie ich ihn an. In der Klasse herrscht Totenstille.

Er bringt mir seinen Stuhl.

»Los, hol dir einen neuen«, sage ich zu ihm.

Ich stelle den Stuhl neben die Tafel und bedeute dem Türenklopfer, sich zu setzen, mit dem Gesicht zur Klasse.

»Also, ihr Experten«, frage ich in die phlegmatische Runde, »wie heißen die Frauen in Fabers Leben?«

Die Blicke der meisten Schüler verlieren sich in imaginären Weiten. Trotz ihrer unzweifelhaften körperlichen Anwesenheit versuchen sie, so zu tun, als seien sie es nicht.

Und irgendwann meldet sich Julia Weber. Julia Weber meldet sich immer. Hin und wieder nehme ich sie absichtlich nicht dran, in der leeren Hoffnung, andere könnten sich dadurch animiert fühlen, auch mal etwas beizusteuern. Ich warte dann auch gerne mal, bis die Spannung nicht mehr auszuhalten ist.

Es ist ein seltsames und unwürdiges Spiel, das wir da spielen: Auf der einen Seite die Mittel- oder Oberstufenschüler, von denen jeder hofft, irgendjemand würde sich erbarmen und endlich die Scheißantwort geben (bei den Kleinen ist es eher das Gegenteil, da melden sich immer alle, um einem von ihren Kaninchen zu erzählen, auch wenn man sie gerade nach dem Präteritum von *backen* gefragt hat), und auf der anderen Seite *ich*, der sie zappeln lässt.

Am Ende gibt es zwei Möglichkeiten. Man verschafft den Schülern einen angenehmen Lernschlaf, das heißt, der Lehrer stellt Fragen und beantwortet sie gleich selbst, oder Julia Weber rettet allen den Tag. Den Schülern, die wieder ein paar Minuten Zeit bis zur nächsten Frage gewonnen haben, und mir, weil ich mir einreden kann, ich hätte meine Unterrichtsziele auf schülerzentrierte Weise erreicht.

»Sabeth, Hanna ...«, sagt Julia Weber.

Es klopft an der Tür.

»Was?«, belle ich genervt. Eine dieser engagierten Jungkolleginnen, die einfach noch nicht lange genug da ist, als dass ich mir ihren Namen hätte merken können, steht im Türrahmen. Sie fällt mir immer mal unangenehm auf, weil sie in jeder Gesamtlehrerkonferenz eine Schülerumfrage vorschlägt: Doppelstundenmodell? Klingelton abschaffen? Cafeteriapreise? Fragen wir doch einfach die Schüler, was die davon halten.

*Wollt ihr in Religion jede oder nur jede zweite Stunde Mandalas ausmalen?*

*Sollen wir die Schule vielleicht gleich ganz abschaffen?*

Damit eines klar ist: Schule ist etwa so demokratisch wie Nordkorea. Schülerumfragen sind vergleichbar mit Wahlen in Russland. Sie bedeuten nichts. Alles, was die Schüler entscheiden können, ist, ob das Schul-T-Shirt rot oder blau sein soll. Und das ist auch verdammt gut so!

»Herr Milford, Sie haben einen meiner Schüler entführt!«, sagt sie streng.

Ich schüttle den Kopf.

»Ja, und?«

»Das dürfen Sie gar nicht. Kann ich ihn bitte wiederhaben?«

Das ist so eine ganz Verständnisvolle, Schülernahe, Oberliberale. Ich glaube, die ist sogar Vertrauenslehrerin. Oder Verbindungslehrerin. Oder wie das heißt.

»Ich unterziehe ihn gerade einer pädagogischen Maßnahme, die sein Leben verändern wird«, sage ich.

»Aber nicht in meinem Unterricht!«

»Jetzt gehört er mir. Nichts zu machen, Frau Kollegin!«

»Ich geh zum Schulleiter«, sagt sie und stürmt davon.

»Nur zu!«, rufe ich ihr nach.

»Lukas, welche anderen Frauen spielen in Fabers Leben eine Rolle?«

Ich suche meine Kreide und kann sie nicht finden, sehe aber stattdessen, wie Lukas Meier gerade rechtzeitig seinen Nachbarn aus dem Schwitzkasten entlässt, um sich auf die Antwort zu konzentrieren.

»Äh, also«, sagt er.

»Julia?«

»Ivy.«

»Sabeth, Hanna, Ivy. Was wissen wir über die? In welchem Verhältnis stehen sie jeweils zu Faber?«

Ich will die Ergüsse der Schüler, beziehungsweise die von Julia Weber an die Tafel schreiben, aber ich habe offenbar meine Kreidebox irgendwo liegengelassen.

Pascal Faller kommt zur Tür herein.

»Faller, lauf doch mal schnell ins Lehrerzimmer und hol mir ein Stück Kreide, sei so gut.«

Faller starrt mich an.

Ich starre zurück.

»Wieso immer ich?« Faller klingt nun einigermaßen verzweifelt.

»Fragst du das im Ernst?«

Er blickt ins Leere.

»Nein, eigentlich nicht.«

»Siehst du.«

Er schlappt davon mit seinen Runterhänghosen. Er trägt karierte Shorts. Weinrot.

Ich muss die Klasse etwas beschäftigen, bis die Kreide da ist. Ohne Kreide bin ich völlig verloren. Der Türklopfer kämpft mit den Tränen. Da muss er jetzt durch.

»Meier!«, rufe ich und sehe, wie Lukas Meier unter dem Tisch hervorkommt, wo sein Nebensitzer offenbar versucht hat, ihm in die Weichteile zu schlagen.

»Wie sieht's aus?«

»Mit was, Herr Milford?«

»Na mit den Frauen?«

»Gut so weit.«

»Also, dann, ich höre?«

»Äh...«

Ich stelle mich absichtlich blöd, ich weiß natürlich, dass das letzte Buch, das Meier in der Hand hatte, das Pixibuch war, das er von seiner Patentante zu seinem vierten Geburtstag bekommen hat. Alles, was der liest, sind die Cliptitel auf Youporn, und die versteht er vermutlich noch falsch.

»Herr Milford, kommen Sie doch gerade mal schnell nach draußen.«

Die Nervkollegin hat tatsächlich den Schulleiter geholt. Von allen Pfeifen an dieser Schule ist er die größte. Hans-Heinz Heller. So heißt er wirklich. War bis vor drei Jahren ein ganz gewöhnlicher Kollege. Ist seither krampfhaft und extrem erfolglos um Autorität bemüht. Siezt jetzt alle, die er früher geduzt hat. Wir duzen ihn weiterhin.

»Frau ... äh, übernehmen Sie doch gerade, ich bin gleich wieder da«, sage ich und registriere gerade noch den panischen Ausdruck im Gesicht der Referendarin.

»Sie haben doch studiert, oder?«, rufe ich ihr zu und gehe nach draußen auf den Gang.

»Das können Sie doch so nicht machen, das geht doch so nicht!«, empfängt mich Heller.

»Mensch, Hans-Heinz«, sage ich, »das ist eine äußerst sinnvolle pädagogische ...«

»Das ist demütigend und menschenverachtend!«, quietscht die Kollegin dazwischen. »Dann machen wir gleich noch mit Waterboarding weiter, oder wie?«

»Gute Idee«, sage ich, »vielleicht nennt er uns dann noch die Namen seiner Gehilfen.«

»Kollegen«, sagt Heller, »jetzt mal ganz ruhig ...«

Die Klassenzimmertür wird aufgestoßen und trifft Heller im Kreuz, der keuchend zu Boden geht.

Die Referendarin stürmt mit rotem Kopf heraus und verschwindet Richtung Toilette. Ich starre ihr nach.

»Aua«, wehklagt Heller unter mir.

»Jetzt stehen Sie doch nicht so blöd rum, helfen Sie mir mal!«, schreit mich die Kollegin an, während sie vergeblich versucht, dem nach Atem ringenden Heller aufzuhelfen.

# Das Brokkoli-Attentat

»Gestern war übrigens unser Hochzeitstag!«

Meine Frau Karen empfängt mich mit einem Blumenstrauß. Um mich zu beschämen, kein Zweifel.

»Oh.«

Und dabei hatte ich mir so fest vorgenommen, ihn dieses Jahr nicht zu vergessen.

»Ach du...«, lächelt sie milde-säuerlich. »Das macht doch nichts. Denkst du halt nächstes Jahr dran, ja?«

Sie knallt die Blumenvase auf den Tisch und geht in die Küche. Was soll ich mir denn eigentlich noch alles merken?

Rein statistisch gehören Karen und ich zu den fünfzig Prozent der Verheirateten in Deutschland, die sich noch nicht getrennt haben. Immer öfter frage ich mich, ob das wirklich vernünftig ist. Ob unsere beiden pubertierenden Kinder – der unausgesprochene Hauptgrund gegen eine Trennung – wirklich so viel schlechter dran wären. Wie könnten sie noch seltsamer sein als im Moment? Und sie sind nicht einmal scheidungstraumatisiert!

Vielleicht sind wir einfach schon zu lange zusammen. Unsere Ehe ist mittlerweile ein Abnutzungskampf. Familientherapeuten hätten ihre Freude an uns. Die könnten mir dann vielleicht auch erklären, wie es so weit gekommen ist. Ich habe doch alles gemacht, was von mir verlangt wurde. Die Kohle herbeigeschafft. Über Gefühle geredet. Mit zu Ikea gegangen. Es hat wohl nicht gereicht.

Manche Männer bemühen sich lebenslang, das Wesen einer Frau zu verstehen. Andere befassen sich mit weniger schwierigen Dingen, zum Beispiel der Relativitätstheorie. Wusste schon Albert Einstein.

Heute hat Karen mal wieder etwas Asiatisches gekocht. In letzter Zeit aber immer öfter ohne Fleisch. Nur noch Reis und Gemüse. Aber wenn ich das thematisiere, bin ich wieder der Fünfziger-Jahre-Chauvi, das muss nicht sein. Für sie mag veganes Essen die Erlösung ihrer Seele sein, für mich ist es ein Fegefeuer chronischer Grundbedürfnisverweigerung.

»Und, wie war's heute?«, fragt sie und schaut mich mit einem Blick an, den arglosere Gemüter als ich vielleicht als interessiert bezeichnen würden. Mich macht so was eher misstrauisch. Es gibt mittlerweile zu viele Minenfelder in unserer Ehe, und das Blöde ist, ich weiß nie, wo sie sind. Sage ich, es war die Hölle in der Schule, bin ich ein Jammerlappen und Weichei, sage ich, es war alles supi, muss ich sicher den Abfluss reparieren, einkaufen gehen oder eines der Kinder irgendwo hinfahren. Es ist ein Strategiespiel, dessen Regeln mir nie jemand erklärt hat.

»Und bei dir?«, frage ich stattdessen zurück, nicht, dass es mich interessieren würde, aber in der Schule stelle ich ja auch andauernd Fragen, deren Antworten mir egaler nicht sein könnten.

»Ganz, ganz toll. Rita ist super nett.«
Ich nicke mechanisch.

Karen ist eigentlich Heilpädagogin, hat aber nach Lisas Geburt nie in dem Beruf gearbeitet, sondern war die letzten Jahre Hausfrau und Mutter. Sie stellt es so dar, als wäre ihr die Erziehung unserer Kinder wichtiger gewesen als alles andere, ich glaube, sie hatte einfach keine Lust zu arbeiten.

Jetzt ist sie seit etwa einem halben Jahr bei einer Masseurin angestellt, die sich auf fernöstliche Heilung und den ganzheitlichen Kram spezialisiert hat. Shiatsu, Reiki, Klangschalenmassage und wie das alles heißt. Ich kann es mir einfach nicht merken. Wenn mich jemand fragt, sage ich immer, sie ist Physiotherapeutin.

Ihre Chefin, Rita, ist komplett wahnsinnig, läuft in bunten, bodenlangen Gewändern herum, hat einen irren Blick und umarmt in ihrer Freizeit Bäume. Man muss einen weiten Bogen um sie machen.

Lisa kommt wie immer missmutig zur Tür herein. Sie ist sechzehn und geht auf meiner Schule in die zehnte Klasse.

Natürlich hat Lisa es als Lehrerkind nicht ganz leicht, aber ich weiß nicht, ob *das* als Entschuldigung ausreicht, dafür, was in letzter Zeit mit ihr passiert ist. Lisa war ein aufgewecktes, süßes und kluges Kind. Vor etwa zwei Jahren muss jemand – vielleicht Außerirdische – sie entführt und uns stattdessen diese Karikatur eines Teenagermädchens dagelassen haben. Ich kenne diese Person nicht mehr. Ich weiß nicht, was sie will, was sie denkt, wie man mit ihr redet. Dass man von ihr verlangt, hier mit uns zu essen, zum Beispiel, ist die größte Zumutung überhaupt, wobei ich nicht weiß, ob die Betonung auf *mit uns* oder *essen* liegt. Sie stochert lustlos in ihrem Gemüsereis herum.

»Krieg ich Geld? Ich will den Rollerführerschein machen!«

Oh Wunder, sie spricht!

Scheu blicke ich zu Karen, in der Hoffnung, sie findet darauf eine Antwort.

»Ich red mal mit dem Papa darüber. Aber angesichts deines Verhaltens in letzter Zeit bin ich gerade nicht so sicher ...«

Lisa verdreht die Augen, stößt den Teller weg und will aufstehen.

»Halt, Fräulein. Hiergeblieben!«, schreie ich, doch weiter komme ich nicht, weil es mir beim Luftholen ein Stück Brokkoli in die Luftröhre zieht. Ich versuche zu atmen, aber es geht nicht.

Lisa starrt mich zornig an. Karens Gesichtsausdruck wechselt von erwartungsvoll ins Enttäuschte.

»Kommt noch was? Oder kann ich jetzt gehen?«, schnaubt Lisa verächtlich.

Ich bekomme noch immer keine Luft. Langsam wird es brenzlig. Ich kann weder ein- noch ausatmen. Ich muss mir schleunigst etwas einfallen lassen.

»Typisch«, sagt Karen, »überlässt du es also wieder mal mir. Also, hör zu, Lisa. Setz dich.«

Ich stehe auf. Mein Herz rast. Ich würge. Lisa blickt mich angeekelt an.

»Dein Vater will sagen«, sagt Karen, »dass es uns nicht leichtfällt, dir so einfach so viel Geld zu geben, nach allem, was in letzter Zeit vorgefallen ist.

»Hallo?«, ruft Lisa. »Es ist ja wohl gar nichts passiert. Mein Akku war leer.«

Ich stolpere in die Küche und versuche, mir selbst auf den Rücken zu schlagen. Durch das Gefuchtel löst sich etwas, und ich würge das Gemüse nach oben.

»Sag mal«, ruft Karen, »kommst du jetzt mal?«

»Gleich«, krächze ich. Ich huste mir die Seele aus dem Leib.

»Lisa«, höre ich Karen sagen, »dass du letztes Wochenende nicht zur vereinbarten Zeit heimgekommen bist und dein

Handy ausgeschaltet hast, das war ein krasser Vertrauensbruch.«

»Och Mann, ihr seid solche stieren Spießer, echt.«

Ich komme keuchend aus der Küche.

»Sag mal, du wolltest doch eigentlich weniger rauchen, wird das noch was?«, blafft mich Karen an.

Ich versuche etwas zu sagen, aber ich muss mich dauernd räuspern und immer wieder husten. Karen verdreht die Augen, und Lisa blickt mich entgeistert an.

»Ich wäre gerade fast erstickt«, bringe ich schließlich hervor.

»Jaja, so schlimm wird es schon nicht gewesen sein. Jetzt unterstütz mich hier mal!«

Fassungslos ringe ich nach Worten, finde aber keine. Ich frage mich, wie man einem Richter klarmachen soll, dass man völlig im Recht war, als man anfing, im Wohnzimmer herumzuschießen.

# Teenage Wasteland

Ich klopfe an Lisas Tür und will mit ihr über ihren Motorrollerführerschein reden. Gedämpft dringt ihre Stimme nach außen. Ihr Zimmer hat strengere Zutrittsregeln als eine Moschee. Da sie nicht auf mein Klopfen reagiert, öffne ich die Tür einen Spaltbreit. Gefährlich, ich weiß. Andererseits bekomme ich ja auch gerne mal vorgehalten, ich würde mich nicht für sie interessieren.

Sie sitzt an ihrem Schreibtisch. Aus ihren Computerlautsprechern kommt eine Art Musik. Sie hat ihren PC an und ihre Beine auf dem Schreibtisch. Vor dem Computer liegen ihre Hausaufgaben. Im Moment telefoniert sie allerdings.

Sie lacht in ihr Handy. Ich habe sie schon ewig nicht mehr lachen gehört. Erstaunlich, wie gut ihre Laune sein kann, wenn sie nicht mit uns oder vielmehr mit *mir* zusammen ist.

»Schule war heute so stier.«

»...«

»Der Heizmann ist so ein Arsch.«

»...«

»Junge, gestern war todes der Absturz, oder?«

»...«

»Und Marvin hat gestern eine ganze Woddi geext und so abgereihert. War der steif.«

»...«

»Ja, und morgen wird dick Mucke gepumpt und abgetwerkt!«

»...«

»Au ja, das schau ich mir gleich mal an«, flötet sie ins Telefon.

Sie öffnet Facebook und stiert auf den Bildschirm.

»Cool«, ruft sie. »Der ist ja so süß! Und schau mal, der hat über tausend Freunde, der ist voll fame.«

Plötzlich dreht sie ihren Kopf und entdeckt mich in der Tür.

»He, was soll das denn?«, schreit sie mich an. »Ich muss mal Schluss machen«, sagt sie ins Telefon. »Nein, geht ganz schnell, ich ruf gleich wieder an.«

Ich weiß nicht, was ich erwidern soll.

»*Stalkst* du mich jetzt, oder was?«

Ich bin sprachlos.

»Was jetzt?«, ätzt sie noch einmal in meine Richtung.

Ich schüttle den Kopf, schließe die Tür und gehe in mein Arbeitszimmer, wo ich meinen Facebook-Account öffne. Natürlich kann mir Facebook gestohlen bleiben. Aber unter dem Pseudonym Schnubbi bin ich mit etlichen meiner Schüler befreundet. Und mit meinen Kindern. So sehr ich soziale Netzwerke verabscheue: Das, was sich hier abspielt, übt eine ganz eigentümliche Faszination auf mich aus. Es ist wie bei einem Unfall auf der Autobahn. Eigentlich sollte man nicht hinschauen, und am Ende tut man es doch. Alle paar Wochen logge ich mich ein und sehe viel Belangloses, wie Fotos von Starbucksbechern, aber auch Ungeheuerliches, zum Beispiel Pascal Faller, unseren Nachbarn Marvin und Konsorten, die mit blutunterlaufenen Augen Wodkaflaschen und ihre Hochdaumen in eine Kamera halten. Ist das Kotze auf Marvins Jacke?

Ich entdecke Selfies von Tim und seinen Kumpels mit herausgestreckter Zunge und weit aufgerissenen Augen, Flaschen wie Trophäen in die Luft reckend. Tim ist übrigens unser Sohn. Er ist vierzehn und lebt seit neuestem auch in seiner Pubertätsparallelwelt.

Unlängst habe ich ein Bild von Lisa gesehen, das mir den Magen umgestülpt hat. Sie posiert in abgeschnittenen Jeans an einer Stange, wie eine Stripperin in einem Nachtclub, und macht einen Kussmund in die Kamera. Mädchen unter achtzehn machen ja ausnahmslos immer ein Duckface, sobald eine Kamera auf sie gerichtet ist. Warum, ist unklar.

Meine Kinder bestätigen fraglos die These einiger Biologen, dass Pubertierende eigentlich gar keine Menschen im engeren Sinne seien, sondern Wesen in einem Verpuppungsstadium. Was mich zumindest hoffen lässt, dass sie nicht so bleiben.

Heute gibt es nicht viel Neues im Gesichtsbuch. Ein paar Jugendliche aus der Gegend prahlen mit der Zerstörung eines Schrebergartens am Wochenende. Diverse Schlägereien werden erwähnt. Mitschüler werden als Schlampe, fette Sau und Mongo gehandelt, es gibt sogar eine Liste der wahrscheinlichsten Kandidaten für einen Amoklauf. Ansonsten der übliche Dünnschiss.

Müde wende ich meinen Blick ab und schaue aus dem Fenster neben meinem Schreibtisch. Ich würde gerne mal wieder angeln gehen. Meine neue Brassenmontage ausprobieren. Aber ich komme ja nicht dazu.

Im Garten nebenan schraubt der Nachbar an seinem Mountainbike. Seine beiden Kinder tollen um ihn herum. Ein Junge und ein Mädchen, etwa fünf und sieben Jahre alt.

Ich denke wehmütig an die Zeit zurück, als Lisa und Tim in dem Alter waren. Was ist in der Zwischenzeit passiert?

Ich seufze, nehme meinen Rotstift in die Hand und das oberste Heft vom Stapel. Ich bin todmüde. Und heute Nacht kann ich bestimmt wieder nicht einschlafen. Nebenan lacht Lisa schrill.

Im Hof liegt seit Oktober ein Berg Holz, den noch niemand hinter dem Haus aufgestapelt hat. Vor langer Zeit dachte ich einmal, es wäre doch schön gemütlich, wenn man so einen Schwedenofen im Wohnzimmer hat. Hat nichts genutzt. Karen zetert über den Dreck, die Kinder starren lieber in ihre Smartphones als ins Feuer, und ich kann mich alleine um das Holz kümmern.

Ich klopfe an Tims Zimmertür.

Er war immer schon ein eher introvertiertes Kind, aber was neuerdings mit ihm geschieht, ist die reine Lehre des Teenagerkodex' *Chill dein Leben*.

Er hat nahezu alle halbherzigen Versuche aufgegeben, sich zu etwas aufzuraffen. Dabei haben wir ihn schon widerwillig auf die Realschule gehen lassen, weil das Gymnasium ihm bereits aus der Ferne als »viel zu stressig« erschien. Ins Fußballtraining geht er, soweit ich weiß, nicht mehr. Seine Gitarre, die wir ihm zum zehnten Geburtstag schenkten, zusammen mit vier Jahren überteuerten Gitarrenunterrichts, steht nur noch in der Ecke.

Das Einzige, worum er sich neben seinem Smartphone noch zu kümmern scheint, sind seine drei Geckos. Zumindest leben sie noch. Aber die sind auch recht robust. Er hat dafür ein Terrarium in seinem Zimmer, das er selbständig wartet, und wir sind auch seit Jahren gerne bereit, ihm einmal in der Woche in der Zoohandlung eine Ladung Heuschrecken zu besorgen, die er in einer Holzkiste aufbewahrt.

Ich will Tim fragen, ob er Lust hat, mir mit dem Holz zu helfen. Er lungert auf dem Bett herum, in der Hand sein Telefon. Soweit ich weiß, benutzt er es nur zum Spielen und für Facebook. Ich weiß gar nicht, ob er überhaupt schon einmal jemanden damit angerufen hat. Mich jedenfalls nicht.

Auf dem Kopf trägt er einen dieser neumodischen weißen Angeberkopfhörer. Ich höre fürchterlichen Kirmestechno daraus hervorquellen.

Ich schaue mich in seinem Zimmer um. Vom eigentlichen Fußboden ist nicht viel zu sehen. Hosen, Unterwäsche, T-Shirts, Schulsachen, alles kreuz und quer verstreut. An der Wand ein Poster von einem dümmlich aus der Wäsche schauenden Typen mit Golduhr am Handgelenk, der allen Ernstes einen Tiger an einer Leine hält. Daneben ein ausgedruckter Satz: *Ich bin der Boss, und ich fick deine Mudda.*

Ich gestikuliere wild, um Tim deutlich zu machen, dass ich etwas sagen will, und er setzt die Kopfhörer tatsächlich, wenn auch widerwillig, ab. Auch seine Geckos liegen antriebslos in ihrem Glasgulag herum.

»Räum mal dein Zimmer auf, das ist ja abartig!«

Er sieht geradewegs durch mich hindurch.

»Und lüfte mal!«

Sein Gesicht ist eine Maske.

Ich bringe mein Anliegen vor.

Wenn ich ihn aufgefordert hätte, das Badezimmer mit seiner Zunge zu putzen, er könnte mich nicht angewiderter anblicken.

Gewandt wie ein Raubtier springe ich ins Zimmer, reiße

den idiotischen Spruch von der Wand und bin schon wieder draußen, ehe Tim seinem Unmut Ausdruck verleihen kann.

Ich mache mich alleine ans Aufschichten der Holzscheite, da sehe ich, wie Marvin, der Nachbarsjunge, aus dem Reihenhaus nebenan kommt. Er grunzt etwas in meine Richtung, vermutlich eine Art Gruß. Ich grunze zurück.

Marvin ist unlängst von unserer Schule geflogen. Er trägt gerne mal eine Baseballmütze, die er locker auf den Kopf setzt, so dass er aussieht wie jemand mit einer Geschwulst auf der Murmel. Jetzt geht er für vierhundert Euro im Monat auf ein Privatgymnasium, wo die ganzen Loser irgendwann landen, sofern ihre Eltern es sich leisten können. Manche, weil dieses System seine Opfer fordert, andere, weil sie einfach total verstrahlt sind. Bei Marvin kann das System ausnahmsweise nichts dafür. Auf die Pubertät kann man es auch nicht schieben. Und ich muss es wissen, ich kenne ihn, seit er auf der Welt ist. Manchmal sind sie einfach jetzt schon Deppen. Nur in jung. Marvin ist entweder ein Opfer seines Genpools oder von zu viel Medienkonsum in den ersten vier Lebensjahren. Wenn man überlegt, dass seine Vorfahren die Pest und den Dreißigjährigen Krieg und zwei Weltkriege überlebt haben, nur um dann bei Marvin zu landen. Bei Marvin, dieser Sackgasse der Evolution.

# Hohlstunde

Es ist Montag. Der wöchentliche Tiefpunkt. Aber es gibt eine Insel in diesem Ozean des Jammers. Meine Freistunde, auf die ich mich schon seit Viertel vor acht freue. Ich hole mir einen Kaffee und setze mich an meinen Platz im Lehrerzimmer. Mein Platz, das ist ein Tischabschnitt von etwa vierzig Zentimetern Breite. Ich kann darauf locker ein DIN-A4-Heft aufschlagen. Allerdings muss ich dann die Kaffeetasse die ganze Zeit in der Hand behalten. Aber man hat ja noch sein abschließbares Fach. Immerhin von der Größe eines Mikrowellenherdes. Darin kann man beispielsweise die Zeugnisse seiner Schüler und zwei Sätze Klassenarbeiten unterbringen. Die anderen vier bis zwölf Stapel seiner Klassen versucht man auf Fensterbänken zu verteilen, in der Hoffnung auf einen trockenen Herbst, denn die Fenster sind nicht mehr dicht.

Weil andere Kollegen auch schon auf die Idee gekommen sind, die Fensterbank als Ablage zu nutzen, lassen sich die Fenster nicht mehr öffnen. Es ist daher immer zu warm im Lehrerzimmer. Wäre nicht dieser scharfe Permaschweißgeruch in der Luft, man könnte sie einfach als stickig bezeichnen. Nach einer halben Stunde in diesem Raum wird man ganz rammdösig im Kopf. Man wünscht sich beinahe die Zeit zurück, als im Lehrerzimmer noch geraucht werden durfte.

Wohin also mit den restlichen Heftstapeln? Vielleicht auf

die stuhlgangbraunen Einbauschränke aus den späten Sechzigern? Aber dort liegen haufenweise vergilbte Zeitschriften, Kolosseumsnachbauten aus Pappe, kaputte Fahrradschläuche und Wandposter. Ein paar Papierrollen sind auch noch im Weg. Als ich sie genervt aus dem Weg räumen will, zerfällt mir die erste zwischen den Fingern zu Staub. Das Papier wirkt seltsam fremdartig. Offenbar eine Art Papyrus, womöglich aus dem Zweistromland. Ich betaste es genauer. Mir unbekannte Schriftzeichen sind darauf gedruckt.

Sieh an, wer hätte gedacht, dass die Schriftrollen von Qumran auf unserem Lehrerzimmerschrank vor sich hin verstauben. Wenn sie jemand sucht, hier liegen sie.

Heute Morgen saßen nur fünf Leute im Elferkurs. Die teilten mir mit, die anderen würden eine Matheklausur schreiben. Wieso sagt einem das niemand? Nicht, dass ich die Stunde ausführlich vorbereitet hätte, aber da wäre ja durchaus eine Stunde mehr Schlaf möglich gewesen. Typisch für diesen Sauladen. Das wäre ja auch zu viel verlangt für die Mathekollegen, einen da kurz zu informieren.

Ich gehe zur Kaffeemaschine. Daneben steht Grünmeier vor dem Vertretungsplan und spricht mit sich selbst.

»Das gibt es doch gar nicht. Jetzt habe ich schon wieder bei diesen Pfeifen Vertretung. Und dabei hab ich doch klipp und klar gesagt...«

Er schüttelt den Kopf.

Arme Sau. Mittlerweile trägt er nicht einmal mehr Sandalen mit Socken, er kommt jetzt offenbar gleich mit seinen Hausschuhen zur Schule. Ich klopfe ihm auf die Schulter.

»Das ist das vierte Mal, dass ich diesen Monat Vertretung habe, das ist ungeheuerlich«, jammert er. »Dabei habe ich schriftlich eingereicht, dass ich maximal zweimal pro Woche Vertretung machen kann. Was sollen wir denn noch alles machen? Wieso sind denn die jungen Kollegen alle so oft krank?«

»Die sind nicht krank«, antworte ich, »die sind auf Fortbildungen. Damit sie bessere Lehrer werden. Nicht solche langweiligen Pauker wie wir.«

»Na Gott sei Dank haben wir das nicht mehr nötig, was?«, erwidert er.

»Nein«, sage ich, »uns muss man ja auch nicht informieren, wenn einem der halbe Kurs geklaut wird wegen einer Matheklausur.«

»Wieso?«, fragt Grünmeier erstaunt.

Ich erläutere ihm den Grund meines Ärgers.

»Aber da hängt doch seit zwei Wochen ein Zettel von der Mathefachschaft.«

»Wo?«

»Na da.« Er zeigt auf ein rosafarbenes DIN-A4-Blatt am Infobrett neben dem Vertretungsplan.

Ich sehe es zum ersten Mal.

Merke: Willst du etwas geheim halten, hänge einen Zettel ans schwarze Brett.

Grünmeiers Gesicht hellt sich auf.

»Sag mal, Milford, stimmt das, dass du eine Referendarin ohne Vorwarnung mit den durchgeknallten Elfern alleine gelassen hast?«

Er kichert amüsiert.

»Das ist ja selbst für dich ein ganz schöner Klopper. Hut ab.«

»Ja was denn? So schlimm ist das ja wohl nicht. Improvisationstalent sollte man schon haben in diesem Beruf, oder? Wo wären wir denn ohne die gute alte Schwellendidaktik?«

Grünmeier klopft mir auf die Schulter und wendet sich zum Gehen.

»Unbedingt, Harry, unbedingt.«

War das wirklich so schlimm, dass es sich schon im Kollegium herumspricht? Hab ich die Referendarin womöglich etwas hart angefasst?

Da fällt mir ein, dass ich noch kopieren wollte. Ich schnappe meinen Kram und eile zum Kopierraum. Auf dem Weg dorthin komme ich unvorsichtigerweise am Sekretariat vorbei.

»Herr Milford«, plärrt mir Frau Keil hinterher, so dass ich zusammenzucke. Ich glaube, dass sie mich mittlerweile bereits wittert, bevor sie mich sieht.

»Von Ihnen fehlen noch die Rücklaufzettel wegen der Kopfläuse! So bekommen Sie das Problem in Ihrer Klasse nie in den Griff!«

Ich starre sie an, während ich in meinem Gedächtnis krame. Habe ich diese Zettel jemals ausgeteilt? Haben die Schüler sie womöglich schon zurückgegeben? Und wenn ja, wo sind sie jetzt? Ich habe keine Ahnung.

»Ich kümmere mich sofort darum«, sage ich. »Morgen haben Sie die Zettel!«

Noch fünf Tage bis zum Wochenende. Vielleicht komme ich ja mal wieder zum Angeln.

Plötzlich steht die kleine Referendarin vor mir. Sie ist auch ein wenig pummelig, fällt mir auf. Untersetzt gar.

»Ach, Frau ... also.«

»Selig.«

»Was?«

»Ich heiße Selig. Mareike Selig.«

Sie ist deutlich kleinlauter als letzte Woche. Was auch zu ihrer Körpergröße passt.

»Also, wegen Freitag...«, beginne ich, weil ich das Gefühl habe, vielleicht ja doch ein klitzekleines Stückchen zu weit gegangen sein zu können.

»Ja?«

»Na ja, also ganz so schlimm war das nun auch nicht, oder?«

»Na wenn es einem nichts ausmacht, ohne Vorwarnung vor einer Klasse stehen zu müssen ohne Schimmer, was man machen soll, und dann ausgelacht und beschimpft wird, dann war es wohl nicht ganz so schlimm.«

»Ja, nun... Also, vielleicht war das etwas... Zugegeben... Aber andererseits, so etwas gehört auch zu diesem Beruf!«

»Falls das eine Entschuldigung sein sollte, ich nehme sie an.«

Sie grinst verschmitzt.

Ich muss direkt lachen.

»Also eigentlich... aber warum nicht. Wir werden ja jetzt noch öfter miteinander zu tun haben.«

»Das wird sich wohl nicht vermeiden lassen.«

Sie geht ihrer Wege. Gar nicht mal so fürchterlich unsympathisch, denke ich.

# Die Inklusion des Irrsinns

Ich mache mich auf den Weg zu meinen Achtern. Ich habe die Klasse letztes Jahr in Englisch übernommen, nachdem meine Vorgängerin sich nach und nach in eine längere Krankheit geflüchtet hat. Und seit diesem Schuljahr bin ich Klassenlehrer dieses Haufens. Ich weiß nicht, ob Heller mich damit für irgendetwas bestrafen wollte, aber es gab Kollegen, die haben mir kondoliert, als sie das erfuhren.

Im letzten Jahr gab es in dieser Klasse drei aufgedeckte Fälle von Cybermobbing, die Dunkelziffer dürfte weit höher liegen, mehrere Sachbeschädigungen, darunter eine Komplettflutung des Klassenzimmers und zwei kurzzeitige Schulausschlüsse. In dieser Klasse gibt es mindestens ein halbes Dutzend von der örtlichen Kinderärztin diagnostizierte ADS- oder ADHS-Fälle.

Dazu kommen vier oder fünf getestete Lese-Rechtschreib-Schwache und noch einige mit Dyskalkulie. Und natürlich ein paar dieser neuerdings unvermeidlichen Hochbegabten. Das sind die Schlimmsten. Es scheint ja mittlerweile einen direkten Zusammenhang zu geben zwischen lernschwach, verhaltensauffällig und hochbegabt.

Die Hälfte der Klasse hat außerdem Asthma oder irgendwelche Allergien. Ohne approbierten Mediziner darf man mit denen gar nicht auf Klassenfahrt gehen. Apropos Klassenfahrt. Das kommt ja dieses Jahr auch noch auf mich zu. Ich hätte es einfach wie Kollege Grünmeier machen sollen.

Der wird schon seit Jahren nicht mehr als Klassenlehrer eingesetzt, weil Heller weiß, dass er da so viel Ärger mit den Eltern hat, dass er es gleich selber machen könnte, das würde ihm weniger Arbeit bereiten. Klassenfahrt ist die Arschkarte.

Auf halbem Weg fällt mir ein, dass ich für die Stunde einen CD-Player brauche. Wieder zurück ins Lehrerzimmer.

Ich komme an einer Schülerin vorbei, die telefonierend auf dem Gang steht. Na immerhin ist sie aus dem Klassenzimmer gegangen. Da kann man eigentlich nichts sagen.

Im Medienschrank steht noch ein armseliges Exemplar von einem CD-Player. Der abgebrochene Griff liegt daneben. Ich klemme das Gerät unter meinen linken Arm. Da fällt mein Blick auf einen Stapel Hefte, die ich den Schülern noch zurückgeben wollte. Ich versuche, sie irgendwie unter dem anderen Arm zu befestigen. Dazwischen baumelt meine viel zu schwere Umhängetasche. In einer unwürdigen Körperhaltung öffne ich mit dem Ellenbogen die Tür zum Lehrerzimmer und schleppe mich den Gang entlang. Nach einigen Metern komme ich an die neue Brandschutztür.

Ich stelle den CD-Player auf den Boden und öffne die Tür. Mit dem Hintern halte ich sie einen Spalt weit geöffnet, während ich versuche, das Gerät mit der freien Hand unter meinen Arm zu klemmen. Dabei rutscht mir der Heftstapel unter dem anderen Arm hervor und die Hefte verteilen sich samt nicht eingeklebter Arbeitsblätter auf dem Boden. Zwei Mittelstufenschülerinnen huschen durch den Türspalt und kichern.

»Macht euch keine Mühe, es geht schon«, rufe ich ihnen nach. Sie drehen sich um und müssen sich vor lauter Lachen aneinander festhalten.

Irgendwann erreiche ich schwitzend und mit übersäuerten Armen das Klassenzimmer. Die Jungs liegen wie immer übereinander in einer Ecke und kloppen sich, die Mädchen sitzen frierend in bauchfreien Daunenjacken herum und quatschen oder langweilen sich oder beides.

Die Tafel ist komplett vollgeschrieben. Offenbar hatten sie gerade Geschichte. Die Schüler haben die letzten Minuten wohl sinnvoll damit verbracht, die Fakten zur mittelalterlichen Ständegesellschaft mit Penis- und Herzzeichnungen aufzupimpen. Die Tafel zu putzen wäre theoretisch auch eine Möglichkeit gewesen. Praktisch aber natürlich nicht.

Ich stelle den CD-Player ab und überlege, ob es sich lohnt, zu ermitteln, wer Tafeldienst hat, diesen Schüler dann gepflegt zusammenzustauchen, dann fünf Minuten zu warten, bis er in Zeitlupe die Tafel gesäubert hat, die danach so nass ist, dass man sowieso nichts lesen kann, oder ob ich sie selbst putzen soll. Weder noch, entscheide ich. Ich werde einfach drüber schreiben.

Ich schreie erst mal »So!« und warte, bis der Letzte auf seinem Platz hockt.

»Good morning, boys and girls.«

»Good morning, Mr. Milford«, leiern die Schüler mir entgegen und nehmen unmittelbar ihre von mir unterbrochenen Unterhaltungen wieder auf. Mein Blick fällt auf Luisa Gallwitzer-Merkensorg, die Tochter der Konrektorin. Ja, um meine Pein komplett zu machen, ist auch sie in dieser Klasse. Ich weiß gar nicht, ob sie auch den Doppelnamen ihrer Mutter hat oder nur einen. Muss ich mal in der Namensliste nachschauen. Obwohl. Ist mir doch egal.

Sie sitzt mit verschränkten Armen da und schaut mich

ostentativ genervt an. Wahrscheinlich hat ihre Mutter sie über den Vorfall mit dem Türenklopfer informiert. Ich bin sicher, die Gallwitzer setzt ihre Tochter als Agentin ein, die ihr brühwarm berichtet, was in meinem Unterricht alles schiefläuft.

So, erstmal die Hausaufgaben besprechen.
»*Open your Workbooks*«, befehle ich unmissverständlich. Umständliches Gekrustel. Diverse Hände gehen hoch. Ich muss nicht fragen, um zu wissen, warum.
»*Just take a sheet and a pen*«, sage ich matt. Ich bin müde. Alle Hände gehen wieder runter, außer der von Poneder, der mich auch noch frech angrinst. Er hat so eine seitlich abrasierte Frisur, und er erinnert mich immer an ein Nagetier.
»Poneder, was willst du?«, frage ich ohne jedes Interesse.
»Reden wir mal über die Klassenfahrt?«
Poneder hält sich für besonders schlau, einfach meinen Stundenanfang mit so einer Frage zu torpedieren. Er weiß nicht, dass ich diesen Trick schon durchschaut habe, als ich selbst noch zur Schule ging. Den Lehrer, der auch keinen Bock auf Unterricht hat, in vermeintlich dringende Gespräche zu verwickeln. Nicht mit mir.
»Poneder, schweig!«, sage ich müde.
Das Grinsen weicht aus seinem Gesicht.

Dann jetzt also diese unsägliche Hörverstehensübung. Eigentlich müsste ich den Schülern vor dem Hören einen Hörauftrag geben. Aber ich habe mir die CD selbst noch nie angehört und keine Ahnung, worum es in dem Text geht und was man dazu fragen könnte. Ich sage einfach:

*»Listen to this!«*

Ich suche die richtige Stelle auf der CD und drücke auf *Play*. Der Text beginnt. Nach drei Sekunden geht es nicht weiter, die Sprecherin muss endlos die Silbe *ge-ge-ge-ge-ge-ge-ge* wiederholen, bis ich sie erlöse, indem ich mit der flachen Hand auf das Gerät schlage. Gejohle aus dem Publikum.

Ich nehme die CD heraus und betrachte sie. Kratzer satt. Hat vermutlich eine junge Kollegin ihren Kleinkindern zum Spielen gegeben. Ich reibe sie an meinem Hemd ab und lege sie wieder ein. Drücke wieder auf *Play*. Das Display bleibt leer. Nichts tut sich. In der Klasse herrscht größte Heiterkeit.

*»The CD player has given up the ghost.«*

Elektronische Geräte haben im Klassenzimmer nichts verloren. Meine Rede. Machen nur Ärger und bringen nichts.

»Los, Bücher raus. Seite 51.« Eigentlich müsste ich das auf Englisch sagen, aber ich fühle mich zu schwach.

Es klopft an der Tür. Eine Frau mit einem abwesend wirkenden Jugendlichen kommt herein.

»Guten Tag, Herr Milford, mein Name ist Spauk, ich bin die Schulbegleiterin Ihres neuen Schülers...«

Was für ein neuer Schüler, denke ich. Wieso sagt mir das niemand? Das ist wieder mal typisch für diesen Saftladen.

»Äh, ja, hallo, kommen Sie doch...«

»Das ist der Philip.«

Philip sieht seltsam entrückt zu Boden.

Ich gehe auf ihn zu und will ihm die Hand geben, doch er wimmert bloß und macht einen Schritt zurück, um sich hinter der Frau zu verstecken.

»Nein!«, ruft sie. »Haben Sie denn den Infobrief nicht gelesen?«

Infobrief? Was für ein Infobrief?

In der Klasse herrscht atemlose Spannung. Gebannt verfolgen die Schüler das Schauspiel.

»Ja, doch schon ... klar.

»Dann wissen Sie doch, dass die meisten Asperger-Patienten Körperkontakt erschreckt.«

Sie sieht mich streng an.

»Ach so, das ... Ja, natürlich ... Aber was hat ...?«

Langsam dämmert mir, was hier gespielt wird.

*Inklusion* heißt das Zauberwort. Nicht nur, dass uns niemand auf den Umgang mit Cybermobbing, Drogenhandel im Schulhof, Patchworkfamilienopfern und Wohlstandsverwahrlosung vorbereitet hat. Jetzt müssen wir auch noch Behinderte unterrichten. Also, ich meine, offiziell diagnostizierte Behinderte.

»Und kann man ihn im Unterricht drannehmen?«

»Nein!«, widerspricht sie energisch. »Er darf auf keinen Fall angesprochen werden, das setzt ihn unglaublich unter Stress.«

»Ja, aber, was ist mit Englisch? Redet er dann mit Ihnen, oder wie beteiligt er sich?«

»Er beteiligt sich gar nicht. Er spricht nicht viel. Auch nicht mit mir.«

»Ja, aber ...«

»Und es darf auch auf keinen Fall zu laut in der Klasse sein! Dafür müssen Sie sorgen! Er bekommt sonst Panikattacken.«

»Ja gut, äh ...«

»Und die Mitschüler sollten ihn möglichst auch nicht ansprechen. Das könnte ihn blockieren.«

»Ja ... Also, dann ... Setzen Sie sich doch mal dort hinten hin ...«

Alle Augenpaare im Raum folgen den beiden auf ihrem Weg zum Platz.

Sobald sie sich hingesetzt haben, wandern die Augenpaare wieder nach vorne und blicken mich erwartungsvoll an.

Ich bin aber schon weg. Zumindest mental. Ich sitze frühpensioniert und herrlich grundentspannt mit meiner Angel an einem schottischen Gewässer und lausche dem Gesang des Berghänflings.

# Die Göttliche Komödie

Dante, und ich meine den Dichter, nicht den Fußballer, war kein Lehrer. Sonst hätte er den neunten Kreis der Hölle als immerwährende Gesamtlehrerkonferenz beschrieben.

Vor dem Konferenzraum haben die Elfer einen Tisch aufgebaut, auf dem sie Kuchen verkaufen, um damit für ihre Abiturfeier zu sammeln. So lahmarschig, wie sich dieser Jahrgang bisher gezeigt hat, sind sie gut beraten, beizeiten damit anzufangen. Von den Schülern selbst ist Gott sei Dank nichts zu sehen. Ich nehme ein Stück marmorkuchenartige Masse, beiße rein, kaue – und spucke alles in den nahegelegenen Schirmständer. Es schmeckt furchtbar. Offenbar haben die Schüler Zucker mit Salz verwechselt. Oder sie dachten, der Kuchen bleibt länger haltbar, wenn sie ein wenig Spachtelmasse reinrühren. Und dafür wollen sie auch noch Geld? Dauernd soll man irgendwo Geld spenden. Ich nehme zwei Euro aus dem Körbchen und will gerade die Tür zum Konferenzzimmer öffnen, als ich meinen Namen höre.

»Hallo, Herr Milford!«

Ich erschrecke mich fast zu Tode. Wer spricht mich an? Ich sehe nichts. Ah, da! Weiter unten steht Frau Selig und blickt zu mir hoch.

»Aha. Sie schon wieder.«

»Ja, ich.«

Sie sieht mich ernst an.

»Ich wollte mal fragen, wie es jetzt weitergeht?«

Sie zieht ihre Augenbrauen hoch.

»Mit uns, meine ich.«

Ich räuspere mich.

»Ja also, ich bin dann wohl jetzt Ihr Mentor. Was auch immer das heißt.«

»Okay.« Sie lächelt tapfer. »Na das ist doch schön.«

Ich habe keinen Schimmer, ob sie das wirklich so meint, oder ob da Ironie im Spiel ist.

»Und jetzt?«, frage ich ratlos.

»Na ja, Sie könnten jetzt mit Kollegen sprechen, bei wem ich hospitieren darf, wo ich vielleicht als Erstes eigenständig unterrichten kann. Vielleicht ja sogar in einer von Ihren Klassen? Aber wissen Sie was? Ich habe mich schon ein wenig umgehört, machen Sie sich mal keine Umstände. Ich komm schon klar.«

Sie strahlt jetzt richtiggehend.

Ich nicke bedächtig.

»Ja, das ist doch prima.«

Ich nestle an meiner Tasche herum. Wir betreten den Raum.

»Na dann. Wenn was ist, Sie wissen ja, wo Sie mich finden.«

»Ist gut. Schönen Tag noch.«

Beschwingten Schrittes hüpft sie davon, zu den anderen Referendaren in die erste Reihe. Erstaunlich. So viel Energie. Und positive Ausstrahlung. Unheimlich geradezu.

Ich setzte mich hinten zwischen Heizmann und Grünmeier. Grünmeier befindet sich offensichtlich bereits in der Einschlafphase, zumindest rasselt sein Atem verdächtig. Heizmann hebt den Kopf Richtung Heller, der sich gerade in seinen Eröffnungsmonolog hineinschraubt.

Heller doziert gerade über Curricula und Kompetenzen, wie immer zum Konferenzauftakt. Offenbar hat er mal wieder ein Fachbuch gelesen, zumindest das Vorwort. Er selbst sieht sich als charismatischen Visionär und Motivator. Ich sehe einen kleinen Mann mit Halbglatze und Schweißflecken unter den Achseln, der wirres Zeug faselt.

Als nach der Pizza-Studie alle durchgedreht sind mit neuen Verordnungen, Reformen, Bildungsplänen hat uns dieser emsige Aktionismus noch belustigt. Plötzlich wurde alles in Frage gestellt, von bislang offenbar unterforderten Kollegen, die es auf einmal schon immer gewusst haben wollten und uns zumüllen mit einer neuen Konferenzkultur, Doppelstunden, der Abschaffung der Klingeltöne, Methodencurricula, Leitbildern, Kompetenzorientierung, und wie diese ganzen Nonsensstichwörter hießen, mit denen man plötzlich von allen Seiten torpediert wurde. Schon damals wusste ich: Wer Visionen hat, soll zum Arzt!

Die Zeit steht still. Tagesordnungspunkte ziehen zähflüssig an mir vorbei.

Arbeitsgruppen stellen ihre Ergebnisse vor. Jeder gesprochene Satz wird zur Sicherheit noch mal mit Powerpoint, mitunter auch auf guter alter Klarsichtfolie an die Wand projiziert. Gerne auch mit zu kleiner Schrift.

Das Kollegium ist zweigeteilt: In jene, die nie etwas sagen. Und in die Ritter der Schwafelrunde.

Das Kultusministerium hat uns außerdem dazu verpflichtet, dass während jeder Konferenz mindestens drei Mal die Begriffe *ad hoc, placet, Evaluation* und *Kompetenz* fallen müssen. Das klappt ganz gut. Irgendjemand opfert sich immer gerne.

Zuletzt berichten die überambitionierte Verbindungslehrerin von neulich und ein Referendar, der mir auch schon öfter unangenehm aufgefallen ist, von der Tätigkeit aus ihrer Arbeitsgruppe.

Was ist eigentlich mit diesen übereifrigen Jungkollegen los? Gibt es niemanden mehr, der einfach nur deshalb Lehrer wird, weil das ein sicherer Job mit teilflexiblen Arbeitszeiten und viel Ferien ist? Wo nehmen die denn bloß diesen Enthusiasmus her? Anstatt dass sie froh sind, eine Stelle bekommen zu haben, und als pädagogische Agnostiker auf die Verbeamtung auf Lebenszeit zu warten, die ja auch immer irgendwann kommt, wollen sie jetzt hier noch alles verändern.

Ich bin ja nicht faul, ich bin bloß Pragmatiker. Man kann diesen Job so machen, dass alles einigermaßen seinen Gang geht, oder man will die Welt verändern. Es liegt bei einem selbst. Das Gehalt ist am Ende des Monats das gleiche. Die Beförderung zum Oberstudienrat kommt sowieso irgendwann, quasi als Belohnung, dass man so lange durchgehalten hat. Mit Engagement hat das nichts zu tun. Alles, was man über den Dienst nach Vorschrift hinaus leistet, ist doch das verdammte Privatvergnügen jedes Einzelnen. Ein Hobby.

Die beiden Vortragenden haben es über die Maßen wichtig. Es gelingt mir zunächst nicht, herauszufinden, worum es geht, doch dann erfasse ich das volle Ausmaß des Irrsinns: Verpflichtendes Feedback von Kollegen, Schülern und Eltern wollen sie einführen! Eine neue *Feedbackkultur* an der Schule! Ich glaube, ich muss gleich brechen. Ich soll mich bewerten lassen? Von Kollegen? Und Schülern? Nach über fünfzehn Jahren, die ich hier unterrichte? Das ist ja abartig! Das mit den Kollegen können die sowieso gleich wieder vergessen, das klappt nie. Als würde man sich in seinen Freistunden den Unfug der anderen anschauen wollen. Und Feedback durch Eltern und Schüler? Das sind doch Laien! Das wäre ja, als würde ein Mikrochiphersteller sich sein Qualitätsmanagement von der Metzgerinnung durchführen lassen.

Ich überlege, ob ich vehement einschreiten soll, werde aber durch ein Röcheln neben mir abgelenkt. Grünmeier ist tatsächlich eingeschlafen. Ich stoße ihn an, bevor er noch anfängt zu schnarchen und ihm seine Brille auf den Boden fällt. Er blickt mich verdattert an. Ich zwinkere ihm zu. Er atmet tief durch und sackt wieder in sich zusammen.

Der Referendar spielt sich ekelhaft in den Vordergrund. Was glaubt der, wer er ist? Ich höre Worte wie *Transparenz, Verbindlichkeit* und *Nachhaltigkeit*. Beschließt ihr nur. Seit fünfzehn Jahren sitze ich eure Beschlüsse aus, so viel könnt ihr gar nicht beschließen, wie ich ignorieren kann.

Jetzt reicht es mir. Einem unheimlichen Zwang folgend stehe ich auf und unterbreche diesen Unfug da vorne mit dem einzigen Satz, der geeignet ist, solchem schulinternen Reformeifer einen Riegel vorzuschieben: »Entschuldigung, aber ich muss jetzt mal ganz deutlich sagen, das alles haben wir doch schon immer so gemacht!«

# Der Spion, den keiner liebte

Als ich von der Schule nach Hause komme, sehe ich ein Mädchen und einen Jungen hinter unserer Garage verschwinden. Ist das Lisa? Ich gehe zur Haustür, durchs Erdgeschoss, zum Wohnzimmer hinaus auf die Terrasse, ums Haus herum und habe jetzt Sicht hinter die Garage. Tatsächlich: Es ist Lisa. Sie knutscht mit einem Jungen. Ist das Marvin? Bitte alles, nur das nicht! Der Typ hat seine Hand unter ihrem Pulli. Mir wird schlecht. Ich gehe in den Garagenhof.

Ein Fruchtjoghurt biegt um die Ecke. Es hat einen Gehfehler, und mit dem Kopf scheint auch etwas nicht in Ordnung. Ich schaue genauer hin. Es ist mein Nachbar in seiner neuen Raduniform.

»Sapperlot, Thomas«, sage ich. »Neues Trikot?«

»Dir würde etwas Sport auch nicht schaden«, sagt er.

»Tut mir leid, ich habe keine Radlerhose. Darf man überhaupt noch ohne fahren? Oder herrscht da mittlerweile Pflicht? Und meine Beine rasier ich auch nicht.«

Er schaut mich kopfschüttelnd an. Soll er doch auf seinem albernen Rennrad vor dem ganzen Wahnsinn davonfahren. Zwei hyperaktive Kinder, eine notorisch übellaunige Frau. Da würde ich mich auch lieber Berge hinaufquälen. Obwohl. Das dann wohl doch nicht.

Kaum bin ich zurück im Wohnzimmer, klingelt es an der Tür. »Ich geh schon«, ruft Lisa, aber ich bin schneller. Sie muss durch den Keller ins Haus sein. Seltsam, das alles. Es ist

Marvin. Er nuschelt irgendwas und drückt sich an mir vorbei. Lisa steht auf der Treppe.

»Hi«, sagt sie, und ich meine zu bemerken, wie sie errötet. Sie geht nach oben. Marvin folgt ihr.

Sein Hosenbund hängt am unteren Saum seiner Shorts.

»Und, Marvin, imitierst du wieder perspektivlose afroamerikanische Strafgefangene aus Solidarität und als Geste der Ablehnung gegen deine eigene privilegierte Existenz im Überfluss?«

Bevor Marvin reagieren kann, was er vermutlich sowieso nicht vorhatte, ruft Lisa: »Oh Mann, Papa, du bist sowas von peinlich.«

»Jaja«, sage ich, doch da sind sie schon in Lisas Zimmer verschwunden.

Ich gehe ratlos in mein Arbeitszimmer und lege die Deutschaufsätze vor mir auf den Schreibtisch. Ich nehme das oberste Heft, schaue auf den Namen und schiebe es angewidert zur Seite. Ich wühle mich durch den Stapel und werde bald fündig. Julia Weber. Mit der fange ich an, das ist gut für die Motivation, das geht schnell und macht nicht aggressiv. Ich schlage das Heft auf.

Nebenan lacht Lisa in ihrem Zimmer. Hat Marvin sie zum Lachen gebracht? Wie kann jemand, der den Mund beim Sprechen nicht weiter als einen halben Zentimeter aufbekommt, lustig sein? Mein Rücken tut weh. Ich sollte mir unbedingt mal einen neuen Schreibtischstuhl zulegen. Harter Stuhl muss ja nicht sein. Ich liebäugle kurz mit einem Nickerchen auf meiner Matratze, die ich vor einiger Zeit in mein Arbeitszimmer gelegt habe. Ursprünglich, damit ich nachts flüchten konnte, wenn Karen sich durch mein

Schnarchen in ihrem Schlaf gestört fühlte. Mittlerweile leg ich mich abends direkt hier rein, weil ich glaube, meine ständige Müdigkeit könnte etwas mit diesem nächtlichen Bettenwechsel zu tun haben.

Aber das mit Marvin in Lisas Zimmer lässt mir keine Ruhe. Ich trete auf den Flur. Eigentlich lausche ich nicht. Ich stehe einfach hier und höre mich um. Ich gehe jetzt mal näher ran. Kein Laut dringt aus ihrem Zimmer. Was ist da los? Ehe ich weiß, wie mir geschieht, stehe ich plötzlich vor Lisas Zimmertür. Vielleicht mal ein kleiner Blick durchs Schlüsselloch ... Kann man das machen? In dem Fall schon, oder? Das muss man doch mal zugeben, dass das völlig in Ordnung ist und legitim, das ist ja quasi ein Notfall. Ich spähe durch das Loch.

»Was machst du denn da?«

Erschrocken fahre ich herum. Karen steht hinter mir und blickt mich entgeistert an.

»Papa?!«

Ich drehe mich erneut um, immer noch in dieser gebückten Haltung, die es unmöglich macht, mein Tun als irgendetwas anderes aussehen zu lassen als den verzweifelten Versuch eines Vaters, herauszufinden, was seine minderjährige Tochter mit so einer Elementarnull in ihrem Zimmer treibt. Lisa steht im Türstock und guckt ähnlich fassungslos.

Ich linse an Lisa vorbei auf Marvin, der sich auf dem Sofa fläzt und mich angrinst. Ich könnte schwören, er hat eine Erektion. Aber wer kann das sagen, bei diesen weiten Hosen?

# Warum Eltern Tyrannen werden, weiß ich doch nicht

Ich bin den ganzen Tag schon fürchterlich müde. Um vier Uhr morgens bin ich aufgewacht und konnte nicht mehr einschlafen. Langsam gehen mir die Erklärungen aus.

Diese Woche ist der Horror. Erst Gesamtlehrerkonferenz und jetzt auch noch konstituierende Klassenpflegschaftssitzung. Eine Veranstaltung, bei der sich alle Lehrer einer Klasse der versammelten Elternschaft vorstellen. Eigentlich sollte die im Oktober und nicht im März stattfinden, aber vor lauter Schulentwicklung hat man wohl den Termin verschwitzt.

Ich betrete das Klassenzimmer und sehe mich vor ein ernstes Problem gestellt. Vor einiger Zeit wurden in ein paar Klassenzimmern neue Lampen installiert. Da, wo sich früher ein Kippschalter befand, prangt nun eine Art Mischpult mit unzähligen Knöpfen und Schaltern mit Hieroglyphen darauf. Unlängst hat Heller die Funktionsweise dieser neuen Lichtanlagen in einem fast zweistündigen Vortrag erläutert, ohne dass irgendjemand etwas verstanden hätte. Das Resultat ist, dass ich nicht mehr weiß, wie das Licht an- oder ausgeht. Drückt man auf den größten Schalter, wird es im Zimmer noch einmal deutlich heller als vorher, das ist wohl die sogenannte *Lichtdusche*. Vieles läuft auch automatisch, zum Beispiel geht das Licht im Raum aus, wenn sich zu lange niemand bewegt.

Im Unterricht kann ich immer einen der technisch interessierten Schüler bitten, sich um das Licht zu kümmern, die durchschauen das irgendwie besser als ich. Doch von denen ist jetzt keiner da.

Ich springe ein paar Mal vor der Tafel in die Luft, in der Hoffnung, das Licht reagiert auf diese Bewegung, indem es einfach angeht. Aber es denkt nicht daran. Da läuft auf dem Gang ein Jungkollege vorbei.

»He ...«, mir fällt sein Name nicht ein, »ich brauche Sie hier mal kurz.«

Er blickt sich hektisch um, als sei er unglaublich in Eile.

»Erster Elternabend als Klassenlehrer?«, frage ich, scheinbar mitfühlend.

Er nickt verzweifelt.

Ich klopfe ihm auf die Schulter.

»Wird schon. Alles halb so wild.«

Gelogen natürlich, aber wer bin ich, Edward Snowden?

Jedenfalls löst der Jungkollege mit einigen wenigen Handgriffen mein Lichtproblem, und nach allem, was ich beobachten kann, ist es lediglich eine Kombination aus sieben oder acht verschiedenen Tasten, die dafür sorgt, dass der Raum jetzt von warmem Licht durchflutet wird.

Eine Viertelstunde später blicke ich in die Gesichter der Elternschaft. Nach Unterrichtsschluss habe ich heute Mittag das Klassenzimmer betreten und es wie erhofft in fürchterlich desolatem Zustand vorgefunden. Händereibend habe ich die Putzkolonne aufgesucht und sie gebeten, dieses Zimmer heute auf keinen Fall zu reinigen. Ich war nicht sicher, ob sie mich verstanden haben, weil ich nicht weiß, welche Sprache sie sprechen, aber nun genieße ich die irritierten Blicke der

Eltern. Der Boden ist übersät mit Arbeitsblättern, Ringbuchschnipseln, Chipstüten, Kaugummistanniol, Coladosen und Eisteekartons. Die Tafel vollgeschmiert mit Penissen und anderem Unsinn, lediglich drei Stühle stehen auf den Tischen, die meisten liegen kreuz und quer auf dem Boden herum. Einige der Poster sind halb von den Wänden gerissen, auf den Fensterbrettern sammeln sich Schulbücher, Turnschuhe, halbverfaulte Bananen und schimmelige Pausenbrote.

»Herzlich willkommen im Klassenzimmer der 8b«, eröffne ich den Abend.

Ich mache eine bedeutungsvolle Pause. Bei der Meute, die mich nun wütend anstarrt, handelt es sich um eine Mischung aus übereifrigen Akademikern, denen jedes Mittel recht ist, ihren Sprösslingen Vorteile zu verschaffen, überkorrekten Jack-Wolfskin-Eltern und stumpfsinnigen Proleten mit zu viel Geld, aber dafür ohne Bücherregal im Wohnzimmer.

Unter meinen Schülern sind auch eine Reihe Anwalts- und Lehrerkinder. Mutter Gallwitzer zieht es Gott sei Dank vor, der Veranstaltung fernzubleiben. Dafür hat sie ihren unsympathischen Ehemann geschickt, einen Anwalt, der außerdem noch Elternvertreter der Klasse ist.

Dieser Abend muss nicht, aber er kann darüber entscheiden, wie sehr diese sogenannten Erziehungspartner mir die kommenden Monate das Leben zur Hölle machen.

»Als Erstes sollten wir die Wahl des Elternvertreters durchführen. Bisher hat dieses Amt ja Herr...«, ich überlege, ob er nun Gallwitzer oder Merkensorg heißt, oder ob er gar auch einen Doppelnamen hat, und schaue ihn dabei an in der Hoffnung, er nennt höflicherweise seinen Namen. Aber er denkt gar nicht daran. Also zeige ich einfach mit dem Finger auf ihn und fahre fort, »… innegehabt.«

Darauf nickt Gallwitzer oder wie er heißt bräsig in die Runde.

»Und dafür danken wir ihm alle sehr. Herr … hat nun mir gegenüber signalisiert, dass er sich nicht wieder zur Verfügung stellt, richtig?«

Gallwitzer nickt, sagt aber nichts.

»Ich möchte nun also fragen, ob sich jemand der Wahl stellen würde?«

Nichts rührt sich.

Ich blicke eine Weile in die Runde. Die Mienen der Eltern erinnern mich an die der Schüler. Unbehagen. Beklommenheit. Innere Emigration.

Ich setze mich an mein Pult und warte. Niemand spricht. Niemand rührt sich. Ich blicke Richtung Fenster, doch da es draußen dunkel ist, sehe ich bloß einen zerknitterten Mann auf einem zu kleinen Stuhl, der sich in der Scheibe spiegelt. Ich schaue schnell wieder weg. Im Raum herrscht das Schweigen im Walde. Wer sich zuerst bewegt, verliert.

Irgendwann geht das Licht aus.

Die Tür wird aufgestoßen, und die Kollegen kommen herein, um sich vorzustellen.

Das ist das Signal für Gallwitzer.

»Also gut, ich mach's noch mal.«

Die Erleichterung im Raum ist förmlich greifbar. Einzelne beginnen zu applaudieren. Gallwitzer nickt selbstgefällig. Der Applaus schwillt an. Wird frenetisch. Einige Eltern erheben sich von ihren Plätzen. Gallwitzer auch. Er winkt in die Runde. Schüttelt Hände. Rechts wie links. Na also. Geht doch. Ich seufze und notiere das Wahlergebnis im Sitzungsprotokoll.

Was die Kollegen angeht, ist diese Art von Veranstaltung ein Kuriositätenkabinett sondergleichen. Da ja sonst jeder isoliert hinter geschlossenen Zimmertüren herumfuhrwerkt, bekommt man nicht viel davon mit, wie sich die Kollegen vor Publikum aufführen, es sei denn, man hört sie auf dem Weg in den Kopierraum hinter den Türen herumschreien. Aber hier *sieht* man sie auch noch. Und zwar in allen er- und vor allem bedenklichen Facetten.

Da gibt es zum einen die lustlosen Veteranen. Sie haben jeglichem Bemühen abgeschworen, einen guten Eindruck zu hinterlassen. Es ist ihnen schlicht egal. Um die Krone des optisch orientierungslosesten Lehrers streiten sich seit Jahren Kollegin Schmelzer-Schmelzer und Grünmeier. Dieses Jahr hat er sich sogar noch nachlässiger gekleidet als sonst. Er trägt seinen alten abgewetzten Anorak, wahrscheinlich aus seiner Studienzeit, den er natürlich die ganze Zeit anbehält. Grünmeier schläft beinahe ein, während sich eine Oberreferendarin, die den Reigen eröffnet, um Kopf und Kragen redet. Er fläzt sich auf dem Stuhl wie ein Wachkomafall. Bei manchen Sätzen der Referendarin lacht er gluckernd.

Die Referendarin doziert den Sermon, den man ihr am Seminar eingebläut hat, sie zitiert aus dem Bildungsplan, legt Folien auf und reicht Bücher und Unterlagen herum. Sie hat sich stundenlang auf diesen Abend vorbereitet. Ihre Stimme und ihre Hände zittern.

Eine Elternhand geht nach oben. Es handelt sich um den

Vater eines Schülers, bei dem man sich regelmäßig dabei ertappt, dass man sich die Prügelstrafe zurückwünscht. Das ist der Moment, auf den man sich als Anfänger nicht vorbereiten kann. Vor allem dann nicht, wenn man es mit dem *Kritiker* zu tun hat. Der *Kritiker* ist immer männlich. In der Regel ist er Anwalt, Arzt oder Architekt. Oder Lehrer. Er hat ganz bestimmte Vorstellungen von der Schullaufbahn seiner Kinder. Er sitzt den ganzen Abend sehr aufmerksam mit leicht zusammengekniffenen Augen da, verzieht ansonsten keine Miene, lacht nie und beobachtet skeptisch und grundalarmiert das, was sich ihm darbietet. Er verachtet alle Lehrer, selbst wenn er auch einer ist, und das Schulsystem an sich, würde am liebsten alles selbst machen und will für seine Kinder die besten Noten herausholen. Dazu ist ihm beinahe jedes Mittel recht. In dieser Klasse gibt es überdurchschnittlich viele solcher Väter.

»Und, lesen Sie denn keinen Molière in Französisch?«

Die Referendarin starrt ihn entsetzt an. Vor diesem Moment hat ihr die letzten Tage gegraut.

»Nein, also, das möchte ich lieber nicht...«

Sie beginnt zu erklären, warum sie als Lektüre etwas Zeitgenössisches ausgesucht hat.

»Ich habe meinen Sohn«, unterbricht sie der Kritiker unwirsch, »nicht aufs Gymnasium geschickt, damit er hier Jugendbücher liest. Ich glaube an die klassische humanistische Bildung und erwarte von einem Gymnasium, dass es meinem Sohn diese Bildung zuteil werden lässt, und dazu gehört für mich Molière in Französisch.«

Vordergründig scheint die Referendarin aufmerksam zuzuhören, doch ihre Pupillen verraten, dass sich hinter ihrer Stirn die nackte Panik zusammenbraut.

»Nun«, entgegnet sie mit allem Mut, den sie aufbringen kann, »es gibt natürlich unterschiedliche Auffassungen, was man als sinnvoll zum Erlernen einer modernen Fremdsprache ansieht, und ich persönlich ...«

»Hören Sie«, fährt der Vater sie an, »was Sie persönlich denken, interessiert mich nicht! Und kommen Sie mir bloß nicht mit diesem ganzen neumodischen Kram!«

Selbst Grünmeier hat sich auf seinem Stuhl aufgerichtet und lauscht dem Scharmützel gebannt.

Die Referendarin kämpft mit den Tränen. Aber wenn ich ihr jetzt helfe, würde sie ihr Gesicht verlieren und nie mehr wiederfinden. Alles Teil der Ausbildung.

Fasziniert beobachte ich, wie sie zwischen ihren Idealen und der grausigen Realität hin- und herschwankt. Es sind nicht die Ideale, die den Kampf für sich entscheiden, als sie einknickt und zusagt, die nächste Klassenarbeit über Molière zu schreiben.

Als Nächstes erhebt sich Grünmeier mühsam und schlendert an die Tafel. Bemerkenswert monoton leiert er irgendeinen Quatsch zu seinen naturwissenschaftlichen Fächern herunter. Er schafft es zu sprechen, fast ohne den Mund zu öffnen. Er könnte als Bauchredner auftreten. Nach zehn Sekunden kann ich nicht mehr folgen. Ich erkenne an den Gesichtern der Eltern, die teilweise selbst noch seinen Unterricht genossen, dass es ihnen ähnlich geht und sie Grünmeiers Fächer für dieses Schuljahr endgültig mental abhaken.

Grünmeier hat sich über die Jahre einen Ruf erarbeitet, der seine Umwelt davon abhält, irgendetwas von ihm zu erwarten. Entlassen werden kann er ja nicht, also parkt man ihn in

Mittelstufenklassen und ansonsten in der Schulbuchverwaltung. Und als Rot-Kreuz-Beauftragter. Auf die Unterstufe kann man ihn nicht loslassen, und oben geht es eigentlich auch nicht, da wird es dann juristisch heikel. Die Schüler und Eltern wissen, dass jeder in der achten oder neunten Klasse einmal den Grünmeier hat. Das ist wie Mumps oder Röteln, das muss man einfach hinter sich bringen.

Während er spricht, dehnt sich die Zeit ins Unendliche. Einstein hätte seine wahre Freude gehabt an Grünmeiers Vortrag. Ich blicke auf die Uhr. Es waren nur vier Minuten, hat sich aber angefühlt wie 25. Mir fällt ein, dass ich schon ewig das mit der Patientenverfügung vor mir herschiebe. Da muss ich jetzt unbedingt mal ran, das kann ja ganz schnell gehen.


Der Dritte ist ein Neuer. Er unterrichtet Geschichte und Politik. Ich fürchte, mit diesen Fächern wird er sich eher nicht kurzfassen können, diese Kollegen halten sich ja immer für wahnsinnig wichtig.

Eine Viertelstunde später hat sich meine Befürchtung auf das Schrecklichste bewahrheitet. Der junge Mann findet kein Ende. Er doziert detailliert über die Inhalte des Jahres, faselt von der mittelalterlichen Ständegesellschaft und dem Aufkommen des Bürgertums.

Mit einem Mal ändert sich sein Ton, und er geht in eine Art Generallamento über.

Er lässt sich über die desolate Arbeitshaltung und die katastrophale Hausaufgabenmoral in der Klasse aus. In der Sache hat er natürlich völlig recht, aber das sagt man doch den Eltern nicht! Sie starren den Mann völlig entsetzt an, aber er hat jetzt einen Lauf und ist nicht mehr zu bremsen.

»Ich hatte eigentlich gehofft, diese Klasse dieses Jahr *nicht* zu bekommen. Aber nun ist es ja nicht mehr zu ändern. Aber ich sage Ihnen eines: Ich werde das nicht mehr durchgehen lassen.«

Im Raum beginnt es zu rumoren.

Gallwitzer und der Kritiker kräuseln die Stirnen und schauen noch alarmierter als sonst.

»Ich werde knallhart ins Klassenbuch eintragen. Und beim dritten Eintrag die Schulleitung informieren!«

Der Kollege hat sich nun in die Gestik eines Diktators hineingesteigert.

Das Gemurmel der Eltern schwillt zu einem Grunzen heran. Gallwitzer blickt zu mir, doch ich kann jetzt nicht reagieren, so fasziniert bin ich von dem, was sich hier abspielt.

»Strafarbeiten werden an der Tagesordnung sein!«

Der Kollege klingt mittlerweile wie eine alte Wochenschau, in der über die Fortschritte an der Ostfront berichtet wird.

»Arrest!«

Er wird noch lauter. Mütter schlagen die Hände vor ihre Münder. Väter verengen ihre Augen zu Schlitzen.

»Arrest und regelmäßige Elternbriefe!«

»Tut mir leid.« Ich erhebe mich. »Aber uns läuft ein wenig die Zeit davon. Gibt es noch dringende Fragen an den jungen Kollegen?«

Ich bin unschlüssig, was ich mehr genieße. Die dankbaren Blicke der Eltern oder den irritierten Gesichtsausdruck des Kollegen mit dem Sprechdurchfall. Er verabschiedet sich hastig und eilt zerknirscht hinaus. Mit einem triumphierenden Lächeln beginne ich nun meine eigene Vorstellung.

Los geht's mit einem kleinen Scherz, dann skizziere ich

drei oder vier größere Unterrichtsinhalte, erläutere die Notengebung und die geplanten Anschaffungen, sage noch etwas zum Thema Hausaufgaben und habe am Ende sogar Grünmeiers vier Minuten unterboten.

Ich blicke in ernste Gesichter. Die Hand des Elternvertreters geht hoch. Damit war zu rechnen.

»Wie handhaben Sie denn die Bewertung von Deutscharbeiten bei Lese-Rechtschreib-Schwäche?«

Gallwitzer hasst mich, ganz klar. Außerdem braucht er noch einen großen Auftritt heute Abend, er muss ja schließlich beweisen, dass er der Richtige für dieses Amt ist. Ein Streiter für die Gerechtigkeit und gegen pädagogische Willkür und Inkompetenz. Aber nicht mit mir.

»Nun, erst mal möchte ich mir ein Bild vom Leistungsstand der Kinder machen.«

»Das wird nicht nötig sein«, unterbricht mich der Kritiker. »Das wurde bereits diagnostiziert, wie reagieren Sie darauf?«

Ich könnte jetzt antworten, dass ich keine Ahnung habe, wie man mit einem Kind wie seinem Sohn umgehen soll, der sogar drei Rechtschreibfehler macht, wenn er den eigenen Namen schreiben soll.

»Ich bin eher vom alten Schlag. Wir werden erst einmal klassisch die Regeln lernen und dann üben, üben, üben, und danach sehen wir weiter. Und ich werde Ihnen nicht verbieten, Ihren Kindern zu Hause zu helfen!«

Die Gesichter der Skeptiker entspannen sich.

Die meisten Eltern, die ihr Kind auf ein humanistisches Gymnasium schicken, wollen keine Reformpädagogik mit sich öffnenden und wieder schließenden Lernfenstern oder Freiarbeit. Sie wollen eine Schule wie vor fünfzig Jahren.

Und ich muss mich nicht einmal verstellen, um ihnen genau die zu liefern.

Dennoch gehen mehrere Hände nach oben. Ich atme mental durch.

»Was ist denn jetzt mit der Klassenfahrt?«, fragt ein untersetzter Mann mit Bluthochdruckgesicht. »Wollen Sie dazu gar nichts sagen?«

Ach herrje. Die Klassenfahrt! Innerlich fasse ich mir an die Stirn. Das hab ich ja ganz vergessen. Das war doch klar, dass die heute darüber reden wollen. Ich Narr!

»Es soll ja etwas mit Erlebnispädagogik sein, wie immer in der achten Klasse«, erklärt Gallwitzer freundlicherweise, falls es jemandem nicht bekannt gewesen sein sollte.

Erlebnispädagogik! Wenn ich das Wort schon höre. Was für eine unfassbare Verschwendung von Energie, Geld und Ressourcen. Nicht, dass ich dafür gestimmt hätte, aber das Kollegium ist in den Konferenzen nach Hellers castroartigen Endlosmonologen immer so sediert, dass es auch einer Seelenabtretung zustimmen würde, Hauptsache, es geht zügig weiter zum nächsten Tagesordnungspunkt.

»Ja, gut, die Klassenfahrt …«, beginne ich einen Satz, von dem ich nicht weiß, wie er enden soll.

»Was kostet das denn?«

Ich öffne den Mund aus einem Impuls heraus, etwas Profundes abzusondern.

»Haben Sie überhaupt eine erlebnispädagogische Ausbildung?«

»Unser Sohn ist ja bei den Pfadfindern. Muss er dann auch mit?«

Ich schließe meinen Mund wieder. So mit offenem Mund dazustehen bringt mich jetzt auch nicht weiter.

»Unsere Lena-Maria hat ja eine Gluten-Unverträglichkeit. Geben Sie das noch an die Jugendherberge weiter?«

»Ja genau«, greift eine hager und ungesund aussehende Frau in der letzten Reihe das Thema Ernährung auf.

»Wir ernähren uns ja komplett vegan. Ich hoffe doch, die Jugendherberge ist darauf eingestellt.«

Dies scheint mir der ideale Zeitpunkt für einen französischen Abgang.

Ich nutze den allgemeinen Tumult, der jetzt zwischen Pescetariern, Laktoseintoleranten und der Tiefkühlpizza-Fraktion ausbricht, um Gallwitzer zu beauftragen, den Abend kraft seines Amtes offiziell zu beenden, und schleiche mich zur Tür hinaus.

War doch gar nicht so wild heute. Und jetzt hab ich wieder ein Jahr Ruhe.

# Love is a battlefield

Endlich. Samstagvormittag. Wochenende.

Heute gehe ich endlich mal diese unsäglichen Aufsätze an, die schon seit Wochen auf meinem Schreibtisch vor sich hin schimmeln. Vielleicht komme ich ja später tatsächlich mal wieder zum Angeln. Ich müsste mich auch dringend wieder bei Stefan melden. Stefan ist mein ältester und, wenn ich ganz ehrlich bin, einziger Freund überhaupt. Wir kennen uns seit dem Studium. Er hat neben Englisch noch Musik studiert, wurde aber nie Lehrer, sondern Musiker. Allerdings sehen wir uns in letzter Zeit kaum noch. Er könnte sich aber auch mal wieder melden.

Gutgelaunt mache ich mir einen Kaffee. Im Haus ist es ruhig. Mit den Kindern ist vor Mittag nicht zu rechnen, sie schlafen ja neuerdings gerne mal etwas länger.

Karen ist sicher schon beim Walken oder meditiert im Garten. Mir recht. Sie scheint beschlossen zu haben, heute nicht mit mir zu reden. Keine Ahnung, warum. Irgendetwas werde ich schon wieder falsch gemacht haben. Irgendwo habe ich einmal gelesen, dass ein Mann erst richtig verheiratet sei, wenn er jedes Wort versteht, das seine Frau nicht gesagt hat.

Am Anfang unserer Beziehung habe ich mir noch den Kopf zerbrochen, was ich falsch gemacht haben könnte, habe mich entschuldigt für irgendein obskures Vergehen, habe

Pralinen gekauft oder Blumen. Im Laufe der Zeit habe ich mir abgewöhnt, darüber zu grübeln, was es sein könnte. Es ist mir scheißegal. Wenn eine Frau nicht spricht, soll man sie keinesfalls unterbrechen.

Ich schlage die Zeitung auf. Die Sonne scheint durchs Fenster. Ruhe. Frieden.
Doch halt! Beim Blick hinaus auf die Terrasse fällt mir auf, dass dort etwas nicht stimmt. Das Vogelhaus liegt am Boden. Hat wohl der Sturm letzte Nacht aus der Verankerung gerissen. Das Dach hat sich gelöst, aber das müsste man mit Nägeln und Schrauben wieder repariert bekommen. Ich hole Werkzeug und gehe nach draußen. Ich halte den ersten Nagel zwischen Daumen und Zeigefinger fest, hebe den Hammer...
»Du, wenn's nicht geht, dann lass doch lieber.«
Karen steht in vollem Sport-Ornat in der Terrassentür.
»Nachher wollte sowieso der Peter kurz vorbeikommen, den können wir ja fragen.«
Ich sacke in mich zusammen wie eine Marionette, der man die Fäden abgeschnitten hat.
Wie war das? Eine Frau würde keine Atombombe bauen, sie würde eine Waffe bauen, die dafür sorgt, dass man sich eine Weile mies fühlt!
Der Peter ist eine Plage. In der Johannesoffenbarung kommt er gleich nach den Heuschrecken. Er hat mit Karen Heilpädagogik studiert und ist mir schon damals mächtig auf den Sack gegangen mit seiner altklugen, übertoleranten politischen Korrektheit. Das Problem ist, dass er hinter dieser Fassade immer schon scharf auf Karen war, was er aber nie zugeben würde, weil er sich ja als Asket vermarktet.

Er ist ein ganz normales Arschloch, nur dass er so tut, als sei er keins. Er hilft manchmal in Ritas »Praxis« aus, daneben hat er einen Laden mit veganen Bioprodukten, in dem nie etwas los ist, vermutlich eine Geldwäscherei, und gibt Yogakurse, der Penner.

Ich blicke sie fassungslos an. Dann packt mich die Wut, und ich lasse den Hammer erbarmungslos nach unten sausen. Durch die Wucht des Schlages bricht das Vogelhaus in der Mitte entzwei. Ich schleudere Hammer und die Reste des Vogelhauses auf den Boden.

»Na super, dass der Peter kommt«, sage ich und renne an ihr vorbei ins Wohnzimmer.

»Ich wollte nur nicht, dass du wieder so ausflippst, weil es doch meistens nicht klappt, wenn du ...«

Das Telefon klingelt direkt neben mir. Ich reiße es hoch.

»Was!«

Es klingelt weiter. Ich starre es wütend an.

»Du musst den grünen Knopf drücken«, belehrt mich Karen.

»Meinst du, ich bin blöd, oder was?«

»Äh, nein ... Hallo?«, dringt eine Stimme aus dem Hörer.

Ich schaue verwirrt vom Hörer zu Karen und zurück.

Karen zuckt die Schultern und geht in die Küche.

»Hallo?«

»Hallo?«

»Herr Milford?«

»Hallo?«

»Hier ist Mareike Selig ... Ihre Referendarin.«

»Ah, Frau ... Ja, was gibt's?«

Ich bin etwas verwirrt. Ich werde eigentlich nicht von jungen Frauen angerufen.

»Herr Milford?«
»Ja?«
»Kann ich am Montag bei Ihnen hospitieren?«
»Ja, äh, also, ja.«
»Und versprechen Sie mir, dass Sie nicht wieder aus dem Zimmer gehen und mich vor der Klasse bloßstellen?«
Bloßstellen? Jetzt aber mal halblang.
»Na gut, ich versprech's.«
Ich wundere mich, wie nett meine Stimme klingt. Irgendwie fremd. Ist das jetzt diese Altersmilde, von der man immer hört?
»Gut, das war's schon. Danke. Tschüssi. Schönes Wochenende.«
Jaja, tschüssi, denke ich und lege das Telefon weg.
»Wer war das denn?«
Karen kommt aus der Küche.
»Falsch verbunden.«

# Der Peter kommt

Nach zwei Aufsätzen kann ich nicht mehr. Der eine war in der karolingischen Minuskel verfasst, der andere offenbar von einem ukrainischen Legastheniker. Ich habe beide Male eine Drei bis Vier gegeben.

Wieso hat mir eigentlich niemand erzählt, damals bei der Studienberatung, was da auf einen zukommt? Es gibt im Leben eines Lehrers ja nur zwei Aggregatzustände: Entweder man korrigiert gerade oder man *sollte* gerade korrigieren. Und dann auch noch zwei so korrekturintensive Fächer. Man kann den Nachwuchs ja gar nicht deutlich genug warnen:

»Sie wollen Deutsch und Englisch auf Lehramt studieren? Sind Sie wahnsinnig? Mit einem vollen Deputat haben Sie dann sechs Klassen. Macht 24 Klassenarbeiten pro Schuljahr. Bei 25 Schülern pro Klasse korrigieren Sie im Schuljahr 600 Hefte. Für Deutschaufsätze brauchen Sie länger, wegen dem vielen Geschwafel, Englisch geht schneller, aber Sie kommen locker auf 250 Stunden Korrigieren! Fast elf Tage am Stück. Sie werden in den nächsten dreißig Jahren keinen Moment mehr erleben, in dem Sie nicht entweder korrigieren oder eigentlich korrigieren sollten. Hochzeit, Flitterwochen, Kreißsaal? Egal, die Klassenarbeiten kennen keine Ferien. Und wissen Sie, was das Beste ist? Als Deutschlehrer sind Sie immer, ohne Ausnahme, auch Klassenlehrer. Gut, was?

Wenn Sie hingegen Sport und Geographie oder Mathe

oder ein anderes naturwissenschaftliches Fach studieren würden, hätten Sie ein Fach, das weitgehend ohne Korrekturen auskommt, und eines mit etwa fünf Minuten pro Arbeit, das erledigen Sie locker in einer Freistunde.

Und danach gehen Sie nach Hause und überlegen sich, was Sie mit Ihrer Zeit alles machen können. Vorstand des örtlichen Tennisvereins werden. Leserbriefe schreiben. Aquarelle malen. So viele Möglichkeiten. Das Geld ist übrigens das gleiche.

Also, junger Mann, jetzt denken Sie mal in Ruhe darüber nach, und dann entscheiden Sie sich noch mal, was Sie wirklich studieren wollen.«

Ich muss eine Pause machen. Gerade habe ich mich während des Lesens eines weiteren dadaistischen Aufsatzes dabei ertappt, wie ich mir ein paar Gedanken zu der Stunde, in der Frau Selig hospitieren will, gemacht habe.

Lisa kommt aus ihrem Zimmer gerast.

»Das ist so eklig! Auf meinem Bett sitzt schon wieder eine Heuschrecke! Mach die weg!«

Tim und seine verdammten Viecher. Dafür bin ich also gut genug, denke ich und mache mich stöhnend auf die Jagd nach dem Tier.

In ihrem Zimmer fällt mein Blick auf das Poster einer nackten jungen Frau, die auf einer Abrissbirne reitet.

Der Heuschreck hat es sich auf Lisas Schminktisch gemütlich gemacht. Dem musste übrigens vor zwei Jahren Lisas Klavier weichen, das seither ungenutzt im Flur steht.

Ich schleiche mich über Lisas rosafarbenen Plüschteppich an, auf die herzförmige Bildercollage aus Selfies mit Freundinnen, Sonnenuntergängen und Poesiesprüchen zu. Das

Insekt inspiziert Lisas Pickelcreme. Das ist meine Chance. Ich leere eine Metallbox voller Kram aus und stülpe sie über das Tier.

»He, was machst du denn? Mein Schmuck!« Lisa steht erzürnt in der Tür.

»Was? Ich hab das Zimmer von Ungeziefer befreit. Sei mal dankbar! Ich mach gleich den Deckel wieder auf.«

»Ich will ein Moskitonetz um mein Bett!«

»Ja, dann montier dir doch eins!«

»Hallo? Wie wär's, wenn du das machst?«

Ich lasse sie und die Box stehen und gehe nach unten. Auf der Terrasse sitzt der Peter, im Schneidersitz, und schraubt an dem Vogelhaus herum. Karen serviert gerade grünen Tee. Ich beobachte die beiden.

Wie lange ist er jetzt zurück aus Indien? Zwei Jahre? Von mir aus kann er da gleich wieder hinziehen. Er ist so ein ganz freigeistiger Vogel. Die Ehe lehnt er als kleinbürgerlich ab, hechelt aber jedem Rock hinterher, der nicht bei drei auf dem Lucuma-Baum ist. Er inszeniert sich als Öko, ist aber in Wirklichkeit ein ekelhaft eitler Geck, der an keiner Scheibe vorbeigehen kann, ohne hineinzuschauen. Erfreut stelle ich fest, dass seinem vormals fülligen Haarschopf am Hinterkopf etwas die Puste ausgeht, so dass sich dort eine schnuckelige Tonsur gebildet hat.

»Peter, welch lieber Gast in unserem Haus, ich grüße dich! Schön, dass du dich nützlich machst. Neue Frisur?«

»Hallo, Harald«, sagt er milde, »da haben aber ganz schöne Kräfte eingewirkt auf dieses kleine Vogelhaus.«

»Ich wollte gerade ein paar Rindersteaks in die Pfanne hauen. Für dich auch eins?«

Er lächelt mich an.

»Harald, du kannst mich nicht provozieren, das weißt du doch.«

Mal sehen.

»Peter, bei einem richtigen Mann hätte ich langsam Bedenken, so wie du seit einiger Zeit um Karen herumscharwenzelst, aber bei dir mach ich mir da keine Sorgen.«

»Harald, jetzt mach aber mal einen Punkt«, platzt es aus Karen heraus.

»Lass ihn doch, Karen«, sagt der Peter. »Ich bin sicher, er meint es nicht so.«

»Siehst du?«, sage ich. »Dem Peter macht das nichts. Der ruht in sich selbst.«

»Harald, Harald ...« Der Peter schüttelt milde den Kopf. »Ich hole gleich meine Chakren-Kamera. Dann siehst du mal die Farbwolke deiner passiv-aggressiven Unausgeglichenheit.«

Chakren-Kamera? Was für ein Arschloch, denke ich und gehe wieder in mein Arbeitszimmer.

»Eine Frau macht niemals einen Mann zum Narren, sie wartet ab und sieht zu, wie er es selbst macht!«, ruft mir Karen hinterher.

Touché, Frau Milford, touché. Ich bin zu müde zum Korrigieren und lege mich auf meine Matratze.

# Wahnsinn als Chance

Draußen ist der Frühsommer ausgebrochen, es ist ekelhaft warm. Heute zeige ich der Referendarin Selig, wie man in der Realität eine Englischstunde hält. Nicht im Elfenbeinturm des Lehrerseminars. Hier, vor Ort, nach allen Regeln der Kunst. Elegant, einsprachig, effizient!

Ich werde dazu einen Filmausschnitt von einer dieser neuartigen DVDs verwenden, die den Schulen jetzt auch noch von den Verlagen angedreht werden, weil das angeblich im Bildungsplan steht.

Zum Glück ist Frau Selig dabei, die ich bitte, den Beamer mit integriertem DVD-Player zu tragen. Ohne eigenen Träger kann man solche Stunden gar nicht halten.

Ich habe dieses Jahr wirklich bemerkenswert viele unangenehme Klassen. Und die schlimmste von allen ist die 6b. In dieser Klasse erhält das Schild »Achtung Kinder«, das man manchmal in Spielstraßen sieht, eine völlig neue Bedeutung.

Früher habe ich mich gefragt, wer seine Kinder am Wochenende in aller Herrgottsfrüh diese ganzen Kindersendungen anschauen lässt. Inzwischen weiß ich, es sind die Eltern der 6b. Und ich kann die Folgen ausbaden. Jungs, die während der Stunde an ihren Tischen stehen, weil sie nicht sitzenbleiben können. Denen man Knete gibt, um die Konzentration zu fördern, und die man ihnen dann wieder wegnehmen muss, weil sie sie dem Nachbarn ins Ohr stopfen. Die mitten in der Stunde anfangen zu singen oder plötzlich neben mir stehen und von ihrem Kampfsporttraining berichten, während ich gerade ein Gespräch mit der Klasse führe.

Ein Drittel der Schüler wird bereits ärztlich betreut und ist abhängig von rezeptpflichtigen Drogen. Bei mindestens einem weiteren Drittel wünscht man sich, die Eltern würden endlich professionelle Hilfe in Anspruch nehmen.

Von ADHS bis Zwangsstörung ist alles dabei. Dabei habe ich mich doch mit voller Absicht für ein Studium auf Gymnasiallehramt entschieden und nicht für Heilpädagogik. Aber so sehr einem diese Rotznasen den Nerv rauben, nach zehn Minuten mit manchen Eltern in einem Raum würde man sie am liebsten adoptieren.

Frau Selig und ich kommen nicht so recht voran, weil vor uns eine Reihe Mittelstufenschüler so lahmarschig den Gang entlangkriecht, dass ich irgendwann schreie: »Mann! So langsam kann ich nicht mal stehen, wie ihr lauft!«

Kurze Zeit später entdecken uns die beiden Wachtposten der Sechser, woraufhin sie laut *Er kommt, er kommt* schreien und ins Klassenzimmer rennen, um die Klasse darüber zu informieren, dass ich komme.

Als Frau Selig und ich die Tür zum Klassenzimmer öffnen, bildet sich sofort ein Rudel um mich herum.

»Ich hab keine Hausaufgaben.«

»Ich auch nicht.«

»Mein Kaninchen ist gestorben.«

»Wann schreiben wir mal wieder einen Test?«

Ich versuche, mit der Selig im Schlepptau zum Pult vorzudringen, aber es ist unmöglich.

Sie sind völlig aufgebracht. Ich komme mir vor wie auf

einem marokkanischen Basar. Man wedelt mit Geldscheinen vor meinem Gesicht herum, womöglich das Geld für das Workbook, das manche seit Wochen immer wieder vergessen haben. Ein Schüler in der letzten Reihe haut sich sein Englischbuch auf den Kopf. Ein anderer liegt quer über dem Tisch und windet sich in Agonie. In einer Ecke liegen vier übereinander am Boden und schreien vor Schmerzen.

»RUHE!« Ich schreie so laut, dass mir schwindlig wird.

Ganz kurz starren sie mich an.

»Hinsetzen, sofort!«

Keiner rührt sich. Sie sind jetzt völlig verwirrt. Es gäbe noch so viel Lebenswichtiges zu klären.

Ich schiebe ein paar Schüler zur Seite und mache mich daran, den Beamer auszupacken.

Sie beginnen wieder auf mich einzureden, aber ich ignoriere sie, weil ich mich jetzt dem Aufbau widmen muss. Einhändig, denn mit der anderen Hand muss ich mir aufgeregte Schüler vom Leib halten.

Es gelingt mir, das Gerät aus der Hülle zu nehmen.

Ein Schüler erkennt die Situation messerscharf.

»Ein Beamer. Boah! Schauen wir einen Film?«

Diese Frage löst einen Riesentumult aus.

»Boah, Film, krass ey!«

»Was für einen Film? James Bond?«

»Aber nicht auf Englisch, oder?«

Ich stelle das Gerät auf den Overheadprojektor.

»Aber auf Englisch verstehen wir doch gar nix, Herr Milford.«

»Was schauen wir denn?«

»Ich mache das Licht aus!«

»Kann ich aufs Klo?«

Ich versuche, das Kabel in die Steckdose zu stecken. Den Weg dorthin blockiert ein Schüler, der mir sein Hausaufgabenheft entgegenstreckt.

»Was?«, blaffe ich ihn an.

»Ich hab die Hausaufgabe nicht kapiert.«

»Na und? Das ist doch nichts Neues. Nimm halt Nachhilfe, wie alle anderen auch. In Deutschland werden jährlich 1,5 Milliarden Euro für Nachhilfe ausgegeben, da kommt es auf deine paar Kröten auch nicht mehr an.«

Er glotzt mich an.

»Aus dem Weg jetzt, ihr seht doch, dass ich keine Zeit habe!«

Ich zwänge mich an ihnen vorbei, nur um festzustellen, dass das Stromkabel nicht bis zur Steckdose reicht. In der Klasse herrscht mittlerweile eine Wahnsinnsaufregung wegen des vermeintlichen Filmereignisses.

»Frau Selig, gehen Sie doch mal schnell ins Lehrerzimmer, ob Sie ein Verlängerungskabel finden ...«

Frau Selig macht sich auf den Weg.

Die Schüler versteigen sich mittlerweile in lautstarke Spekulationen, welchen Film ich ihnen wohl zeigen werde. Daraus entsteht eine wilde Diskussion, wer was kennt, wer schon Filme ab sechzehn gesehen hat (alle), und wer die längsten Filmmarathons hinter sich hat (auch alle).

Ich schreie erst einmal wieder herum, das beruhigt sie kurz. Sie dackeln auf ihre Plätze zurück.

Frau Selig kehrt mit dem Verlängerungskabel in der Hand zurück und steckt es ein.

Ich laufe zum Beamer, drücke auf *On* und stecke die DVD in den Schlitz.

An der Wand erscheint das Menü.

Es kann losgehen. Ich blicke auf die Uhr. Erst dreizehn Minuten über der Zeit. Thema der heutigen Stunde: Jamaika. Dann wollen wir doch mal kurz klären, wo Jamaika überhaupt liegt.

»*Name a country near Jamaica. People speak English there*«, sage ich mit feinstem britischen Akzent. Dabei zeige ich auf der Weltkarte hinter mir erst auf Jamaika, dann auf die USA.

Mehrere Hände gehen hoch. Sehr gut, denke ich und blicke Frau Selig, die es sich in der letzten Reihe gemütlich gemacht hat, triumphierend an. So sieht Schülerbeteiligung aus. Eine viel leichtere Frage wäre mir allerdings auch nicht mehr eingefallen.

»Justin?«

»Afrika.«

Ich atme durch.

»*Africa is not a country and it's not near Jamaica*«, antworte ich milde und bin immer noch guter Hoffnung.

»*Yes, Keanu-Jason?*«

»Grönland.«

Ich verdrehe die Augen und zeige auf Grönland. Anschließend auf Jamaika, die USA und dann wieder auf Grönland um Keanu-Jason die Absurdität seines Beitrags zu demonstrieren.

Er sieht mich verständnislos an.

»*Yes, Jamie?*«

Übrigens, die Zeiten, in denen sich die Schüler im Englischunterricht englische Namen aussuchen durften, sind lange vorbei. Ich merke mir doch nicht von den neuen Klassen jeweils *zwei* Namen. Ich schaffe ja schon den richtigen kaum. Nein, die heißen jetzt tatsächlich so. Wobei das an sich ja nichts Neues ist. Neu ist, dass die jetzt alle auch aufs

Gymnasium gehen. Denn seit die Grundschulempfehlung abgeschafft wurde, müssen ihre Eltern sie ja nicht mal mehr aufs Gymnasium klagen. Nein, sie melden sie einfach an.

»*Manhattan*«, sagt Jamie.

Je mehr ein Schülername nach Hollywood oder Popmusik klingt, desto weiter sollte der Bogen sein, den man um dieses Kind macht. Muss ich der Selig nachher noch sagen. Ich schließe die Augen und träume mich an einen kleinen See in den schottischen Highlands.

Na wartet, ihr Früchtchen. Dann machen wir eben etwas anderes. Ich fordere die Kinder auf, ihre Hausaufgaben herauszunehmen. Fünfzehn Hände gehen hoch. Ich ignoriere sie, auch wenn ich mir denken kann, dass sie alle keine Hausaufgaben dabeihaben, aber diese Blöße kann ich mir vor Frau Selig nicht geben.

»*You*«, ich zeige auf einen Schüler in der ersten Reihe, »*would you please be so kind as to read the first sentence of exercise two on page forty-four in your workbook?*«

Er starrt erst mich an. Dann seinen Nachbarn. Er ahnt, dass ich etwas von ihm will, aber er weiß nicht, was.

»*Well now, young man*«, ermuntere ich ihn gönnerhaft und zwinkere dabei Frau Selig zu. »*No reason to be shy.*«

Der Schüler blättert jetzt in seinem Heft.

»*Page forty-four!*«, sage ich nun etwas lauter.

Von hinten schreit jemand: »Jetzt lies halt deine Hausaufgaben, du Idiot.«

Er dreht sich hektisch um und gestikuliert wild mit den Armen.

»*Hello?*«, sage ich.

»Äh, das hab ich nicht.«

*»Oh, you don't have your homework«*, sage ich. *»Why didn't you say so before?«*

Ich zücke meinen roten Lehrerkalender und trage genüsslich eine Sechs ein.

Dann nehme ich den Nächsten an die Reihe.

»Ich hab's auch nicht«, sagt er.

*»In English, please?«*

*»I haven't it.«*

*»Now, Kai. How do we form negations, don't you remember?«*

Er schaut mich ratlos an.

Ein Schüler in der letzten Reihe meldet sich. Der meldet sich doch sonst nie.

*»Yes«*, sage ich erfreut.

»Kann ich aufs Klo?«

Ich spüre langsam Ärger in mir aufsteigen.

*»No, of course not!«*, blaffe ich ihn an. »Es war gerade kleine Pause, Mann, hackt's bei dir?«

Mir fällt Frau Seligs Anwesenheit ein, und ich sammle mich wieder.

*»I haven't it«*, mache ich weiter, *»is that correct English?«*

Ein Mädchen meldet sich.

*»I haven't make it.«*

Mit meiner Ruhe ist es nicht weit her.

*»What are you talking about? That you don't have your homework either or how we form negative sentences in English?«*

»Ich muss aber ganz arg aufs Klo«, schreit es aus der letzten Reihe.

Plötzlich wird es dunkel im Zimmer. Weil die Vorhänge zugezogen sind, sieht man nicht mehr viel. Gerade noch genug, um zu erkennen, dass ein Schüler sich vom Lichtschalter zurück an seinen Platz schleicht.

»Hab ich dich gebeten, das Licht auszumachen?«
»Wir schauen doch einen Film, oder?«

Ich habe heute wirklich mit allen guten Vorsätzen dieses Zimmer betreten. Vielleicht bin ich ganz einfach zu alt für diesen Beruf. Vielleicht gehe ich jetzt einfach hier raus, lasse mich krankschreiben und gehe in Kur. Oder schmeiß ganz hin.

Ich greife mir das Klassenbuch und knalle es mit voller Wucht auf das Pult.

»Wer hat keine Hausaufgaben? Finger hoch!«
Zehn Schüler heben die Hand. Ich schüttle den Kopf.
»Zehn Leute! Zehn Leute machen hier keine Hausaufgaben? Seid ihr wahnsinnig?«, schreie ich sie an.

Sie machen keine Hausaufgaben. Und seit neuestem haben sie auch keine Eltern mehr, die die Hausaufgaben für sie machen. Die Eltern haben nämlich zu wenig Zeit oder kapieren es selbst nicht.

»Ruhe!« Ich zittere leicht. Das Stechen in meinem Magen wird schlimmer. Am Ende ist das dieses berühmte Magengeschwür, von dem man immer so viel hört. Ich streife Frau Seligs irgendwie ironisch wirkenden Blick und zwinge mich zur Ruhe.

Mit leiser Stimme sage ich: »Ich gehe jetzt kurz raus. Ihr habt so lange Pause. Denkt darüber nach, wieso ihr immer die Hausaufgaben vergesst und wie es besser werden könnte. Und warum ihr immer noch kein Wort Englisch versteht. Wenn ich wieder reinkomme, unterhalten wir uns darüber.«

Konziliant im Ton, aber hart in der Sache. Große Pädagogik. Ich stelle mir vor, wie sie in diesen Minuten in sich gehen, wie sie ihre Arbeitshaltung überdenken. Außerdem sollte das mächtig Eindruck auf Frau Selig machen. Ein Lehrer, der nicht die Fassung verliert, sondern die Probleme nüchtern und analytisch und in Kooperation mit den Schülern anpackt.

Ich gebe ihr kurz ein Zeichen, dass ich alles im Griff habe, und gehe zur Tür, werde aber von einem Schüler überholt, der einen Fußball in der Hand hat. Er stößt die Tür auf und rennt den Gang hinunter, gefolgt von mehreren Mitschülern. Ich schreie wie am Spieß.

»Halt! Spinnt ihr? Kommt sofort zurück!«

Der Schüler mit dem Ball dreht sich um.

»Wieso, Sie haben doch gesagt, wir haben Pause?«

Ich weiß jetzt, wie man sich fühlt, wenn man eine Psychose hat. Wenn einem der Irrsinn schöne Augen macht. Und ich muss sagen, es ist gar kein schlechtes Gefühl. Es scheint zu helfen. Wahnsinn als Chance. Bisher deutlich unterschätzt. Vielleicht mach ich doch mal einen Termin beim Amtsarzt. Oder ich bewerbe mich auf dem Schulamt.

# Drill Instructor Selig

Zum Glück habe ich nach der Grenzerfahrung mit den irren Sechsern eine Freistunde. Eine Beruhigungszigarette auf dem Gehweg vor der Schule hat schon so manches relativiert. Ich schlendere über den Schulhof aufs Hauptgebäude zu, als ich ein paar Kinder bemerke, die auf einer Wiese herumturnen und die seltsamsten Verrenkungen machen. Ich will sie gerade gepflegt zusammenstauchen, da sehe ich, dass inmitten des Pulks Frau Selig steht und mit schneidender Stimme Anweisungen erteilt.

Ich sehe mir kurz an, was die Jungkollegin da treibt. Anscheinend verbirgt sich hinter dem vermeintlichen Chaos ein geheimer Plan. Frau Selig ruft den Schülern Regieanweisungen zu, und die lesen Wilhelm-Tell-Zitate von Zetteln ab. Ein Schüler verhaspelt sich. Vermutlich liegt es daran, dass dieser Text für ihn auch in Sanskrit verfasst sein könnte. Er hat keine Ahnung, was er da liest.

»He, du Penner, jetzt streng dich mal an«, schreit Frau Selig, so dass er zusammenzuckt. Seine Kumpel grinsen.

Er versucht es wieder. Und siehe da, es klappt. Ich bin verblüfft.

Ein anderer Schüler bekommt einen Lachanfall und wird von Spasmen geschüttelt.

»Marco, du kleiner Scheißer, hast du deine Medikamente nicht genommen?«, ruft ihm Frau Selig zu. Er schaut sie überrascht an, dann grinst er und reißt sich zusammen.

Als Nächstes lässt Frau Selig die Schüler sich in verschiedenen Formationen aufstellen, sich auf unterschiedliche Arten bewegen. Sie sollen laufen wie jemand, der glücklich ist oder alt und so weiter. Wir sind jetzt knietief in der Theaterpädagogik. Schnickschnack, natürlich. Lernen tun sie so nichts, aber sie sind beschäftigt. Erstaunlicherweise scheint es ihnen sogar Spaß zu machen. Und die, die aus der Reihe tanzen, bekommen es ganz schnell mit Frau Selig zu tun. So wie der Schüler, der Frau Seligs Anweisungen ignoriert und permanent versucht, einen fußlahmen Bockkäfer nachzuahmen. Die Schimpfwörter, mit denen sie ihn bombardiert, habe nicht einmal ich mich bisher getraut auszupacken. Unglaublich. Hat sie womöglich doch etwas von mir gelernt? Ich traue meinen Augen kaum, als der Delinquent tatsächlich beginnt, Liegestütze zu machen, während Frau Selig triumphierend in die Runde blickt. Dabei entdeckt sie mich und strahlt mich an. Für einen kurzen Moment stelle ich mir Frau Selig nackt vor. Ich zucke zusammen, so sehr erschrecke ich und blicke mich um, ob auch niemand gesehen hat, was meine Fantasie mir da gerade vorgaukelte.

»Wollen Sie mitmachen, Herr Milford?«

Ich halte inne, lächle verlegen und winke ab. Aber sie kramt kurz in ihrer Tasche und kommt schon auf mich zugelaufen.

»Ah, Frau Selig. Na, wie läuft's?«, frage ich äußerlich betont lässig, innerlich immer noch etwas aufgewühlt davon, wie beeindruckt ich von dieser Demonstration ihres Geschicks bin.

Frau Selig streckt mir eine Tafel Schokolade entgegen.

»Ich habe Ihnen was mitgebracht. Sie waren vorhin ja verschwunden, sonst hätte ich es Ihnen gleich gegeben. Wollen Sie?«

Ich blicke sie überrascht und erfreut an. Na so was. Das passiert nicht oft. Eigentlich gar nie. Potz Blitz.

»Danke schön, sehr freundlich.«

»Gerne.«

Sie lächelt. Mir wird irgendwie heiß. Was ist denn da los? Wechseljahre?

»Hätten Sie in der Pause mal Zeit?«, will sie wissen.

Eigentlich ist die Große Pause heilig. Was man da am allerwenigsten möchte, sind pädagogische Gespräche mit Jungkollegen. Aber ich fürchte, ich kann Frau Selig diesen Wunsch unmöglich abschlagen. Wenn es so weitergeht, werde ich noch zum Philanthropen. Frau Selig, Sie quirlige kleine Person, was machen Sie mit mir?

»Ja gut, dann kommen Sie nachher mal.«

# Herrliche Aufsichten

Es klingelt. Endlich. Ich habe Hunger, muss aufs Klo und brauche Kaffee. Auf dem Weg zum Lehrerzimmer fällt mir siedend heiß ein, dass ich Pausenaufsicht habe.

Mist. Und dabei wollte sich doch Frau Selig mit mir treffen. Aber wenn ich die erst suchen muss, um ihr mitzuteilen, dass ich keine Zeit habe, dann komme ich zu spät, und zum einen sind die ersten Minuten ganz entscheidend, wenn man Aufsicht hat, und zweitens kontrolliert die Gallwitzer stichprobenartig die Aufsichtsdisziplin der Kollegen und droht schon mal mit Einträgen in die Personalakte, wenn das nicht rundläuft. Schade. Ich hatte mich direkt gefreut auf diese kleine Unterredung mit Frau Selig. *Freude.* Ein ganz seltenes Gefühl in diesen Hallen.

Aufsicht ist der Tiefpunkt meiner Woche. Aufgrund eines Konferenzbeschlusses aus einer Vorzeit, an die sich kein aktiver Lehrer mehr erinnern kann, müssen während der ersten großen Pause alle Schüler prinzipiell das Schulgebäude verlassen. So wenig sich das Kollegium ansonsten an Beschlüsse hält, an diesem wird nicht gerüttelt. Obwohl niemand in der Lage ist, genau zu erklären, warum das so sein muss.

Während der Pause haben die Schüler allerdings nur ein einziges Ziel: Sie wollen nicht raus. Den ganzen Tag schauen sie auf die Uhr, um zu prüfen, wann die Stunden enden, wann der Schultag vorbei ist, wann sie endlich das

Gebäude verlassen können. Aber nicht in der großen Pause. Da nicht. Und wenn sie draußen sind, wollen sie so schnell wie möglich wieder rein. Und nicht nur bei Regen. Bei jedem Wetter.

Mein jahrelanger Running Gag, wir sollten den Schülern einfach *verbieten* rauszugehen, dann hätten wir das Problem ganz automatisch gelöst, zeigt mittlerweile im Kollegium keine Wirkung mehr, was mich aber nicht davon abhält, ihn bei jeder sich bietenden Gelegenheit zum Besten zu geben. Als Lehrer ist man es gewohnt, sich ausbleibende Reaktionen nicht zu Herzen zu nehmen.

Ich schmeiße meine Tasche ins Lehrerzimmer und nehme mir das obere Stockwerk vor.

Grünmeier, mein langjähriger Aufsichtskollege, und ich sind vermutlich die Einzigen, die das mit der Aufsicht noch ernst nehmen. Nur so kann ich mir erklären, dass wir uns jede Woche mit Schülern herumschlagen müssen, die aus allen Wolken fallen, wenn sie darauf hingewiesen werden, dass sie das Gebäude verlassen sollen, und uns völlig konsterniert beteuern, sie hörten eben zum ersten Mal von dieser Regel.

Ich betrete das erste Klassenzimmer und sehe im Augenwinkel eine Bewegung bei den Schränken ganz hinten. Ich eile dahin, reiße die Türen auf. Sechs Unterstufenschüler kauern im Dunkeln und blinzeln mich aufgeschreckt an, wie Guantánamohäftlinge nach mehrtägiger Dunkelhaft.

»Ihr sitzt lieber in diesen Asbestschränken, in eurem eigenen Mief in der Dunkelheit, als raus in den Hof zu gehen? Seid ihr krank?«

Sie lachen unbeholfen und eumeln nach draußen. Beim

Rausgehen entdecke ich noch weitere Schüler auf den Schränken und hinter der Tafel. Einer krallt sich sogar mit den Fingernägeln unter dem Tageslichtprojektor fest.

Die Pause ist zur Hälfte vorbei, als ich das obere Stockwerk von Schülern gesäubert habe. Ich gehe in die untere Halle, wo Grünmeier mich mit schnarrender Stimme empfängt: »Das ganze Gebäude ist jetzt schülerfrei.«

»Nicht ganz«, erwidere ich und zeige Richtung Hintereingang, wo sich gerade eine Gruppe Jugendlicher wieder Zugang zum Gebäude verschafft hat. Grünmeier verdreht die Augen.

Unsere Aufgabe besteht nun darin, zu zweit vier Eingänge zu bewachen. Abschließen dürfen wir nicht. Die Ein- und Ausgänge müssen wegen Brand- und anderer Notfallgefahr jederzeit benutzbar sein.

Draußen vor dem Gebäude spielt sich Ungeheuerliches ab. Schüler drängen sich im Pulk gegen die Scheiben wie Ameisen um einen Insektenkadaver. Dumpfe Schmerzensschreie sind zu hören. Besonders Panische versuchen, über andere Schüler, die näher an den verheißungsvollen Türen stehen, zu klettern.

Grünmeier und ich kommen uns vor wie in einem Horrorfilm. Sekündlich öffnet sich eine der Türen und dreiste Schüler versuchen ihr Glück mit dem immer selben Repertoire an Ausreden.

»Aber wir müssen aufs Klo.«

»Aber wir dürfen rein, das ist mit Herrn Fink abgesprochen.«

»Aber wir müssen unbedingt zum Vertretungsplan.«

»Aber wir haben Sport.«

Plötzlich packt mich Grünmeier am Kragen und zieht mich hinter eine Säule. Ich blicke ihn verdutzt an. Er legt den Zeigefinger auf die Lippen und flüstert: »Da oben patrouilliert die Gallwitzer. Die kontrolliert, ob wir Aufsicht machen.«

Ich grinse ihn an. Wir hören, wie die Konrektorin die Treppe herunterklappert. Die Geräusche kommen näher.

Wir schlendern hinter der Säule hervor.

»Und dann hab ich zu ihm gesagt, weißt du was, wenn das mit dir nicht klappt, dann kommst du halt am Freitagnachmittag...«, imitiere ich ein fachliches Gespräch.

»Ja, da hast du doch pädagogisch völlig richtig gehandelt«, erwidert Grünmeier, bevor wir beide scheinbar überrascht in das irritierte Gesicht der stellvertretenden Schulleiterin blicken.

»Ah, Frau Gallwitzer-Merkensorg«, sage ich, »wollen Sie uns unterstützen?«

Damit hat sie nicht gerechnet. Im Geiste hat sie bereits eine Aktennotiz über unsere versäumte Dienstpflicht vorformuliert. Und jetzt das.

»Nein, wieso sollte ich?«, versucht sie sich nichts anmerken zu lassen. »Schöne Aufsicht noch, die Herren.«

Sie eilt von dannen.

»Jaja«, ruft ihr Grünmeier hinterher, und wir grinsen uns verschwörerisch an.

»Blöde Kuh!«, presst er hervor.

»Dumme Schnepfe!«, füge ich hinzu.

Wir schauen auf das Gewusel vor den Glastüren.

»Aber mal ehrlich«, seufzt Grünmeier, »wo bleibt eigentlich die verdammte Verstärkung?«

»Auf die Verstärkung brauchen wir nicht zu warten«, sage

ich. »Entweder wir krepieren hier alleine oder wir siegen alleine.«

Wir stehen in der Mitte der Aula, Rücken an Rücken. Zwei Männer – ein Auftrag. Zwei zusammengekniffene Augenpaare, die versuchen, alle vier Eingänge gleichzeitig im Blick zu haben. Alle Sinne sind hellwach. Wir sind bereit.

Wenn Frau Selig mich jetzt sehen könnte.

»Bei dir alles klar, Grünmeier?«, knurre ich, muss aber zwei Mädchen einfangen, die gerade versuchen, sich hinter der Mineralienvitrine vorbeizuschleichen. Ich packe sie am Genick und trage sie wie Kaninchen nach draußen.

»Machen wir jetzt hier Smalltalk, oder wie?« Während Grünmeier das sagt, huscht er mit einer nicht für möglich gehaltenen Geschmeidigkeit in Richtung dreier Jungen, die schon fast die Kellertreppe erreicht hatten, versperrt ihnen den Weg und drängt sie wortlos zurück zum Ausgang.

»Dir würde es auch nicht schaden, sozial mal ein wenig kompatibler zu werden.«

Ich kann den Satz gerade noch beenden, da steht ein Junge vor mir und hält mir einen Zettel vor die Nase. Er meint, er müsse unbedingt mit Heizmann sprechen. Ich nehme ihm den Zettel ab und zerreiße ihn vor seinen Augen.

»Ich habe dich nicht ganz verstanden? Warum meinst du, gilt die Pausenregelung ausgerechnet für dich nicht?«

Weinend schlurft er nach draußen, wo ihn die Meute johlend empfängt.

»Du meinst, so wie du?«, antwortet Grünmeier sarkastisch und stellt einem Knaben, der seinen Turnbeutel hochhält wie einen VIP-Ausweis, weil er glaubt, das würde ihm Zugang zur Turnhalle verschaffen, ein Bein, nachdem er ihn zunächst durchgewinkt hatte.

Das Klingeln beendet unsere Mission. Die Massen quellen in die Aula. Ich nicke Grünmeier zu. Der tippt sich an seinen imaginären Hut.

»In diesem Sinne.«
»Frohes Schaffen.«

# Generation »Headdown«

Am Freitagabend sind Lisa und ich alleine zu Hause. Ich habe keine Ahnung, wo Tim ist. Er muss ja eigentlich das Haus, außer für die Schule, nicht mehr verlassen. Selbst mit seinen Kumpels Computer spielen kann er von seinem Zimmer aus.

Karen muss länger arbeiten, was auch immer sie da macht. Ich richte Lisa und mir ein leckeres Abendessen mit Spiegeleiern, Käse, Wurst, Tomaten und frischem Brot. Plötzlich denke ich an Frau Selig. Ich weiß gar nicht, warum, aber meine Laune bessert sich. Ich glaube, ich pfeife sogar eine kleine Melodie, aber sicher bin ich nicht.

Lisa fläzt auf dem Wohnzimmersessel und bearbeitet ihr Smartphone.

»Kommst du essen?«, frage ich vorsichtig.

Keine Antwort.

Ich warte ein paar Sekunden.

»Essen? Du? Jetzt? Mit mir?«, versuche ich es syntaktisch etwas weniger komplex.

»Ja doch, ich komm ja!«

Sie schafft es, diesen Satz auf eine Art zu sagen, die aggressiv und abwesend zugleich ist. Ich halte sie mit meinem Anliegen offenbar davon ab, wichtige Nachrichten zu verschicken.

Sie schleppt sich genervt zum Tisch, ohne den Blick von dem Gerät zu wenden, legt es neben sich und beginnt, ohne auf ihren Teller zu schauen, mit der Gabel in ihrem Spiegelei herumzustochern.

Alle zehn Sekunden tippt sie etwas. Ihr Blick ist wie festgelötet, keinen Moment lässt sie das Display aus den Augen.

»Schmeckt's?«, frage ich sie.

»Mhhm«, macht sie mit einiger Verzögerung.

Ich esse. Sie stochert. Ab und zu führt sie ihre Gabel zum Mund, darauf befinden sich Portionen, mit denen man durchaus auch Tims Geckos füttern könnte.

»Und sonst so?«, frage ich.

Keine Reaktion.

»Alles okay mit ... *Marvin*?«

»Mhm ... Wer?«

»Marvin?« Ich schaue sie auffordernd an.

»Jaja«, murmelt sie. Ihre rudimentäre Aufmerksamkeit wird für eine neue Textnachricht benötigt.

Ich gebe auf.

Es klingelt an der Tür. Sie springt auf, bevor ich mein Besteck hingelegt habe. Ein paar Sekunden später höre ich sie lachen.

Das ist die Chance. Ich schnappe mir das Smartphone und schaue mir an, was es da so Wichtiges zu besprechen gibt. Das macht man nicht, ich weiß, aber ich habe keine andere Möglichkeit mehr, an der Gedankenwelt meiner Tochter teilzuhaben. Wie soll ich sie denn sonst in ihren existentiellen Nöten unterstützen?

Vor meinen Augen entspinnt sich folgender Dialog zwischen Lisa und ihrer Freundin Jessie:

hi akla? Wg?

gd?

> burner, wm?

> chatten, simsen, mucke hörn, bilder posten

> chillen und dir schreiben

> lamer tag oda?

> ja voll

> mein alta nervt mit essen

> ätzend(:-!). Ich hab zg noch sturm

> krass. Ham wir morgen mathe?

> siw

> Shit, das nervt. Ham wir was auf?

> ka

> Lol. Muss Schluss machen. Habdichganzdollllliiiiiiiieb<33333. Dein neuer pulli hat übrigens voll swag

> Ich lieb dich auch so sehr dass das Wort Freundin nicht mehr reicht. xoxo

»Was machst du denn da?«

Lisa steht in der Tür und blickt mich zornig an.

»Ich, äh ...«

Ich versuche mehrere Dinge gleichzeitig: Den letzten gerade gelesenen Satz einzuordnen und mir eine gute Antwort auf Lisas Frage zu überlegen.

»Ich fass es nicht! Wie daneben ist das denn?«

»Ich wollte doch nur ...«

Sie reißt mir das Gerät aus der Hand und stürmt nach oben in ihr Zimmer.

»Jetzt habt ihr wenigstens mal was Vernünftiges, das ihr euch schreiben könnt. *Mein Alter spioniert mir nach!* Sei doch froh.«

Auf dem Treppenabsatz dreht sie sich um.

»Die SMS anderer Leute zu lesen geht gar nicht!«

»Das ist ja ganz was Neues, dass du dich um deine Privatsphäre kümmerst. Auf Facebook sieht man ja auch alles von dir. Halbnacktbilder mit Wodkaflasche und so. Und jetzt plötzlich ist dir das wahnsinnig wichtig? Komisch, oder?«

Lisa sieht mich fassungslos an.

»Woher weißt du ...?«

Oh, denke ich. Mist!

»Spionierst du mir auch online nach? Hallo?«

Ich mache, dass ich wegkomme, während Lisa wütend mit ihrer Zimmertür knallt.

Was wollte ihre Freundin eigentlich mit diesem *Ich liebe dich* sagen? Was bedeutet das?

Ich überlege, was ich schlimmer fände: wenn Lisa lesbisch oder mit Marvin zusammen wäre. Nach einigem Hin und Her komme ich zu dem Schluss, dass lesbisch ganz okay wäre.

# M. C. Escher kommt zu Besuch

Im Flur geht das Licht an. Karen ist von der Arbeit zurück.

»Hat Lisa schon mit dir geredet? Sie braucht einen neuen Computer. Ihrer ist angeblich total veraltet.«

Eine Begrüßung wäre auch schön gewesen, aber vielleicht bin ich da altmodisch. Ich schnaube verächtlich. Eigentlich wollte ich mit Karen über meine Sorgen wegen Lisas sexueller Orientierung reden, aber der Rattenschwanz an Erklärungen mit dem unerlaubt gelesenen SMS-Dialog erdrückt mich schon im Vorfeld so, dass ich es unterlasse.

»Wieso das denn? Ihrer ist doch erst zwei Jahre alt. Und außerdem, nein, ich weiß davon nichts, denn dazu müsste sie ja mit mir reden.«

»Und daran gibst du mir jetzt die Schuld, oder was?«

»Wieso, es geht doch gerade nicht um dich, was hab ich denn gesagt?«

»Nichts, aber gedacht, so wie du's immer machst. Immer alles für dich behalten, bloß nie zu viel reden.«

Mein Verstand steht still. Ich finde keinen Ansatz, um dieser Argumentation etwas entgegenzusetzen, und bin völlig konsterniert. In letzter Zeit erinnern mich unsere Gespräche viel zu oft an die Bilder von M. C. Escher. Es gibt keinen Ausweg.

»Siehst du, so wie jetzt!«

Ich stehe auf, knalle die Wohnzimmertür zu, gehe aufs Klo und pinkle im Stehen. So!

Ich höre, wie Karen wutentbrannt das Haus verlässt, und atme tief durch.

Als ich zurück ins Wohnzimmer komme, steht Tim plötzlich vor mir. Wo kommt der denn her? Und was mag er wollen? Geld? Fahrdienst? Bei einem Kumpel übernachten?

»Kannst du mich zum Bahnhof fahren?«

*Bingo!*

»Fahr doch mit dem Rad«, antworte ich, pragmatisch, wie ich nun mal bin.

»Das geht nicht.«

»Wieso geht das nicht?«

»Das geht halt nicht!«

»Wieso nicht?«

»Mein Rad ist nicht da.«

»Und wo ist es?«

»Irgendwie weg halt!«

»Wie, irgendwie weg?«

»Ich hab's irgendwo stehen lassen.«

Seine Stimme wird lauter. Aber was ihn aufregt, ist nicht seine Schusseligkeit, sondern ich.

»Und wo?«

»Ja was weiß ich? Schon gut, ich laufe.«

»Moment! Wo ist dein sechshundert Euro teures Rad, das du unbedingt haben musstest?«

»Ich hab's irgendwo vergessen und weiß nicht mehr, wo«, nuschelt er zerknirscht.

Ich kann mich nicht einmal mehr aufregen. Es würde mich doch bloß wieder entsetzlich ermüden.

»Wann?«, frage ich matt.

»Vor ein paar Tagen.«

Ich seufze und versuche, mich zu beruhigen, indem ich

ans Angeln denke. »Also«, sage ich ruhig, »wann hast du dein Rad zum letzten Mal benutzt? Überlege!«

»Ich kann nicht mehr lange überlegen, ich muss zum Zug.«

Die Haustür wird geöffnet. Tim stürzt in den Flur.

»Mama, fährst du mich kurz an den Bahnhof?«

Ich höre ihre Antwort nicht, aber dafür, wie die Tür ins Schloss fällt, und dann höre ich nichts mehr.

# No more Mr. Nice Guy

Am nächsten Abend stehe ich rauchend im Garagenhof, als mein Nachbar Matze in Marvins Auto vorfährt.
Er sieht nicht glücklich aus.
»Matze, was ist los? Probleme mit dem Nachwuchs?«
Er winkt ab.
»Hör bloß auf. Marvin hat den Führerschein verloren.«
Ich lache hämisch.
»Lach doch nicht so blöd!«, fährt Matze mich an. »Weißt du, was das heißt?«
Er starrt mich wütend an. »Nicht nur zahle ich jeden Monat vierhundert Euro für diese Privatschule, jetzt kann ich ihn morgens auch noch da hinfahren.«
»Wieso? Fährt da kein Bus?«, frage ich verwirrt.
»Bus? Glaubst du, Marvin fährt mit dem Bus?«
Ich weiß nicht, was ich darauf erwidern soll.
»Äh, nein?«
»Nein!«

Ich gehe wieder rein. Es ist ungewöhnlich ruhig im Haus. Karen sitzt lesend auf dem Sofa. Irgendwann vor langer Zeit wäre das ein Grund zur Freude gewesen. Ein schöner, ruhiger Abend, ein Glas Wein. Bevor die Kinder auf der Welt waren, wäre es vielleicht sogar zum Sex gekommen, in den ersten Jahren danach zumindest zu einer Fußmassage für Karen.

»Kinder weg?«, frage ich.

»Ja«, sagt sie.

Ich lasse mich neben ihr auf das Sofa fallen und blicke interessiert im Wohnzimmer herum. Karen starrt in ihr Buch.

»Was liest du so?«, frage ich irgendwann.

Widerwillig hält sie mir das Buch hin.

Es ist von Paulo Coelho. Dem Hausfrauenzauberer.

Ich nicke mit hochgezogenen Augenbrauen.

»Was?«, fragt sie mit unüberhörbarer Aggression in der Stimme.

»Nichts ... gar nichts ... Ich meine, das kann man natürlich schon lesen, das geht schon.«

Ich nicke weiter.

Sie atmet tief durch.

»Weißt du«, sagt sie, »ich hatte es hier wirklich gerade sehr schön und gemütlich. Willst du schnell deinen Sermon loslassen, damit ich in Ruhe weiterlesen kann?«

»Nein, ich sag doch gar nichts. Ich weiß nur nicht, wie man als intelligenter erwachsener Mensch so etwas lesen kann.«

»Lass mich doch einfach in Ruhe, das kann dir doch wirklich egal sein!«

»Ist es aber nicht. Du bist schließlich meine Frau. Das wirft einfach Fragen auf. Fragen, die sehr wohl mit mir zu tun haben.«

Ich nehme ihr das Buch aus der Hand und schlage es willkürlich auf.

»Karen, das kann doch nicht dein Ernst sein! Man soll auf die Stimme des Herzens hören? Weil es aus der Seele der Welt kommt, das Herz?«

»Der glaubt halt noch an etwas, im Gegensatz zu dir, und

ist kein Zyniker geworden, trotz allem, was ihm im Leben passiert ist.«

»Da lese ich ja Tiefgründigeres in Mittelstufenaufsätzen. Da steht, man muss etwas nur ganz arg wollen, dann kümmert sich das Universum um den Rest. Was kommt als Nächstes? *Unverhofft kommt oft*, und alle Mitvierzigerinnen fallen in Ohnmacht? *Oh, das ist so tief, das zeugt von so universeller Einsicht ...* Der verarscht euch doch, merkt ihr das denn nicht?«

Sie bebt jetzt vor Wut und ringt nach Worten.

»Es tut mir auch leid, dass ich Thomas Mann langweilig finde und du mit einer Frau unter deinem Niveau verheiratet bist.«

»Ja, das ist ein Problem«, sage ich, »früher war mir das egaler, aber da hatten wir ja auch noch ab und zu Sex ... Aber jetzt?«

»Du bist so ein Arsch«, schreit sie, wirft mir das Buch auf die Brust und rennt davon. »Merkst du eigentlich nicht, dass du alle um dich herum wegekelst? Mit dir will doch bald niemand mehr etwas zu tun haben. Selbst Stefan meldet sich nicht mehr. Die Kinder und ich sind die Letzten. Aber nicht mehr lange, das sage ich dir!«

»Aua«, sage ich und pflücke das Buch von meiner Brust.

Sie kommt noch einmal zurück, reißt es mir aus der Hand und geht nach oben.

»Ich geh ins Bett.«

»Schade«, murmle ich, »hätte ein schöner Abend werden können.«

# Das sprechende Kissen

Am Sonntagmorgen verdrücke ich mich in aller Frühe zum Angeln. Endlich. Das erste Mal dieses Jahr. Ich fahre zum Stausee. Doch als ich mein Auto am üblichen Ort abstelle, kommt mir etwas komisch vor. Außer mir scheint niemand da zu sein. Ungewöhnlich für einen Sonntag. Ich nehme mein Angelzeug aus dem Kofferraum und laufe zum See.

Zwei Minuten später stehe ich am Ufer dessen, was einmal der Stausee war. Das Wasser ist weg. Vor mir liegt ein verendeter Karpfen und schaut mich anklagend an. Wieso sagt mir das niemand, wenn das Wasser abgelassen wird?

Mir reicht es. Stinksauer fahre ich zurück nach Hause. Dann halt doch korrigieren. Als ich die Haustür öffne, lauert mir Karen schon im Flur auf: »Harry, so geht das nicht weiter.«

Ich stehe wie erstarrt auf der Türschwelle. Eigentlich muss ich ziemlich dringend aufs Klo, habe einen Mordshunger und müsste unbedingt mal ein Glas Wasser trinken, aber jetzt hat sich Karen vor mir aufgebaut. Offenbar ist sie in Rage.

»Aha«, sage ich, um Zeit zu gewinnen. Was meint sie? Was hab ich jetzt schon wieder falsch gemacht?

»Ich habe mir was überlegt. Komm mal rein!«

Es scheint mir keine gute Idee, jetzt meine unmittelbaren körperlichen Bedürfnisse zur Sprache zu bringen, so bestimmt, wie sie auftritt. Ich folge ihr ins Wohnzimmer. Es riecht fürchterlich nach Patschuli, und überall stehen brennende Kerzen.

»Wir müssen uns mal aussprechen. Setz dich!«

»Kann ich erst mal...«

»Nein, jetzt lass dich da mal drauf ein. Nicht schon wieder flüchten!«

Eigentlich wollte ich sie nur darauf hinweisen, dass ich noch meine gefütterte Jacke anhabe, aber das muss jetzt offenbar alles warten.

»So!« Karen setzt sich mir gegenüber und faltet die Hände. »Weil wir ja in letzter Zeit Probleme mit der Kommunikation haben, also ich ja weniger als du, finde ich, brauchen wir einen Moderator.«

Einen Moderator? Was soll denn die Scheiße?

»Der Peter hat da unlängst eine Fortbildung in gewaltfreier Konfliktlösung und themenzentrierter Interaktion gemacht, und daher hat er sich angeboten, das Gespräch zu leiten.«

Der Peter kommt aus der Küche wie ein Stargast. Soll ich jetzt applaudieren?

»Karen, das ist mir zu blöd, das ist doch...«

»Du bleibst sitzen!«

Sie drückt mich zurück auf den Stuhl.

»Also ihr beiden«, beginnt der Peter salbungsvoll und setzt sich aufs Sofa.

»Seht ihr das Kissen hier?«

Karen nickt eifrig. Ich sacke in mich zusammen. Ein Albtraum. Ein verdammter Albtraum.

»Wer das Kissen hat, spricht. Der andere muss zuhören. Er darf nicht widersprechen und nicht unterbrechen. Verstanden?«

Er blickt uns aufmunternd an.

Karen nickt.

»Du auch, Harry?«

Ich weiß nicht, was ich tun soll.

»Also ich schlage vor, Harry, du beginnst.«

Er drückt mir das Kissen auf den Bauch. Im Zimmer ist es unerträglich heiß. Dass ich meine Jacke immer noch anhabe, macht es nicht besser.

»Ja, äh, also ...«

Karen dreht sich genervt zu Peter um.

»Siehst du, ich hab's dir gesagt. Da kommt nichts.«

Peter blickt mich milde an.

»Harry, du wirkst etwas verkrampft. Mach dich doch mal locker.«

Ich schwitze. Meine Kopfhaut juckt und mein Herz rast. Ich habe Durst. Hunger. Und muss arg aufs Klo. Ich will hier weg. Was ist bloß mit den beiden los? Sind die komplett wahnsinnig geworden? Vielleicht sollte ich ihnen erklären, dass ich keine Ahnung habe, was ich eigentlich sagen soll. Worum geht es denn überhaupt?

»Vielleicht beginnst einfach du, Karen, dann kann Harry reagieren.«

Karen schaut mich auffordernd an.

»Was?«, frage ich gereizt.

»Das Kissen!«

Sie zeigt auf das Kissen.

»Ach so.«

Ich gebe es ihr.

Sie presst sich das Kissen auf die Brust.

»Also, Harry ist einfach seit einiger Zeit, ich weiß nicht mehr, wann das angefangen hat, oder vielleicht ist er ja schon immer so, und ich hab es nur nicht gemerkt ...«

Peter hebt einen Finger in die Luft.

»Denk dran, Karen. Ich-Botschaften.«

»Ach so ja, also ich finde, Harry ist einfach so ... so ...«

Sie fuchtelt mit den Händen durch die Luft.

Ich will das alles nicht. Ich will nicht hören, was sie sagt, ich will nicht über mich reden. Und vor allem will ich nicht mit Peter über meine Ehe reden. Das ist doch absurd. Der ist doch parteiisch. Der will doch bloß mit Karen ins Bett. Da will ich jetzt auch am liebsten hin. Aber alleine.

»So ein unkommunikativer Eigenbrötler, er wird immer kauziger und überlässt alle Erziehungsfragen mir. Außerdem ist er nicht mehr zärtlich. Wir leben ja hier wie in einer WG!«

Peter wendet sich mir zu.

»Das sind deutliche Vorwürfe, Harry. Was sagst du dazu?«

»Ohne Kissen sag ich dazu gar nichts.«

Peter schaut erschrocken, nimmt Karen das Kissen vom Schoß, reicht es mir und blickt mich erwartungsvoll an.

Ich weiß nicht, was ich sagen soll, und überlege, ob ich einen Herzanfall vortäuschen soll. Wie kann ich diesen Irrsinn beenden?

Natürlich hätte ich auch etwas zu sagen. Natürlich könnte ich meinem Unmut Luft machen. Darüber, was ich hier alles mitmache. Dass ich seit einiger Zeit nur noch Unkraut zu essen kriege, Goji, Chia, Kale, Quinoa, dieser ganze neumodische Quark. Dass ich allabendlich dieses staubtrockene Dinkelbrot hinunterwürge und dieses ganze überteuerte laktosefreie Zeug. Ich habe so viel davon verzehrt, dass ich schon eine Laktosefrei-Intoleranz entwickelt habe. Im Kühlschrank liegt glutenfreie Salami, was bitte soll das denn für eine Scheiße sein? Ich arbeite mir die Seele bucklig, damit sich hier alle selbst verwirklichen können. Ich ermögliche

Karen, dass sie diesem Nonsensberuf nachgehen kann, bei dem sie nichts verdient, weil es ja egal ist, ich verdiene ja genug, weil ich ja immer ein volles Deputat runterreiße, egal, wie es mir geht. Karen hat doch nach dem Studium nie richtig gearbeitet. Verschiedene Praktika in Pflegeheimen und im Kinderhort, gerne auch unbezahlt, das schon, danach ein paar Halbtagsjobs. Dann kamen Lisa und Tim. Ich habe das gutmütig mitgemacht, mein A14-Einkommen hat ja einigermaßen gereicht.

Aber beklage ich mich? Hört man von mir ein Wort der Beschwerde? Laufe *ich* ständig mit einer Maske der Enttäuschung und des latenten Vorwurfs herum? Ich glaube nicht.

Ich lasse Karen freie Hand bei der Wohnungseinrichtung, bei dem Perlenvorhang in der Garderobe, in dem man sich ständig verheddert, ich bezahle diesen aberwitzig teuren Mixer für ihre Gemüse-Smoothies, ihre Walking-Ausrüstung, alles. Und als Dank werde ich ständig dafür attackiert, zu wenig im Haushalt zu machen, dabei würde ich sofort eine Haushaltshilfe einstellen, aber nein, das ist ja auch wieder nicht recht. Ich muss mit einer Frau zusammenleben, die überhaupt nicht weiß, was sie will, aber fest entschlossen ist, es zu bekommen!

All das könnte ich sagen, aber was bringt das?

Karen sitzt steif auf ihrem Stuhl und blickt mich erwartungsvoll an.

Peter schaut gehetzt von mir zu Karen und wieder zurück, wie ein nervöses Nagetier.

»Sagst du jetzt was, oder nicht?«, schreit mich Karen an. »Was willst du denn? Sag doch mal, was du willst! Jetzt ist die Gelegenheit!«

»Ich will jetzt erst mal gepflegt aufs Klo.«

Ich erhebe mich.

»Und danach sehen wir weiter. Aber heute nicht mehr. Denn jetzt lege ich mich ins Bett und mache meinen wohlverdienten Mittagsschlaf.«

Karen starrt reglos ins Leere. Peter nickt hektisch und legt ihr die Hand auf den Arm.

Na also. Das wäre erledigt. Die sollen mir ruhig noch mal kommen mit so einem Schwachsinn.

# Kopieren geht über Studieren

Während eine pechschwarze Plörre aus dem röchelnden Kaffeeautomaten neben mir tropft, fällt mein Blick auf Frau Selig, die in ein Buch vertieft an ihrem Platz sitzt. Offenbar ist sie in eine Unterrichtsvorbereitung verwickelt. In wenigen Jahren wird sie in der Lage sein, das auf dem Weg ins Klassenzimmer zu machen. Sie blickt auf, lächelt mich an und winkt mir zu. Mir wird schon wieder so seltsam heiß. Ich winke zurück und schaue mich erschrocken um, ob mich jemand gesehen hat. Ich bin eigentlich niemand, der im Lehrerzimmer herumsteht und Referendarinnen zuwinkt. Ich habe schließlich einen Ruf als Misanthrop zu verlieren. Aber Frau Selig ... Wie soll ich sagen ...? Sie ist mittlerweile ein Lichtblick auf diesem Archipel der Freudlosigkeit.

Plötzlich schiebt sich eine Gestalt vom Nebentisch an sie heran.

Es ist dieser widerwärtige Referendar aus der Konferenz neulich. Fink oder wie der heißt. Was haben die denn da miteinander herumzuglucken?

Andererseits, was geht's mich an? Obwohl. Ich bin schließlich ihr Mentor. Ganz egal darf mir das also nicht sein. Nachher beeinflusst der sie noch negativ. Und ich kann es hinterher ausbaden. Da! Was ist das? Fasst der sie etwa an? Reibt ihr so komisch mit der Hand den Rücken hoch und runter. Ich muss gleich brechen.

Angewidert löse ich mich von diesem Anblick, weil ich jetzt endlich diesen Elternbrief wegen der Klassenfahrt kopieren muss.

Auf dem Weg zum Kopierraum sehe ich, wie eine Referendarin auf zwei übereinandergestapelten Tischen balancierend versucht, eine Neonröhre an der Decke eines Klassenzimmers zu wechseln. Ich grinse in mich hinein.

Eigentlich wäre dafür der Hausmeister zuständig. Ein Mann, der täglich mit grauem Gesicht und ebensolchem Arbeitskittel missmutig über das Gelände schlendert, wenn er nicht in seiner Werkstatt sitzt, wo er, da bin ich ziemlich sicher, einen gutgehenden Import-Export-Handel betreibt.

Ab und zu besuche ich ihn, weil dieser Ort so etwas wie das alte Westberlin in unserer Rauchverbots- und politischen Korrektheitsdiktatur ist. Nicht einmal die Gallwitzer hat es bisher gewagt, daran zu rütteln, dass der Hausmeister und ausgesuchte Kollegen hier rauchen. Der Mann hat im Laufe der vielen Jahre an dieser Schule eine Aura der süffisanten Verachtung für Lehrer und Kinder perfektioniert, die es ihm ermöglicht, während seiner Arbeitszeit nahezu unbehelligt seinen eigenen Interessen nachzugehen, weil sich niemand traut, ihn mit einem Reparatur- oder sonstigen Anliegen zu behelligen.

Ich hole einmal tief Luft und öffne die Tür zum Kopierraum.

Der Kopierraum ist der schlimmste Ort an der Schule. Ein Raum, in dem täglich ein armseliges Kopiergerät heißläuft, und in dem man zu jeder Tages- und Nachtzeit Menschen antrifft, die warten, bis der Kopierer frei wird. Oft vergeblich, denn das Gerät ist im Schnitt einmal in der Woche kaputt, und es dauert dann immer zwei Tage, bis der Kundendienst eintrudelt. Seit den Referendaren an den Seminaren verzapft wird, dass die Schulbücher nichts taugen, wird kopiert, als ginge es um Leben und Tod. Generationen von Junglehrern kopieren sich hier morgens die Seele aus dem Leib. Um nicht zu spät in den Unterricht zu kommen, finden sich die Ersten schon mehr als eine Stunde vor Unterrichtsbeginn im Kopierraum ein. Ich habe den Verdacht, manche übernachten sogar da, um morgens beizeiten am Gerät stehen zu können.

Als ich hereinkomme, warten bereits fünf Leute in der Schlange. Unter anderem Fink. Wie kommt der denn so schnell hierher? Ich werde begrüßt wie ein lang verschollenes Familienmitglied, so selten suche ich diesen Ort auf. Aber heute geht es nicht anders, sonst wird das nichts mehr mit der Klassenfahrt. Ich muss ja drei Wochen *Vollpfostenfaktor* einplanen, für all die Zettel, die in den Untiefen von Rucksäcken und Umhängetaschen verschwinden, und wenn ich dann nachhake, wo die Überweisung bleibt und Eltern hinterhertelefoniere, erfahre ich, dass die von nichts wissen.

In dem Raum herrschen wie immer subtropische Temperaturen, erzeugt durch Körperwärme und Kopierhitze, vermengt mit dem Geruch von altem Schweiß und Tonerfeinstaub. Dass man die Fenster nicht öffnen kann, macht es nicht unbedingt besser.

Vor mir steht eine Kollegin und verzweifelt schier.

»Ojemine, was macht er denn jetzt schon wieder?«, jammert sie und drückt hektisch auf den Tasten des Geräts herum. »Das wollte ich doch gar nicht, wie mache ich das denn bloß?«

Fink, diese Ratte, löst sich aus dem Pulk der wartenden Kollegen und eilt ihr dienstbeflissen zu Hilfe.

»Schauen Sie, wenn Sie hier drücken, dann macht er das so kleiner, das können Sie dann auch auf der Vorschau sehen und dann auf *Kopieren* drücken«, erklärt er ihr sanft. Der geht mir so was von auf den Sack.

Die Kollegin kopiert ein paar Blätter, plötzlich knattert die Maschine. Es hört sich ungesund an.

»Oh nee!« Sie schlägt die Hände über dem Kopf zusammen. »Was ist das denn?«, wehklagt sie. Fink springt erneut herbei. Fachmännisch öffnet er Klappen, zieht zerknüllte Papiere aus dem Gerät. Reibt sich die Hände und sagt: »So, bitte.«

»Oh, danke, Sie sind ein Schatz!«

Ich kann mir das nicht länger anschauen, ohne gewalttätig zu werden. Außerdem dauert mir das alles viel zu lang. Elternbrief gibt's morgen.

# Im Westen nichts Neues

Heute ist der schlimmste Tag im Jahr. Das alljährliche Stalingrad des Lehreralltags: der Abistreich.

Geplant ist, dass die Abiturienten nach ihren Prüfungen eine Nacht in der Schule verbringen dürfen und das Gebäude bis zum Morgen so geschickt und originell verbarrikadieren, dass Unterricht am nächsten Tag unmöglich ist, aber trotzdem nichts zu Bruch geht. Stattdessen werden die Lehrer und Schüler inspiriert und intelligent unterhalten, vielleicht gibt es ein Frühstücksbüfett für die Lehrer, während die Abiturienten für die kleineren Schüler in der Turnhalle oder der Aula lustige Spiele vorbereitet haben, das mag ein Quiz sein oder ein Geschicklichkeitsspiel, und dann wird der unterhaltsame Abifilm gezeigt. Danach gibt es Disco mit fetziger Tanzmusik, und am Ende räumen die Abiturienten, die an diesem Tag noch einmal deutlich demonstriert haben, dass sie ihre Hochschul*reife* mehr als verdient haben, die Schule so auf, als wäre nichts geschehen. Und dann ... sind sie verschwunden. So weit zur Theorie.

Die Wirklichkeit sieht auch dieses Jahr anders aus: Die ersten Abiturienten waren offenbar gestern Abend um 21 Uhr schon so besoffen, dass sie diverse Schulflure und Zimmer vollgekotzt haben. Das weiß ich vom Hausmeister, den die Gallwitzer heute Morgen damit beauftragt hat, die Überreste zu beseitigen, wie er mir inmitten eines raucherhustigen Lachanfalls erzählt hat. Am Ende war es wohl ein Praktikant, an den er die Sache mit der ihm eigenen Überzeugungskraft delegiert hat.

Um elf Uhr nachts wurde zum ersten Mal die Polizei gerufen, weil zehn halbnackte betrunkene Jugendliche auf dem Schulgelände herumgeschrien und Flaschen durch die Gegend geworfen haben. Um halb eins musste Heller vorstellig werden, weil das erste Fenster zerstört wurde. Man hat ihn in dieser Nacht noch zwei weitere Male aus dem Bett geklingelt. Und zwar wegen etlicher Beschwerden von Anwohnern über Blechschäden an ihren Autos, ob mit Absicht verursacht oder beim Versuch, mehrere Bauzäune auf das Gelände zu befördern, lässt sich nicht genau rekonstruieren.

Nachdem ich mit Blick auf die Kalender der beiden letzten Jahre feststellen musste, dass eine erneute Krankmeldung dieses Jahr wohl nicht in Frage kommt, musste ich heute Morgen tatsächlich anrücken, zumal die Gallwitzer mich ja auf dem Kieker zu haben scheint.

Als ich an der Schule ankomme, liegen vor dem Haupteingang ein paar Gegenstände unmotiviert in der Gegend herum, Backsteine, eine Schubkarre und mehrere Topfpflanzen. Vermutlich die Überreste des Versuchs, die Schule so abzuriegeln, dass kein Lehrer hineinkommt. Das Problem ist, dass Gymnasiasten handwerklich so dermaßen grundungeschickt sind, dass ihre armseligen Installationen aus Bauzaun-Elementen und Absperrband auch von einer einbeinigen Oma mit Rollator problemlos überwunden werden können.

Beim Betreten des Gebäudes schlägt mir ohrenbetäubender Lärm entgegen. Ich komme mir vor wie in einem Kriegsgebiet. Die Unterstufler, so wenig sie auch sonst von dem mitbekommen, was um sie herum geschieht, haben nicht nur messerscharf analysiert, dass heute irgendetwas anders ist, sondern auch bereits ihre Klassenzimmer geflutet, indem sie den Tafelschwamm, Hefte und Wandposter in den Abfluss gestopft und den Hahn aufgedreht haben. Jetzt rennen sie mit nassen Handtüchern herum und foltern damit ihre Klassenkameraden. Ein paar Kinder weinen, die meisten schreien debil in der Gegend herum. Ein Mann, hinter dessen Augenringen und durchgeschwitztem Hemd ich Heller erahne, und ein paar überpünktliche Kollegen versuchen, der Situation Herr zu werden. Dabei werden sie immer wieder von besoffenen Abiturienten mit Wasserpistolen oder Sahnespendern attackiert. Sie tragen T-Shirts mit Aufschriften wie *Abilirium* oder *Abigeddon*. Für die Schulleitung und den Teil der Lehrerschaft, der sich nicht krankgemeldet hat, ist es ein Krieg mit mehreren Fronten, der nicht zu gewinnen ist.

Im Lehrerzimmer angekommen werde ich Zeuge, wie die Kollegen von einer Meute in die Turnhalle gezerrt werden. Eigentlich ist das der Zeitpunkt, an dem jeder Lehrer, der schon länger als zwei Jahre an der Schule und halbwegs bei Sinnen ist, das Weite suchen sollte. Mich hat bisher niemand gesehen, also wäge ich ab, was sich in der Vergangenheit als Versteck bewährt hat. Die Lehrertoilette oder selten betretene Räume im Kellergeschoss, wie das alte Fotolabor.

Die Lehrertoilette ist unwürdig, aber kein Vergleich zu dem, was man in der Turnhalle über sich ergehen lassen müsste. Das Fotolabor ist insofern schwierig, als dass den

Raum seit dem Ende der Foto-AG anno 2002 niemand betritt und es darin bestialisch nach totem Säugetier stinkt. Es würde mich nicht wundern, wenn man irgendwann die Überreste des seit mehreren Jahren pensionierten ehemaligen Leiters der Foto-AG zutage fördern würde. Das würde dann auch erklären, warum der nie ordentlich verabschiedet wurde.

Ich habe mich gerade für die Lehrertoilette entschieden, da werde ich von hinten gepackt und fortgeschleift. Man bringt mich in den Gladiatorenkäfig der Turnhalle. Vor der Bühne haben die Abiturienten mit Hilfe der Kleinfeldtore einen Bereich abgeriegelt, in den die Lehrer gepfercht werden. Und zwar direkt vor den Lautsprechern, aus denen ohrenbetäubende Musikimitationen bollern. In der Regel etwas aus dem Bereich Ballermann-Après-Ski. Momentan läuft Micky Krauses zeitloser Klassiker *Sie hatte nur noch Schuhe an*. Das kenne ich. Das kommt häufig aus Tims Zimmer.

Die Abiturienten, denen es auch dieses Jahr wieder nicht gelungen ist, sich mehr als zwei Spiele für die Bühne auszudenken, haben nun die schwierige Aufgabe, etwa drei Stunden mit diesen beiden Spielen zu füllen. Sie lösen das Problem, indem sie minutenlang mit Bierflaschen in der Hand auf der Bühne herumhüpfen und *Oh Baby* oder *Abi-Abi-Abitur* grölen, während ihnen Hunderte von Schülern und Lehrern völlig apathisch dabei zusehen.

Die ersten Kollegen neben mir beginnen zu husten. Ihre Augen tränen. Vermutlich von der Nebelmaschine, die direkt neben dem Lautsprecher postiert wurde. Mir kommen Szenen aus Filmen über den Ersten Weltkrieg in den Sinn.

Ich höre, wie man meinen Namen skandiert. Die Abiturienten wollen, dass ich auf die Bühne komme. Es bringt nichts. Ich muss da jetzt durch. Was sie sich wohl diesmal ausgedacht haben? Irgendetwas mit einem Bobbycar oder sogar mit einem Hüpfnilpferd, wie die letzten beiden Male, an denen es mich erwischt hat? Im Grunde eignet sich jedes Partyspiel, bei dem man aussieht und sich bewegen muss wie ein gehirnamputierter Vollhorst.

Ein Schüler lallt irgendeine Erklärung ins Mikrofon, die ich nicht verstehe. Neben mir stehen noch zwei Lehrer, eine Englischkollegin, die sich in unwürdigen Spasmen zur Musik bewegt und so tut, als mache ihr das alles Spaß, und Erdkunde-Müller, der seltsam sediert aus der Wäsche schaut. Vermutlich hat er sich heute Morgen eine doppelte Ration rezeptpflichtiger Beruhigungsmittel reingestellt. Der Beginn des Spiels verzögert sich noch, weil die Abiturienten erst ihren Schlachtruf *Abi – egal wie* johlen müssen. Auch dieses Jahr schreien diejenigen am lautesten, die seit der Unterstufe auf jeder Klassen- und Versetzungskonferenz einen eigenen TOP gebildet haben.

Das einzig Lustige an dieser Veranstaltung sind alljährlich die Gesichter der Fünftklässler, denen hier zum ersten Mal schwant, dass das, was man ihnen in der Grundschule und zu Hause über das Gymnasium erzählt hat, möglicherweise genauso verlogen war wie der ganze Unfug mit dem Christkind und dem Osterhasen.

Das Spiel beginnt. Viel zu laute Musik wird eingespielt. Wir sollen unter einer Stange hindurchtanzen, aber uns dabei sowohl auf zwei Beinen halten als auch nicht mit den Händen den Boden berühren. Die Stange wird mit jedem Mal etwas gesenkt. Die Englischkollegin, auch heute wieder in deutlich zu engen Leggings, lässt den letzten Rest Würde fahren und wackelt mit allem, was sie hat, unter der Stange durch. Müller bleibt schwankend stehen und lässt sich auch durch die *Müller, Müller*-Rufe der Meute nicht in Bewegung bringen. Ich stupse ihn an. Er scheint eingeschlafen zu sein. Man führt ihn hinter die Bühne und setzt ihn auf eine Bank. Die Kollegin haut mir auf die Schulter und schreit: »Na los, Harry, jetzt sind nur noch wir zwei Hübschen dabei. Zeig mal, was du draufhast!«

Ich beuge den Oberkörper nach hinten und wackle Richtung Stange. Die beiden Schüler, die sie halten, senken sie immer weiter, je näher ich komme. Ich merke, wie die Schwerkraft mich rückwärts zieht, versuche dagegenzuhalten und spüre einen stechenden Schmerz in der Wade. Ich schreie laut auf, drehe mich Richtung Bühnenrand und halte mich an dem Einzigen fest, was ich in die Finger bekomme. Es sind die Haare der Schülerin, die mir am nächsten steht. Wir stürzen. Ich ziehe sie mit. Ich spüre den dumpfen Aufschlag und wie etwas auf mir landet. Dann wird es dunkel.

Als ich wieder zu mir komme, läuft der Abspann des Abifilms. Ich liege hinter der Bühne. Neben mir sitzt Frau Selig. Ihre Hand liegt auf meiner Stirn und sie blickt mich besorgt an. Eine ausgesprochen schöne junge Frau, denke ich. Meine Schulter schmerzt.

»Was ist passiert?«

»Sie sind abgestürzt und haben eine Schülerin mitgerissen, die auf Sie gefallen ist. Sie waren ohnmächtig. Grünmeier meinte, das wird schon wieder, und da habe ich mich vorsichtshalber zu Ihnen gesetzt.«

Sehr umsichtig, Frau Selig, denke ich. Grünmeier würde

doch nicht mal einen offenen Bruch erkennen, Rot-Kreuz-Beauftragter hin oder her. Da hat ja der Hausmeister noch mehr Ahnung.

Ich lächle erst Frau Selig dankbar an, dann blicke ich mich um. Die Halle ist nahezu leer.

»Wo sind alle?«, frage ich.

»Während des Abifilms nach und nach verschwunden.«

Ich nicke und schließe die Augen.

Frau Seligs Hand liegt warm auf meiner Stirn. Ich glaube zu spüren, wie ihre Finger leicht in meinem Haar herumspielen. Ich lege meine Hand auf ihren Unterarm. Sie zieht ihn nicht weg.

»Frau Selig...?«

Sie blickt zu mir herunter wie eine hübsche Krankenschwester.

»Ja, Herr Milford?«

»Ich sage das nur ungern, aber Sie sind sehr nett.«

Ich kann nicht glauben, dass ich das gerade wirklich gesagt habe.

Sie lächelt.

»Sie auch, Herr Milford.«

Mein Magen krunkelt sich zusammen und meine Lungenflügel vibrieren unangenehm. Etwas in mir, das lange, sehr lange, betäubt gewesen war, erwacht zum Leben.

»Herr Milford... Wo waren Sie eigentlich Letztens?«, fragt Frau Selig plötzlich.

Wie? Wo soll ich denn gewesen sein? Ich blicke sie ratlos an.

»Ich hab auf Sie gewartet.«

»...«

»In der großen Pause. Wir waren doch verabredet.«

Oh! Das habe ich ja komplett vergessen.

»Ach so! Ich hatte Aufsicht. Hab ich vergessen. Verzeihung.«

»Das macht nichts«, sagt sie und grinst. »Sie dürfen das. Und ich bin ja nur im Hierarchiekeller.«

»Das stimmt. Aber dann holen wir das nach«, sage ich gönnerhaft.

»Ich bitte darum.«

»Morgen, oder wie?«

»Morgen klingt gut. Und jetzt sollten wir versuchen, Sie ins Lehrerzimmer zu bringen. Können Sie wohl laufen?«

Schade, denke ich. Ich dachte, sie küsst mich gleich. Mir wäre es recht gewesen. Ich reiße mich zusammen. Du Narr, denke ich. Erotische Fantasien eines ältlichen Oberstudienrats. Glückwunsch, Milford!

Wir wanken durch die Turnhalle. Von den Abiturienten ist kaum noch etwas zu sehen. Einzelne Exemplare torkeln noch wie Zombies mit ihren Wasserpistolen an uns vorbei, die nachzuladen sie aber schon lange nicht mehr in der Lage sind, und lallen uns ein kraftloses *Abi – egal wie* entgegen, aber die sind kein Problem mehr, weil sie eigentlich überhaupt keine Reaktion mehr erwarten und in ihrer eigenen Welt gestrandet sind.

Im Lehrerzimmer sitzen Kollegen posttraumatisch an ihren Plätzen und denken mit leerem Blick an Blumenwiesen. Oder an Ovid.

Ich setze mich zu ihnen. Frau Selig schwebt davon. Wohin, Frau Selig? Ich weiß es nicht. Sie kommt sicher bald zurück.

Hoffentlich, denke ich, entrückt vor mich hin lächelnd,

gibt es im nächsten Schuljahr endlich mal wieder einen Schwung Neueinstellungen, die wir beim nächsten Abistreich an die Front schicken können.

# Finks Ende

Seit es nicht mehr klingelt, nehme ich mir heraus, die Stunden nach meinem Ermessen zu beenden. Gut, acht Minuten früher Schluss zu machen war vielleicht nicht das, was die Idioten bei ihrem Beschluss, den Klingelton abzuschaffen, im Sinn hatten, aber das ist mir gerade völlig egal. Ich muss an meine Gesundheit denken.

Ich verlasse das Zimmer und trete auf den Gang, wo ich fast in Lisa hineinlaufe. Zumindest vermute ich sie hinter ihrer Aufmachung und der Schminkschicht.

»Hallo, Dad«, sagt sie cool. Ich blicke sie fassungslos an.

Ist das ein Rock, den sie da trägt, oder ein Gürtel? Ich kann es nicht mit Sicherheit sagen. Und was ist mit diesem Dekolleté? Seit wann hat sie einen Busen? Mir wird schlecht. Werde ich einfach alt, oder spielt die Welt verrückt?

»Ah, Herr Milford?«

Frau Selig steuert auf mich zu. Jedes Mal, wenn ich sie sehe, wundere ich mich, wie ich bis vor kurzem noch glauben konnte, sie sei klein und mollig. Sie muss viel Sport machen, so wie sie gebaut ist.

»Ich wollte Sie mal wegen Ihrer Klassenfahrt fragen.« Sie strahlt. »Brauchen Sie da vielleicht noch eine – Begleitung?«

Donnerwetter, denke ich. Das ist ja mal ein Ding. Da habe ich noch gar nicht dran gedacht. Das ist ja ein schicker Zufall.

»Ja nun ...«, stammle ich, »eigentlich war da Frau Simmelmann-Spröckner-Arbogast vorgesehen.«

»Aber ich nehme an, die hat nichts dagegen, wenn sie daheimbleiben darf«, ergänze ich.

»Au fein!« Frau Selig klatscht tatsächlich in die Hände. »Dann fülle ich mal das Formular aus, ja?«

Ich nicke bedächtig und zwinkere ihr verschwörerisch zu.

»Ja, das machen Sie mal.«

Sie eilt davon.

Mir wird schwindlig. Ich glaube, ich freue mich zum ersten Mal seit langem auf eine Klassenfahrt. Und das wegen einer Referendarin? Was ist bloß mit mir los? Ist das jetzt diese Midlife-Crisis?

Ich hole mir einen Kaffee. Auf dem Rückweg sehe ich, wie Fink, diese Pestilenz auf zwei Beinen, mit zwei Tassen in der Hand Frau Seligs Platz ansteuert. Dieser Schmierlapp macht mich fertig. Was schleimt der sich so bei ihr ein? Der geht mir langsam ganz gehörig auf die Nerven. Es wird Zeit, dass ich etwas unternehme. Der muss weg!

Jetzt muss ich aber wirklich diesen Klassenfahrtsbrief für die Eltern kopieren. Wenn ich ihn erst nach der Klassenfahrt austeile, wirft das eventuell auch wieder Fragen auf.

Auf dem Weg zum Kopierraum komme ich an einer Referendarin vorbei, die bedröppelt vor einem Klassenzimmer steht.

»Und, haben die Schüler Sie rausgeschmissen?«

Auch mal einen Scherz im Vorbeilaufen machen. Sie nickt traurig. Ach du je! Kann ich mich aber jetzt nicht drum kümmern, ich habe Wichtigeres zu tun.

Die beste Zeit, im Kopierraum niemanden anzutreffen, ist direkt zu Beginn einer neuen Stunde. Da sind die kopierfreudigen Kollegen bereits auf dem Weg in die Klassenzimmer, wo ich eigentlich auch gerade sein müsste, worauf ich jetzt aber keine Rücksicht nehmen kann. Und die, die eine Freistunde haben, lassen sich noch ein paar Minuten Zeit, in denen sie lieber mit leerem Blick an ihren Plätzen im Lehrerzimmer stehen und sich von der Vorstunde erholen.

Ich betrete den Kopierraum. Keiner da. Sehr gut. Ich lege mein Blatt auf das Glas und kopiere es dreißig Mal. Erst als es zu spät ist, sehe ich, dass noch irgendeine Quatscheinstellung vom Vorgänger drin war. Die Kopien sind viel zu klein. Ich werfe den Stapel in den Müll und versuche das Problem zu beheben. Ich drücke noch einmal auf den Knopf, aber jetzt blinkt es rot. Kein gutes Zeichen. *Resttonerbehälter voll*, zeigt das Display an. Dazu gibt es eine Abbildung, die erklärt, was nun zu tun ist. Ich schaue auf die Uhr. Erst vier Minuten über der Zeit, das geht noch.

Ich versuche, die vordere Klappe zu öffnen. Das muss der ominöse Tonerbehälter sein. Ich ziehe an ihm herum. Nichts rührt sich. Scheißtechnik. Ich zerre heftiger. Nichts. Ich haue auf den Kasten und versuche ihn durch Klopfen zu lockern. Er bewegt sich ein wenig. Ich ziehe noch einmal ruckartig und irgendwo kracht es, aber er löst sich immerhin aus der Verankerung. Ein Plastikteil kommt mir entgegen und fällt zu Boden. Ich nehme den Behälter und versuche, ihn abzulegen, aber schwarzes Pulver – vermutlich der Toner – entweicht und verteilt sich auf meinen Händen und meinem Hemd. Ich lasse das Ding fallen, woraufhin sich eine schwarze Staubspur auf dem Boden verteilt.

Ich will mein Blatt vom Kopierer nehmen, merke aber zu spät, dass ich immer noch meinen Schlüsselbund in der Hand halte, der voll auf die Glasplatte des Kopierers knallt und einen Riss im Glas verursacht. Der Raum sieht jetzt aus wie nach einem Drohnenangriff.

Ich flüchte auf die Toiletten nebenan. Es stinkt bestialisch. Ich sehe, dass jemand mit heruntergelassenen Hosen in der Kabine sitzt.

»Grünmeier, bist du das?«, versuche ich einen Schuss ins Blaue.

Dem Grunzen, das aus der Kabine hervordringt, entnehme ich: Jawohl!

»Was haben sie dir denn zu essen gegeben, sag mal, vielleicht solltest du das Fleisch vorher in die Pfanne legen.«

»Milford, kann ich jetzt mal in Ruhe scheißen, oder was?«

Ich grinse und wasche meine Hände. Mein Hemd ist dunkel, da sieht man den Tonerstaub kaum.

»Grünmeier, weißt du, ich glaube, ich würde deinen Gestank unter Hunderten erkennen. Und das könnte ich nicht einmal über meine Frau sagen.«

»Vielleicht hätten *wir* dann heiraten sollen.«

»Also, dein Geruch ist schon verlockend, aber ich glaube, du schnarchst mir zu laut.«

Grünmeier schnaubt hinter seiner Tür, und dann höre ich das Geräusch von abreißendem Toilettenpapier.

Ich blicke auf, in den Spiegel, und erschrecke. Wer ist das?

Seit wann bin ich so bleich? Und … alt? Schön ist das nicht, was ich da sehe. Was ist das für ein Leben, das macht, dass man irgendwann so aussieht?

Als ich in den Kopierraum zurückkomme, ist Referendar Fink, die alte Pottsau, eifrig dabei, den Boden mit Papiertüchern zu putzen.

Mir kommt eine Idee.

»Und, Probleme?«, frage ich.

»Ich hatte noch etwas vergessen, und als ich reinkam, herrschte hier so ein Chaos. Aber es war niemand da.«

»Soso«, sage ich. »Das sieht aber auch nicht gut aus.« Ich zeige auf den zerstörten Kopierer.

»Ich weiß auch nicht, wer das war«, sagt er ratlos. Er zuckt mit den Schultern.

Statt ihm zu antworten, mache ich mich auf den Weg zu Heller, der schnell die Zeitung, die er in der Hand hält, beiseitelegt und so tut, als würde er wichtige Unterlagen studieren.

»Herr Milford?«, fragt er und linst über den Rand seiner Brille. »Was gibt's?«

»Hans-Heinz, ich komme gerade aus dem Kopierraum. Da hat ein Referendar massive Probleme. Vielleicht kannst du mal nachschauen. Der junge Mann macht mir keinen guten Eindruck, ich glaube, der dreht durch. Ich konnte nichts machen, ich muss in meine Klasse.«

»Ich schau gleich mal, danke«, sagt er und eilt von hinnen.

# Fleischsalat

Nach einer weiteren nahezu schlaflosen Nacht schäle ich mich aus meiner Matratze. Als ich aus dem Fenster sehe, stelle ich fest, dass das Wetter sogar noch beschissener ist als sonst zum Kollegenausflug. Aber seltsamerweise bin ich gar nicht einmal so schlechter Dinge. Schließlich haben wir heute nur drei Stunden Unterricht.

In der Regel läuft der Kollegenausflug so ab, dass wir eine Stunde mit dem Bus irgendwo hinfahren, uns eine Kirche anschauen. Danach fahren wir noch mal eine halbe Stunde einen Berg hinauf, wandern bei strömendem Regen durch einen Wald, wo wir uns endlose Vorträge eines pensionierten Försters über die regionale Flora und Fauna mit den Schwerpunkten Holzwirtschaft und Jägerei anhören, bevor wir dann in ein Lokal einkehren, dessen Speisekarte nichts mehr von alledem enthält, was der Personalrat zwei Wochen zuvor beim Probeessen aufgetischt bekam, sondern nur noch zwei Gerichte: Schnitzel mit Pommes oder Schnitzel mit Spätzle aus der Packung. Jeweils mit schleimiger Fertigsoße verfeinert. Mein Gefühl sagt mir, dass ich in der Hinsicht auch dieses Jahr keine Überraschung erleben werde.

Dem Kalender nach ist Frühsommer, aber dem Wetter ist das egal. Es regnet und ist arschkalt. Als ich den Bus besteige, sitzt natürlich Ekelfink schon neben Frau Selig und redet lachend auf sie ein. Missmutig setze ich mich neben Grünmeier.

Sobald alle eingestiegen sind, schnappt sich Schröder, der Personalratsvorsitzende, das Busmikrofon und lässt seinen alljährlichen Sermon ab. Ich erneuere meinen Vorsatz, mich, sollte ich wirklich einmal ein Personalratsanliegen haben, lieber an den Hausmeister zu wenden. Das ist wenigstens ein Mann der Tat. Ich wühle indessen in meiner Tasche, auf der Suche nach der neuen Ausgabe des *Blinker*, die Anglerzeitschrift meiner Wahl. Vor allem, um mich von den Gesprächen um mich herum abzulenken. Ich schlage den ersten Artikel auf. Es geht darin um das Fangen von Karauschen mit modernen Friedfisch-Techniken. Meine Gedanken schweifen ab. Das Geschwätz um mich herum ist eine Kakophonie des Stumpfsinns.

»Habt ihr diesen Erlass vom Ministerium gelesen? Wir sollen ja jetzt auch leichte Hausmeistertätigkeiten ausführen. Bäume schneiden, Schnee schippen und so.«

»Die Feininger in der Elften hat im letzten Deutschaufsatz wieder 36 Seiten geschrieben. Was soll ich sagen? Trotzdem eine Vier minus!«

»Wann ist eigentlich mal wieder ein Brückentag?«

»Es gibt ja eigentlich nur zwei Gründe, warum man Lehrer wird: Juli und August.«

»Ich lasse meine Schüler nur noch PowerPoint-Präsentationen machen. Ich mache überhaupt keinen anderen Unterricht mehr. Ich bin doch nicht blöd.«

An der Kirche angekommen stoßen wir gleich auf unseren örtlichen Experten. Er sieht genauso aus wie wir, nur etwas älter. Ein Hobbyhistoriker in beigefarbener Popelinjacke und sandfarbenen Herrenhosen. Wahrscheinlich pensionierter Lehrer. Er ist mir auf Anhieb unsympathisch. Dem Führer gelingt es, mich schon nach drei Minuten so zu ermüden, dass ich das Bedürfnis habe, mich sofort hinzulegen und eine Woche zu schlafen. Alle paar Meter bleibt die Gruppe stehen und lauscht seinen Ausführungen zu Fenstern, Intarsien, Verzierungen, Altar und Architektur. Namen und Jahreszahlen ziehen an mir vorbei. Noch fünf Minuten und ich wäre sogar für eine Gruppenarbeit bereit.

Zurück im Bus lässt Personalrats-Schröder sich aber nicht lumpen und reicht Sekt in Plastikbechern herum. Endlich! Die Stimmung steigt. Sport-Gerber, der alte Schwabe, analysiert einzelne Schüler aus seiner exklusiven Sportlehrerperspektive: »Der Faller ischt natürlich ein Kasper, aber ein toller Fußballer, der hat's wirklich drauf, so jemanden kann man nicht nur an seiner Deutschnote messen, das ischt doch klar.«

»Sport ist doch gar kein Fach«, platzt mir der Kragen. »Das hat doch in der Schule nichts verloren. Das ist doch höchstens ein Hobby.«

»Harry, du schwätzsch einen Scheißdreck«, echauffiert er sich.

»Was genau bringt ihr denen denn fürs Leben bei? Was soll Faller aus deinem Unterricht mitnehmen? Dass es egal ist, wie dumm einer ist oder wie bescheuert er sich aufführt, Hauptsache, er kann gut kicken?«

Gerber will gerade zu einer scharfsinnigen Replik ansetzen, als Schröder »Alles aussteigen!« krakeelt und die buntgewandete Outdoortruppe sich nach draußen in eine graue Landschaft aus Regen und Nebel bewegt.

Der geplante Rundweg soll etwa eine Stunde dauern. Heller, der sich als Geographielehrer auch dieses Jahr berufen fühlt, uns den Weg zu weisen, geht eifrig vorneweg. Wenn ihm das schon als Schulleiter im Alltag nicht gelingt, so doch wenigstens hier auf dieser Wanderung durch unbekanntes Terrain.

In der einen Hand hält er einen Kompass aus dem 18. Jahrhundert, in der anderen eine zerfledderte und durchnässte Karte. Kollege Müller packt die Gelegenheit beim Schopf und klopft mit seinem Geologenhammer jede noch so armselige Gesteinsformation ab. Vielleicht auf der Suche nach neuen Exponaten für die Mineraliensammlung? Heller geht völlig in seiner navigatorischen Mission auf, läuft mehrere Hundert Meter vorneweg, um die Lage zu erkunden. Nachdem wir schon ein paar Mal dachten, wir hätten ihn verloren, kommt er doch immer wieder aufgeregt aus dem Wald gesprungen. Einmal holt er sogar von hinten wieder zu uns auf, ich weiß nicht, wie er das gemacht hat.

Ich schließe auf zu Frau Selig.

»Noch drei Wochen«, raune ich ihr zu und meine dabei den Beginn unserer Klassenfahrt, auf den ich mich jetzt, dank ihr, beinahe schon freue.

Im Vorbeilaufen berührt sie leicht meine Hand und lächelt mich auf eine verschwörerische Art an, die mich völlig aus der Fassung bringt. Ameisen krabbeln durch meinen Magen und mein Zwerchfell bläht sich wie ein Kugelfisch. Jetzt wird es ernst, Milford. Da ist nicht mehr allzu viel Interpretationsspielraum möglich. Die will dich. Ganz klar. Innerlich mache ich so einen albernen Fred-Astaire-Sprung. Fink, die Laus, drängelt sich zwischen uns. Warum ist der nach der Kopierergeschichte eigentlich nicht geflogen?

Als wir nach einer Weile an eine Weggabelung kommen, ist von Heller weit und breit nichts zu sehen. Wir bleiben ratlos stehen. Quo vadis, Kollegium?

Heizmann bestimmt selbstbewusst, wie immer, dass wir nur noch rechts gehen können, alles andere wäre töricht, aber er hat nicht mit Personalrats-Schröder gerechnet, der ihm vehement widerspricht. Bald entspinnt sich im Kollegium eine rege Diskussion. Lehrer müssen immer diskutieren. Gerne auch ohne jede Kenntnis der Sachlage, denn keiner hat eine Ahnung, welches wirklich der richtige Weg ist.

»Das Kollegium am Scheideweg«, raune ich Grünmeier zu, der glucksend lacht.

Irgendwann nimmt Heizmann die Sache in die Hand.

»Also, ich gehe jetzt hier links entlang. Wer sich mir anschließen will, ist willkommen. Alle anderen sollen schauen, wo sie bleiben.«

Er blickt verschwörerisch in die Runde. Eine Handvoll Kollegen schließt sich ihm an und die Gruppe marschiert los.

»Das ist mit Sicherheit der falsche Weg!«, ruft Schröder. »Ich gehe den anderen Weg. Wer heute noch beim Bus ankommen will, folgt mir.«

Der Großteil des Kollegiums, darunter die ganzen engagierten Junglehrer, hält Schröder eindeutig für glaubwürdiger, und kurze Zeit später ist auch die letzte Funktionsjacke im Wald verschwunden. Grünmeier und ich bleiben stehen, um auf Heller zu warten. Der hat einen schlechteren Orientierungssinn als der Fliegende Holländer, und wir wollen nicht, dass er jetzt jahrelang in diesem Wald herumirren muss, wenn schon niemand sonst aus dem Kollegium seine Abwesenheit überhaupt bemerkt hat.

Nach einer Weile machen auch Grünmeier und ich uns achselzuckend auf den Weg. Wir wählen Heizmanns Weg. Bloß nicht der großen Herde folgen. Wir halten immer mal wieder an, in der Hoffnung, Heller könnte uns doch verzweifelt hinterherjagen, dazwischen verheddern wir uns in Streitgespräche über unnütze Schulfächer, potentielle Amokläufer im Kollegium, die Frage, ob vierzehn Wochen Ferien für Lehrer angemessen sind. Grünmeier findet, nein, es müssten mehr sein, als wir an eine weitere Weggabelung kommen.

Ich sehe Grünmeier an.

»Du bist doch immerhin Physiklehrer, sag was!«

Er zuckt wieder mit den Achseln und wählt den linken Weg. Es regnet mittlerweile in Strömen. Schweigend laufen wir nebeneinanderher in einen immer dunkler werdenden Wald hinein. Meine Allroundhalbschuhe haben den letzten Widerstand aufgeben. Regenwasser dringt ungehemmt ein. Mir ist saukalt und meine Laune sinkt minütlich. Ich habe schrumpelige Hände wie ein Neugeborenes. Es beginnt bereits zu dämmern.

»Ich glaube, wir sind falsch«, sage ich irgendwann.

Grünmeier sieht das ähnlich.

»Und jetzt?«

Einmal mehr zuckt er mit den Schultern. Jetzt wäre ein Handy nicht schlecht, denke ich. Aber ich hätte sowieso keine einzige Nummer aus dem Kollegium gespeichert. Grünmeier hat natürlich auch keins. Wir laufen weiter.

Plötzlich sehen wir durch die Bäume ein Licht.

Es wird größer.

Da steht ein Haus. Ein großes Haus.

Die Außenbeleuchtung lädt uns ein, näherzukommen. Es

ist ein altes Bauernhaus, vielleicht ein Lokal oder Ähnliches. Eine ganze Reihe Autos parken neben dem Gebäude.

Wir betreten den Vorraum und ziehen unsere Jacken aus. Drinnen ist es herrlich warm. Wir gehen durch eine weitere Tür und befinden uns in einem gemütlichen Raum mit einem Kaminfeuer und einer Art Rezeption. Hinter dem Tresen steht eine Frau, die uns freundlich anblickt.

»Hallo, ihr beiden. Kommt doch rein und wärmt euch auf.«

Grünmeier zuckt mit den Schultern.

»Das scheint eine Art Pension zu sein. Weißt du was? Ich geh da nicht mehr raus. Komm, wir übernachten hier und gehen morgen früh weiter.«

Wahrscheinlich hat er recht. Das bringt doch eh nichts mit dem Kollegenausflug. Nach dem Essen müssen die ganzen laktoseintoleranten Nichtraucherkollegen gleich wieder nach Haus, weil sie noch etwas laminieren und dann ihre Maximilians und Luisas von der Frühförderung abholen müssen, und wir sitzen wieder mit den ganzen Altschlümpfen und Schabracken am Tisch und erzählen dieselben ollen Kamellen wie jedes Jahr.

Grünmeier geht los Richtung Rezeption. Ich hinterher.

»Haben Sie denn was frei?«, frage ich.

»Klar«, sagt sie. »Zwei Mal?«

»Äh, ja?«

Besser zwei Zimmer, denn mit dem schnarchenden Grünmeier in einem Bett, das muss dann doch nicht sein. Womöglich hat er noch Schweißfüße und Flatulenz.

»Waren Sie schon mal bei uns?«, fragt sie.

»Äh, nein?«

»Wenn Sie Fragen haben, wenden Sie sich an mich. Wir

haben insgesamt fünf Zimmer. Der *Darkroom* ist im Erdgeschoss, *Soft SM* im Keller.

Ich habe keine Ahnung, wovon sie spricht.

Grünmeier hat offenbar etwas entdeckt, das seine ganze Aufmerksamkeit auf sich zieht.

»Macht 160 Euro.«

Da Grünmeier nicht ansprechbar ist, reiche ich meine EC-Karte über den Tresen, und sie drückt mir zwei Handtücher in die Hand. Meinem verwirrten Blick begegnet sie mit einem aufmunternden Lächeln.

»Viel Spaß!«

Jaja, schon gut, denke ich und laufe Grünmeier hinterher, der sich wie magnetisch angezogen dem Nebenraum nähert.

»Die Umkleide ist gleich links«, höre ich die Frau an der Rezeption sagen. »Hallo, Sie? Angezogen können Sie da nicht rein!«

Ich drehe mich um. Sie deutet auf Grünmeier, der wie ein Zombie versucht, besagten Raum zu betreten. Ich zerre ihn zurück und jetzt sehe ich es auch. In dem Raum sitzen ein Dutzend Männer und Frauen um ein Büfett herum. In Unterwäsche! Grünmeier und ich schauen uns mit hochgezogenen Augenbrauen an.

»Meinst du, das ist ein ...?« Aber da schnappt sich Grünmeier schon eines der beiden Handtücher und steuert auf die Umkleidekabine zu.

»He, jetzt warte doch mal!«

Als ich den Raum betrete, hat er sich schon seiner Hose entledigt und entblößt zwei erschreckend dünne und krumme Beine, die in grauen Wollsocken stecken. »Jetzt geht's um die Wurst«, sagt er lässig und lacht heiser, während er sein Hemd aufknöpft, es locker auf seinen Kleiderhaufen schmeißt und davonschlurft Richtung Büfett. In Wollsocken und Unterhose.

Ich sehe ihm irritiert nach.

Was jetzt?

Offenbar bleibt mir nichts anderes übrig, als das eine oder andere Kleidungsstück abzulegen, um zumindest etwas zu essen zu bekommen, und ich habe wirklich einen Riesenhunger.

In Unterwäsche wanke ich beschämt Richtung Büfett, wo sich Grünmeier bereits mit einer vollschlanken Frau unterhält. Die beiden sehen aus wie eine Mutter mit ihrem vorzeitig gealterten Sohn. Ich greife mir einen Hähnchenschlegel und blicke mich um. Schön ist das alles nicht. Wobei es mich selbst dann nicht interessieren würde, fürchte ich.

Ich beschließe, mich mit meinem Hähnchenschlegel in der Hand auf Erkundungstour durch das Etablissement zu begeben, und sehe gerade noch, wie sich auch Grünmeier nebst weiblicher Bekanntschaft auf den Weg macht. Sie steuern zielsicher auf eines der Zimmer zu. Mir wird flau im Magen. Das Erstaunliche ist, dass jeder Raum von außen durch Luken einsehbar ist. Ich blicke kurz durch eine Scheibe.

Was ich sehe, lässt mir mein Blut in den Adern gefrieren. Meine Knie werden weich und ich muss mich mit dem Rücken gegen die nächstbeste Wand lehnen. Für das hier gibt es nur ein Wort: Fleischsalat!

Mir ist schwindlig. Ich würde mich gerne hinlegen. Und zwar alleine! Ich taste mich den Gang entlang und finde Halt, dummerweise an einer Türklinke. Die gibt nach, und ich purzle in einen hellerleuchteten Raum. Auch hier sind

Menschen in Aktivitäten verstrickt, die für Fantasie keinen Platz lassen. Ich mache auf den Hacken kehrt, da fällt mein Blick auf einen Mann, der an der Wand neben der Tür lehnt. Vor ihm kniet eine Frau. Den kenne ich doch. Er schaut mich überrascht an.

»Herr Milford«, sagt der Mann und grinst verlegen.

»Hans-Heinz, das ist aber ... eine Überraschung!«

»Äh ... Haben Sie sich auch verlaufen? Darf ich vorstellen ...«

Er zeigt nach unten.

»Das ist Andrea.«

Ich will das nicht sehen. Allerdings kommt mir die Frau bekannt vor.

»Hallo, Harry.« Ja, verdammt. Das ist ja Stefans Frau!

»Andrea ... was ... äh?«, stammle ich. »Was machst du denn ... also ... und Stefan? Ist der auch ... hier?«

Nicht jetzt auch noch Stefan. Bitte nicht.

»Wir sind doch getrennt, weißt du das nicht?«

Getrennt?

»Könnt ihr mal ruhig sein?«, fragt ein Mann, der auf einem weißen Ledersofa liegt. Auf ihm sitzt rittlings eine Frau. »Wir können uns hier nicht konzentrieren.«

Erneut geht die Tür auf. Grünmeier und seine neue Bekanntschaft treten ein. Sie sind mittlerweile ganz nackt.

»Harry«, sagt Grünmeier trocken.

»Schau mal, wer da ist«, sage ich und zeige auf Heller.

Heller winkt ihm zu.

»Ja, leck mich doch einer ...«, murmelt Grünmeier, schüttelt den Kopf und sucht das Weite. Seine mütterliche Partnerin streckt mir ihre Hand entgegen.

»Hallo, ich bin die ...«

»Grünmeier, warte!«, rufe ich panisch und eile ihm hinterher.

Auf dem Gang haut mir jemand auf die Schulter. Ich traue mich nicht, mich umzusehen.

»Milford, du alte Drecksau! Auch hier?«

Die Stimme kenne ich. Ich blicke in Heizmanns Bluthochdruckgesicht. Neben ihm steht die Englischkollegin vom Abistreich. Sie trägt eine Art Ganzkörperleggings.

»Na, alte Hütte, auch verirrt?« Bei *verirrt* malt er mit den Fingern Anführungszeichen in die Luft.

Ich zögere und nicke.

»Hab ich gefickt eingeschädelt, was, den Schröder zu überreden, die Wanderung hier zu machen? Da oben bei der Kampfabstimmung dachte ich schon, wir müssen dem jetzt auf dem anderen Weg folgen. Aber ging ja noch mal gut.«

Er lacht glucksend.

Ich versuche, mir meine Fassungslosigkeit nicht anmerken zu lassen. Heizmann, Heller und ich will gar nicht wissen, wer noch alles, wollten in einen verdammten Swinger-Club? Beim Kollegenausflug? Diese Wahnsinnigen schrecken ja vor gar nichts zurück. Bin ich eigentlich der einzig Normale an dieser Schule?

»Tja, Milford, so Typen wie du und ich, wir wissen einfach, wie man das Leben genießt, gell! *Ars vivendi*, sag ich immer. Und der Grünmeier ist auch dabei, super!«

Er klatscht in die Hände.

»So, du, wir müssen los, wir sind ja schließlich nicht zum Spaß hier, gell?«

Ich spüre mich selbst den Kopf schütteln.

»Hau rein, Harry ... und gell, Diskretion ist Ehrensache. Aber wir sitzen ja quasi im selben Boot.«

Lachend eilen die beiden auf den *Darkroom* zu.

Ich setze mich an die Bar, bestelle ein Bier und denke daran, dass ich demnächst mal wieder zur Darmspiegelung sollte.

## Das Grauen, das Grauen

Ich bin heilfroh, dass diese Höllenwoche endlich ein Ende genommen hat. Ich konnte Heller und Heizmann in den letzten drei Wochen nicht mal in die Augen sehen, ohne dass mir schlecht wurde. Ganz zu schweigen von Grünmeier, der mir jedes Mal, wenn ich ihm im Lehrerzimmer begegnet bin, aufmunternd zugezwinkert hat. Noch nie habe ich mich so auf ein Wochenende und die Korrekturen des letzten Deutschaufsatzes gefreut.

Aber jetzt ist erst mal Freitagabend. Karen ist mit ihrer Chefin Rita ausgegangen. Das geschieht etwas zu oft in letzter Zeit, aber mir soll es recht sein. Hab ich schön meine Ruhe. Fläschchen Rotwein. Ein Buch. Nur dass Tim heute Abend zwei Kumpel zum Übernachten eingeladen hat, das müsste nicht unbedingt sein. Der eine ist Marius, den er schon seit dem Kindergarten kennt, der andere ein Neuer, der die Baseballkappe seitlich auf dem Kopf trägt.

Eigentlich hatte ich vorgehabt, Stefan anzurufen, aber am Ende hätte noch Andrea den Hörer abgenommen, darauf hatte ich dann doch keine Lust. Außerdem hat er vermutlich sowieso einen Gig mit seinem Jazztrio.

Als Tim und seine Jungs einlaufen, kläre ich sie gleich mal auf, dass sie sich meinetwegen ihre Gehörgänge mit der üblichen Debilenmusik durchpusten können, aber doch gefälligst auf Zimmerlautstärke. Klare Ansagen, das ist es, was diese jungen Leute brauchen.

Ich setze mich aufs Sofa, trinke einen Schluck Wein und öffne mein Buch.

Dann geht es los:

*Ausziehen, ausziehen, oder wir fall'n um...*

Ohrenbetäubendes Gegröle. Kann mich nicht konzentrieren. Das geht so nicht. Ich lese immer wieder denselben Absatz und komme mir vor wie einer dieser lernschwachen Schüler, die keine Texte mehr verstehen.

*Wir fahren in den Puff, ja wir fahren in den Puff olé, olé.*

Ich gehe zu Tims Zimmer und hämmere mit der flachen Hand an die Tür.

»Musik leiser!«

Es funktioniert. Tatsächlich. Große Pädagogik.

Ich schalte den Fernseher ein. Es läuft eine Dokumentation über den Thomaner-Chor. Alle in Tims Alter, denke ich. Was haben wir nur falsch gemacht mit dem Jungen? Ich trinke zwei Gläser auf ex. Langsam werde ich schläfrig. Die Thomaner berichten von ihrem Alltag. Beruhigend... sehr beruhigend...

*Sie hat Holz vor der Hütte, Holz vor der Hütte...*

Die Musik wird wieder lauter. Es macht mir nichts mehr aus. Ich bin zu müde... Frau Selig wabert durch meine schläfrigen Gedanken. Sie schwebt wie ein Engel durch ein Lehrerzimmer auf mich zu...

Ein Geräusch weckt mich. War das die Haustür? Ist da jemand im Flur? Ich linse durch den Türspalt und sehe, wie zwei Gestalten die Treppe hinaufschleichen. Lisa und... Ist das Marvin? Das ist ja wohl die Höhe! Spinnt die, nachts ungefragt diesen Schüttler ins Haus zu bringen?

Ich höre ihre Zimmertür. Schleiche hinterher. Aus Tims

Zimmer dringt Gejohle und nun immerhin gedämpfte Musik. Bei Lisa ist alles still. Mir wird schlecht. Karen hat doch sicher mit ihr über Verhütung gesprochen. Die Vorstellung, dass meine Tochter Lisa mit diesem Penner... Ich darf überhaupt nicht dran denken.

Ich stehe minutenlang unschlüssig auf dem Gang herum. Da!

Kam das aus Lisas Zimmer? Was war das für ein Geräusch? Wo bleibt eigentlich Karen? Was kann man mit dieser hysterischen Ziege von Rita eigentlich den ganzen Abend quatschen? Mir egal, ich schau jetzt durchs Schlüsselloch. Ich beuge mich vor und versuche, irgendetwas zu erkennen. Das Sofa auf der gegenüberliegenden Seite ist leer. Wieso hört man nichts? Was machen die da, verdammt?

Ich traue mich nicht, anzuklopfen.

Ich gehe ins Bett und versuche zu lesen.

»Boah, du Sau!«

Auf dem Flur Geschrei und Getrampel.

Ich stürme nach draußen. Dort verschwindet Tims Freund mit der Kappe gerade auf dem Klo. Die Tür zu Tims Zimmer steht offen. Es stinkt bestialisch. Tims Bett ist vollgekotzt. Ich sehe, wie mein Sohn eine Wodkaflasche hinter dem Rücken verstecken will. Überall im Zimmer springen Heuschrecken herum, fassungslos über ihr Glück. Die Geckos laufen Amok in ihrem Terrarium.

»Sagt mal, spinnt ihr?«, schreie ich.

Tim kann kaum gerade stehen. Aus dem Klo kommen Würggeräusche. Marius blickt auf das vollgereiherte Bett, dann mich an, dann übergibt er sich direkt vor mir auf den Boden.

»Igitt, ist das eklig!«, schreit jemand.

Es ist Lisa, die aus ihrem Zimmer sprintet. Ich nutze die Chance und renne in ihr Zimmer, mache das Licht an. Auf dem Bett sitzt das Grauen. Eine Lebensform, die man höchstens auf dem Grund des Marianengrabens vermutet hätte, kauert auf dem Bett meiner Tochter. Es ist Marvin in Shorts, der mich anblinzelt wie ein Frettchen.

»Darüber sprechen wir noch!«, sage ich zu Lisa.

Dann hole ich Lappen aus dem Abstellraum, die ich den Jungs in die Hand drücke. »Sauber machen, los!«, schreie ich Tim an.

Marius ist den Tränen nah. Er matscht willenlos in seinem Erbrochenen herum. Es ist entwürdigend. Aber da müssen sie jetzt durch.

»Igitt, Papa!«

Lisa steht auf Zehenspitzen im Flur. Um ihre Beine schleicht einer der Geckos auf der Jagd nach einer entflohenen Heuschrecke. Wo kommt denn der jetzt her?

Ich gehe ins Bad, wo Tims neuer Freund jammert, weil ihm seine Baseballmütze ins vollgekübelte Klo gefallen ist.

»Ich hole sie sicher nicht raus«, stelle ich vorsichtshalber klar.

»Mach das mal sauber jetzt!«

Er ist so verzweifelt, dass er aussieht, als wollte er gleich losheulen. Marvin huscht über den Gang und fängt überraschend gewandt den entfleuchten Gecko ein. Dann nimmt er dem Ex-Kappenträger den Lappen aus der Hand, macht ihn nass und übernimmt es für ihn, das Klo sauber zu machen. Er trägt immer noch nur seine Shorts.

Ich hole neue Bettwäsche aus dem Schlafzimmer.

»Tim, zieh das Bett ab, los!«

Er glotzt mich an. Er hat keinen Schimmer, was ich meine.

»Du nimmst die Decke in die Hand und machst den Bezug weg. So!«

Ich mache es ihm pantomimisch vor. Er macht das offenbar zum ersten Mal.

»Papa, jetzt sei doch nicht so!«, sagt Lisa.

»Du hältst dich da raus! Hilf Marius und Tim oder halt den Rand.«

Sie geht tatsächlich zu Marius und nimmt ihm den Lappen ab.

Plötzlich steht Karen hinter mir. Ich mache den Weg frei, so dass sie freie Sicht hat auf eine Szenerie, die Hieronymus Bosch, würde er heute leben, als ein Motiv für seine Höllendarstellungen verwenden könnte.

»Karen, wie gut, dass du da bist«, sage ich erleichtert und gehe ins Bett.

# Nach dem Ungemach ist vor dem Ungemach

»Marvin hatte seinen Schlüssel vergessen und wollte seine Eltern nicht rausklingeln. Da hat er mich gefragt, ob er ...«

»Lüge! Der lag doch in deinem Bett! So gut wie nackt!«

Bei der Erinnerung läuft mir ein kalter Schauer über den Rücken.

»Harry!«

»Du hältst dich da raus, Karen, du warst ja gar nicht da!«

»Wie hätte ich dich denn fragen sollen? Du lagst neben einer leeren Flasche Rotwein und hast geschnarcht wie ein erkältetes Wildschwein!«

»Ja und? Wie Einbrecher habt ihr euch durchs Haus geschlichen...«

»Mit dir kann man doch gar nicht reden!«

Lisa stürmt aus dem Wohnzimmer.

Auch das noch, denke ich, nachdem Tim vor einer Viertelstunde schon wutentbrannt das Haus verlassen hat, da ich es für angebracht hielt, den Vorabend mal zur Sprache zu bringen. Aber offenbar bin ich dadurch schon zu weit in seine Komfortzone eingedrungen.

Wenn ich überlege, dass ich heute eigentlich angeln gehen wollte...

»Harry! Die jungen Leute chillen einfach gerne zusammen. Die haben nicht immer gleich was miteinander.«

»Ha! Das glaubst du doch selbst nicht. Der war nackt, der

Lurch! Chillen die nackt miteinander, oder was? Der schaut sich doch jeden Tag zwei Stunden lang Pornos an, du glaubst doch nicht, dass...«

Karen schlägt die Hände vors Gesicht und schüttelt seufzend den Kopf.

»Was?«, schreie ich.

Sie bedenkt mich mit einem Blick, der offenbar Resignation ausdrücken soll.

»Oh ja, schau nur verzweifelt«, ereifere ich mich, »dass man dir noch keinen Preis für die Mutter des Jahres verliehen hat, Schatz, ist eigentlich auch ein Skandal. Der Sohn hat mit vierzehn eine Alkoholvergiftung und die sechzehnjährige Tochter schleppt Totalversager nach Hause. Toll! Ganz toll! Und dabei bist du ja nicht mal richtig berufstätig. Dann hätte man ja wenigstens eine Entschuldigung. *Ja, gut, beide Eltern mussten halt so viel arbeiten. Die Kinder waren sehr viel sich selbst überlassen... Da muss man sich ja dann nicht wundern...*«

»Ich habe doch auf alles verzichtet!«

Karen schreit. Außer sich vor Wut. »Vielleicht wäre ich lieber arbeiten gegangen! Glaubst du, das war ein Spaß für mich, tagein, tagaus chronisch übermüdet und intellektuell unterfordert die Kinder zu bemuttern, jeden Tag diese Spielplatzhölle? *Mama, schau mal hier, schau mal da*, diese bizarren Gespräche mit den anderen Müttern, die dauernd nur vergleichen und werten und dir erzählen, was ihr Finn schon alles kann, und wenn Finn deinem Kind einen Eimer Sand über den Kopf schüttet und dein Kind ihn dafür an den Haaren zieht, dann sagst du nicht *Ja, gut* so, *zeig's diesem Scheißkind*, sondern du sagst *Es ist mir egal, wer angefangen hat.* Von der fehlenden Anerkennung für das, was man da leistet, gesamtgesellschaftlich und von dir im Speziellen mal ganz zu schweigen!«

»Ja, und wer hat dir verboten, arbeiten zu gehen?«, platzt mir nun der Kragen. »Vielleicht wäre ich auch gerne zu Hause geblieben? Glaubst du, ich war scharf darauf, meine Work-Life-Balance in eine solch groteske Schieflage zu bringen, um diesen Bunker hier abzubezahlen? Hast du eigentlich eine Ahnung, wie das ist, zum ersten Mal beim Schulleiter zu sitzen und gefragt zu werden, ob man bereit wäre, als Berufsanfänger ein volles Deputat zu unterrichten? Und die Theater-AG zu leiten? Und in diversen Arbeitsgruppen mitzumachen? Und ob es einem etwas ausmachen würde, Klassenlehrer in einer Fünften zu werden? Und vielleicht wäre man dann noch so freundlich, am Wochenende die Werkstatt des Hausmeisters feucht durchzuwischen? Und jetzt bin ich ausgebrannt und muss in Frührente!«

»Jetzt tu doch nicht so, du warst doch froh, dass du morgens aus dem Haus kamst und dieses Chaos hinter dir lassen konntest. Das Kindergeplärr, den Haushalt, Einkaufen.«

»So ein Quatsch«, sage ich, obwohl sie natürlich recht hat, aber das ist jetzt egal. »Ich kann mich nicht erinnern, dass du je Anstalten gemacht hättest, weiterarbeiten zu wollen. Außerdem hast du so wenig verdient, dass das sowieso nicht gegangen wäre. Hättest du halt was Anständiges studiert.«

»Das ist doch eine Ausrede! Nie im Leben wärst du zu Hause geblieben! Du wärst nach drei Tagen durchgedreht, du Macho!«

Ich denke an Frau Seligs Hand auf meiner Stirn. In meinem Haar.

»Apropos«, sage ich, »sollten wir eigentlich nicht mal wieder Sex haben, oder lassen wir das jetzt ganz? Ich frag nur, damit ich weiß, auf was ich mich einstellen kann.«

Sie starrt mich verblüfft an. Das hat sie jetzt auf dem falschen Fuß erwischt.

»Harry, ich ...« Sie zuckt mit den Schultern und schüttelt den Kopf.

»Was?«, frage ich.

»Ach, Harry, wie konnte das alles so weit kommen?«

»Ich weiß es nicht«, sage ich.

Und das ist nicht einmal gelogen.

# Alles muss raus

Es ist Sonntagvormittag. Ich sollte eigentlich noch ein paar Klassenarbeiten korrigieren, kann mich aber nicht aufraffen. Die Kinder schlafen noch. Karen und ich sitzen am Küchentisch vor unseren Kaffeetassen. Sie studiert Sonderangebote, ich lese die Zeitung und denke an Frau Selig. Morgen geht es los auf Klassenfahrt. Ich bin ganz wuschig. Ansonsten ist es ein ungewöhnlich friedlicher Moment in diesem Haus.

Ich überlege kurz, ob ich Karen das von Andrea und Stefan erzählen soll, aber anderseits müsste ich dann erklären, woher ich das weiß, und nachher artet das Ganze wieder in ein Problemgespräch aus, und darauf würde ich nur zu gern verzichten.

»Harry?«, fragt Karen plötzlich, ohne von ihrer Lektüre aufzublicken.

»Mhm«, mache ich geistesabwesend.

»Liebst du mich eigentlich noch?«

Ich erstarre.

Das Brötchen in meinem Mund zerfällt zu Staub.

Was soll denn das jetzt? Fluchtgedanken! Gehetzt blicke ich im Zimmer hin und her.

Karen sieht mich ernst und ruhig an.

»Ja ... Also, ja klar ... oder?«

Wenn Frau Selig mich das jetzt fragen würde, hätte ich sofort eine Antwort: *Jajaja*, würde ich sagen, aber sicher, Frau Selig, ich liebe Sie! Das ist natürlich Unsinn, ich weiß, aber das würde ich sagen. Ich fühle mich wie ein Teenager. Wenngleich ich das nur so behaupte, denn tatsächlich habe ich mich als Teenager nie so gefühlt, weil es keine Gelegenheit dazu gab. Karen schaut mich immer noch sehr durchdringend an. Mir wird heiß.

»Was soll denn das jetzt?«, winde ich mich.

»Jetzt sag doch mal!«, bleibt Karen hart.

»Und du?«, versuche ich den Spieß umzudrehen.

»Nix da, du bist dran!« Karen hat sich festgebissen. »Liegt es an mir, dass du immer verschrobener wirst?«

Verschroben? Das ist ja wohl die Höhe! Dir zeig ich verschroben!

»Ich habe mich verliebt!«

So! – Oh Gott! Hab ich das gerade wirklich gesagt? Bin ich komplett irrsinnig geworden?

Trotz meiner Verwirrung setze ich ein triumphierendes *So, jetzt weißt du es*-Gesicht auf.

Karen blickt mich überrascht an.

»In wen?«

Jetzt gibt es kein Zurück mehr. Jetzt zieh ich das durch.

»In eine Referendarin!«

»In eine Referendarin?«, wiederholt Karen fassungslos.

»Ja!« Ich versuche, ihrem Blick standzuhalten. »Aber, also, das ist nicht so, wie du denkst, das ...«

Mir fehlen die Worte. Wie ist es denn überhaupt? Als ob ich das wüsste. Ich kann Karens Gesichtsausdruck nicht recht deuten. Wütend scheint sie nicht zu sein.

»Jetzt sag halt was!«

Karens Gestarre macht mich wahnsinnig.

»Aber ist die nicht ein wenig jung für dich?«

Wieso redet Karen da so sachlich drüber?

»Sie wirkt älter.«

Karen lacht, offenbar ehrlich amüsiert.

»Harry, das ist doch absurd.«

»Wieso soll das absurd sein? Kann ich mich nicht verlieben?«

»Doch ... ich meine, also, ehrlich gesagt, nein. Dazu bist du doch viel zu misanthropisch.«

»Misanthropisch? Das ist ja wohl die Höhe!«

»Harry, du lebst wie ein Eremit. Menschen gehen dir doch auf die Nerven!«

»Also, das ist ja wohl...«

»Wann hast du denn, zum Beispiel, das letzte Mal mit Stefan gesprochen? Sag doch mal!«

Ich überlege.

»Weißt du denn überhaupt, dass Andrea ihn verlassen hat?«

Bei der Erwähnung dieses Namens kommen mir Bilder in den Sinn, die ich da auf keinen Fall haben möchte.

»Ja, zufällig weiß ich das!«

Karen schaut mich ernst an.

»Hör zu, Harry. Ich weiß, ich sollte jetzt ausflippen und alles, aber irgendwie kann ich das gerade nicht...«

Ich hatte mit einem Dialogscharmützel gerechnet und jetzt das!

»Nein, wirklich«, fährt Karen fort, »im Grunde freue ich mich fast, dass du noch zu solchen Gefühlen fähig bist. Ich hatte den Eindruck, du bist total verknöchert und verbittert. Wenn es dir hilft, wenn es *uns* hilft, ...«

»Das glaubst du doch selbst nicht!«

Das glaubt sie doch wohl selbst nicht! Wo ist hier der Haken? Wo das Glatteis, auf das ich gerade geführt werde?

»Und weiß sie das auch?«, fragt Karen. »Die Referendarin, meine ich. Und ist das ... gegenseitig?«

Ich will dieses Gespräch nicht führen. Ich will mit meiner Frau nicht über diese Dinge sprechen. Ich putze auch das Bad, das Klo, mir doch egal. Alles, nur nicht solche Gespräche.

»Was weiß ich. Vielleicht. Ich glaube schon.«

Karen grinst. Was grinst sie denn jetzt? Kommt jetzt der Hammer? Oder ist das diese berühmte fernöstliche Gelassenheit?

»Na ja, wenn du meinst, sie ist nicht zu jung, dann ...«

»Wer ist zu jung?«

Lisa kommt frisch geduscht die Treppe hinunter. Schon lange habe ich mich über ihren Anblick nicht mehr so gefreut. Sie wirkt auch gar nicht so übellaunig wie sonst.

»*Du* bist zu jung!«, entfährt es mir reflexhaft.

»Für was?« Lisa blickt mich gespielt-herausfordernd an.

»Für so ziemlich alles, was du tust.«

Sie schlingt ihre Arme um meinen Hals und krault meinen Bart. »Ach, Daddy ...«

Was ist eigentlich heute los? Sind die alle verrückt geworden?

»Nenn mich nicht so!«

Ich winde mich aus ihrer Umarmung. Jetzt steckt auch noch Tim seinen verschlafenen Kopf durch die Küchentür.

»Ich hab Hunger!«, stellt er fest und setzt sich mit abwesendem Blick auf einen Stuhl.

»Ich mach dir gleich was«, sagt Karen. Als wäre alles wie immer.

»Spinnst du?«, sage ich. »Der soll sich selbst was machen!«

»Ach, lass ihn doch«, sagt Karen und springt zum Kühlschrank.

»Nix *lass ihn doch!*«, empöre ich mich. »Die Ausbildungsbetriebe jammern, dass die Schulabgänger immer unselbständiger werden und emotional deutlich weniger weit entwickelt sind als noch vor wenigen Jahren. Die Praxen der Kinder- und Jugendpsychologen platzen aus allen Nähten. Die Ratgeberliteratur mit Titeln wie *Warum unsere Kinder Tyrannen werden* und *Ein Lob der Disziplin* boomt. Und warum? Ich kann es dir sagen!«

»Tim kann nichts dafür«, mischt sich Lisa ein. Gleichzeitig tippt sie weiter auf ihrem Smartphone herum.

»Wieso, hab ich ihn traumatisiert, oder was?«, fahre ich sie an.

»Nein.«

Sie zuckt mit den Schultern, während sie auf ihr Smartphone glotzt. »Das sind neurobiologische Vorgänge, die ihn momentan daran hindern, sich zurechnungsfähig zu verhalten. Das solltest du eigentlich wissen.«

»Ach, hör mir doch auf«, brause ich auf, »das ist ein verzogener Bengel, dem seine Mutter alles hinterherträgt.«

»Kann schon sein«, sagt Lisa. »Letztlich ist es aber auch die verzögerte Melatonin-Produktion, die ihm zu schaffen macht. Dafür ist weniger er als vielmehr seine Zirbeldrüse verantwortlich. Deshalb ist er auch so verstrahlt, weil er abends nicht einschlafen kann und morgens nicht hochkommt.«

Was ist mit Lisa los? Ist die schizophren? Seit wann spricht sie mit mir? Und das auch noch in zusammenhängenden Sätzen. Dennoch bin ich beeindruckt von ihrem Vortrag. Was ich mir aber natürlich nicht anmerken lasse.

»Das liegt ja wohl eher daran, dass er, wenn er von der Schule heimkommt, erst mal zwei Stunden Mittagsschlaf machen muss wie ein Greis!«, pariere ich Lisas letztes Argument.

»Sein Gehirn, vor allem die Großhirnrinde, ist aber auch gerade massiven Umbauarbeiten unterworfen. Da kommt es zu Myriaden neuer Verschaltungen. Ich denke aber, dass die Veränderungen mittlerweile vom Scheitellappen ausgehend in den präfrontalen Kortex gewandert sind, was bedeutet, dass die Umbauarbeiten in seinem Gehirn bald abgeschlossen sein werden.«

Zum ersten Mal seit langem empfinde ich so etwas wie Stolz auf meine Tochter.

»So wie du argumentierst«, erwidere ich, »muss man ja auch jeden Verbrecher freilassen, weil sicher irgendetwas in seinem Gehirn es ihm unmöglich gemacht hat, das Verbrechen zu verhindern. Was ist mit dem freien Willen? Er kann sich doch entscheiden, ob er sich selbst ein Brot schmiert, oder *Guten Morgen* sagt, oder ob er es lässt.«

»Das hängt aber auch mit seinem Separationsdrang gemäß der Mentalisierungstheorie zusammen.«

»Was ist eigentlich mit dir los? Seit wann redest du denn so geschwollen? Willst du Lehrerin werden, oder was?«

Lisa schnaubt verächtlich.

»Alles, bloß das nicht!«

Ich sehe zu Tim.

»Und du? Hast du gemerkt, wie deine Schwester sich für dich ins Zeug legt? Bist du wenigstens dankbar und stolz, dass sie dich so verteidigt gegenüber ihrem grenzcholerischen Vater? Tim? Hallo?«

»Was?«, sagt Tim verschlafen und blickt von seinem Smartphone hoch.

# Und er spricht doch

Sonntagnachmittag. Von meinem Schreibtisch aus sehe ich Peter und Karen im Lotussitz im Garten sitzen. Zeit für etwas Abwechslung von meiner monotonen Aufsatzkorrektur. Ich gehe leise in die Garage. Von dort schleiche ich mich von hinten an die beiden heran und schieße mit der Schreckschusspistole in die Luft. Sie zucken erwartungsgemäß mächtig zusammen, die beiden.
»Hoppla«, sage ich.
Karen springt auf und stößt mich gegen die Brust.
»Sag mal, hackt's bei dir, oder wie?«
»Ganz langsam«, sage ich. »Deine Aura verfärbt sich rot.«

Ich richte mir einen Liegestuhl und mache es mir mit meinem Buch gemütlich. Sollen die beiden sich doch gleich noch einen koffeinfreien Sojalatte machen und sich dann gegenseitig ein paar Ethnomärchen im Zweierstuhlkreis vorlesen.
Plötzlich ertönt schlimmes Gejaule aus dem Haus.
*Mahatma Geld, Mahatma keins, Mahatma Gandhi...*
Ich höre mir das ein paar Sekunden an, dann stürme ich die Treppe hoch in Tims Zimmer und knalle sein Dachfenster zu.
Tim sitzt inmitten dieses Lärms vor seiner Spielkonsole und knallt virtuelle Menschen ab, dass das Blut spritzt. Er scheint gar nicht mitzubekommen, dass ich da bin.

Ich setze mich auf sein Bett und schaue ihn an. Bin gespannt, wie lange es dauert, bis er mich bemerkt.

»Was?«, fragt er, ohne aufzublicken.

»Jetzt mach halt mal das Ding aus!«

Widerwillig legt er es weg und schaut mich trotzig an.

Das Trauerspiel vorgestern Abend hat für mich das Maß vollgemacht. Es muss etwas passieren. Ich will nicht, dass mein Sohn so ist.

»Tim ...«

Ich will ihn fragen, wieso er so einen furchtbaren Scheiß spielt. Wieso er so eine Drecksmusik hört. Wieso er nur noch in sein Smartphone starrt. Wieso er nichts mehr redet, nur noch grunzt und brummelt. Wieso es in seinem Zimmer so fürchterlich stinkt. Wieso er nur die Augen verdreht, wenn ich ihn um etwas bitte. Wieso er mit vierzehn Wodka trinkt und dann sein Zimmer vollkübelt. Ist das alles nur die Pubertät? Oder haben wir in der Erziehung auf ganzer Linie versagt?

»Ach, vergiss es.«

Ich mache Anstalten aufzustehen.

»Tut mir leid wegen Freitag. Wegen der Sauerei.«

Hab ich richtig gehört? Hat er sich gerade entschuldigt?

»Na dann ist es ja gut.«

Das klang jetzt strenger, als ich beabsichtigt habe.

»Ich habe eine Idee, wie du es wiedergutmachen kannst. Und zwar jetzt gleich.«

Ich genieße seinen entsetzten Gesichtsausdruck und hole Luft, als fiele es mir selbst nicht ganz so leicht, ihm die folgende Strafe aufzuerlegen.

»Rasenmähen!«

Drei Fliegen mit einer Klappe. Tim tut etwas Sinnvolles, die beiden Turteltauben im Garten müssen das Feld räumen und der Rasen wird mal wieder gemäht.

»Och, nee«, jault er auf.

»Was ist denn daran so schlimm, mal etwas für das Große und Ganze zu tun? Im Garten zu helfen. Früher ging es doch auch.«

Er atmet schwer aus.

»Was daran so schlimm ist? Willst du das wirklich wissen?«

Seine Augen funkeln kampflustig. Endlich zeigt er mal etwas Leben.

»Du! Du bist das Problem. Immer kritisierst du an allem rum. *Was machst du denn jetzt schon wieder? Gib mal her, ich zeig dir, wie man das macht!*, und hinterher kannst du es auch nicht besser. Immer diese besserwisserische Kritik. Kaum hab ich den Rasenmäher angemacht, kommst du doch eh wieder angerannt und erklärst und machst und tust. Glaubst du, das macht Spaß? Was meinst du, warum ich keine Lust mehr habe, dir mit irgendetwas zu helfen. Da wird man verrückt...«

Er zittert richtig. Ich weiß nicht, ob ich ihn schon mal so viele zusammenhängende Sätze habe sagen hören.

»Deine besserwisserische Art geht doch allen auf die Nerven, merkst du das denn nicht? Du erklärst ja sogar im Baumarkt den Verkäufern, wie die Sachen funktionieren.«

»Jetzt aber mal langsam, junger...«

»Das weiß ich von Marius, sein Vater arbeitet dort. Die knobeln schon, wer dich bedienen muss, wenn sie dich sehen.«

Das ist ja wohl die Höhe! Diese überheblichen Pseudohandwerker hätten lieber mal in der Schule aufgepasst, dann müssten sie auch nicht in einem Baumarkt arbeiten. Aber wer bin ich denn, dass ich mich gegenüber meinem Sohn rechtfertigen muss? Dieser Marius kommt mir nicht mehr ins Haus!

Verärgert stehe ich auf.

»In fünf Minuten treffen wir uns beim Rasenmäher!«, schreie ich und knalle seine Zimmertür zu.

Ganz so viel Leben hätte Tim nun auch wieder nicht zeigen müssen.

# Klassenfahrt

Heute ist es so weit. Ich bin tatsächlich auf dem Weg zum Bahnhof, wo ich gleich auf meine Achter stoßen werde. Und auf meine Begleitung, Frau Selig.

Ursprünglich war mein Plan gewesen, mich kurzfristig krankzumelden, aber die Aussicht, drei Tage mit Frau Selig verbringen zu können, hat mich meine Strategie ändern lassen. Außerdem bin ich froh, zu Hause rauszukommen, nach diesem bizarren Gespräch mit Karen.

Ich habe noch schlechter geschlafen als sonst und erreiche einigermaßen grundgereizt gerade noch rechtzeitig den Bahnhof. Frau Selig wartet bereits auf dem Bahnsteig, umringt von aufgeregten Schülern und noch aufgeregteren Eltern. Sie lacht mich an und trägt einen Rucksack, der fast so groß ist wie sie.

»Na, Frau Selig, bereit für Ihre Feuerprobe? Wenn Sie das überleben, kann Ihnen in diesem Beruf nichts mehr passieren.«

Sie macht so einen Militärgruß mit der Hand an der Stirn und sagt »Bereit, Sir!«, und ich würde sie am liebsten in den Arm nehmen, aber das geht natürlich nicht mit unseren Rucksäcken, und außerdem stehen die Schüler im Weg.

Mir fällt ein, dass ich noch ein Ticket brauche. Vor dem Automaten steht eine Schlange von fünf Rentnern in sandfarbener Safarikleidung und albernen Schlapphüten. Die Bedienung des Gerätes bringt sie an ihre kognitiven Grenzen. Als ich an der Reihe bin, fährt gerade der Zug in den Bahnhof ein. Ich zücke meinen Geldbeutel. Alles, was ich finde, ist ein Fünfzigeuroschein. Ich gebe den Zielort ein und stecke den Schein in den Schlitz. Das Display verkündet, dass der Automat diesen Schein nicht annehmen kann.

»Herr Milford«, ruft es aus dem Zug. »Beeilung!«

Ich sehe mich hektisch um und entdecke eine Zugbegleiterin auf dem Bahnsteig.

»Hallo, Sie! Der Automat nimmt meinen Schein nicht. Kann ich bei Ihnen einen Fahrschein lösen?«

»Wir fahren jetzt!«

»Ja, ich meine drinnen!«

»Ohne Fahrschein dürfen Sie nicht einsteigen!«

»Ich erkläre Ihnen doch gerade ...«, ich wedle mit dem Fünfziger vor ihrer Nase herum, »kann ich rein und drinnen einen ...?«

»Nein, das geht nicht!«

»Herr Milford, soll ich Ihnen Geld leihen?«, ruft Frau Selig aus dem Zug.

»Nichts da«, kreischt die Schaffnerin, »dafür ist jetzt keine Zeit mehr!«

Ich steige in den Zug, da entdecke ich, dass Philip, der Autist, noch teilnahmslos auf dem Bahnsteig steht. Ich springe wieder raus, an der Schaffnerin vorbei, die im gleichen Moment das Signal zur Abfahrt gibt. »Halt!« schreie ich und schiebe Philip Richtung Zugtür. Der Zug fährt an. Die Schaffnerin packt Philip am Kragen und zieht ihn hoch. Ich springe gerade noch auf, bevor die Tür hinter mir einrastet. Mir läuft der Schweiß in Strömen hinunter, und mein Herz rast. Philip betrachtet mich interessiert.

»Mann, Sie gehen mir jetzt schon auf die Nerven«, zischt mich die Schaffnerin an und macht sich auf den Weg ins Zuginnere.

Ich betrete den nächstgelegenen Waggon, wo Frau Selig versucht, unsere Schüler zu zählen, aber es sind noch mindestens zwei weitere Schulklassen im Zug. Es ist unmöglich, den Überblick zu behalten. Ich sage ihr, dass wir jetzt sowieso nichts machen könnten, falls einer fehlt, und sie blickt mich erleichtert an.

»Meinen Sie, wir können die alleine lassen?«

»Aber ja.«

Wir finden zwei Plätze im Flüsterabteil und setzen uns nebeneinander. Außer uns nur pensionierte Wanderer und Walker mit Skistöcken und friedhofsblonden Haaren. Sehr schön. Ich freue mich, neben Frau Selig zu sitzen. Im Grunde habe ich ja kaum noch jemanden, mit dem ich mich mal in Ruhe unterhalten kann. Und ganz verknöchert bin ich schließlich auch noch nicht. Aber worüber unterhält man sich mit so einer jungen Person? Am besten Schule, da kann wenig schiefgehen.

Eine Gruppe Jungs aus unserer Klasse ist uns gefolgt und setzt sich an den Vierertisch auf der anderen Seite des Gangs. Sofort holen alle ihre Smartphones heraus und daddeln darauf herum.

»Und, Frau Selig, wie kommen Sie klar in Ihrem neuen Beruf?«

Sie grinst mich schief an.

»Na ja, bei der kompetenten Ausbildung, was soll da schiefgehen?«

Soll das ein Seitenhieb auf mich sein?

»Sie sprechen sicher vom Seminar, oder? Die Ihnen Dinge beibringen, die im Alltag nicht funktionieren. Da können Sie doch froh sein, dass ich Sie hingegen eher pragmatisch-alltagsbezogen instruiere.«

»Boah, voll explodiert, die Sau!«, ruft ein Schüler neben uns, während er auf sein Handy tippt.

»Na ja«, meint nun Frau Selig, »so schlecht ist das gar nicht, das ist schon wichtig, dass man ein gewisses methodisches Repertoire zur Verfügung hat...«

Methodisches Repertoire? Will die mich verhohnepiepeln? Frau Selig, ich bin entsetzt!

»Du musst die Monster killen, Alter! Baller voll drauf, bis es sie zerfetzt, das gibt gleich schon mal tausend Punkte!«

»Allerdings fordern die auch Dinge, wie zum Beispiel das mit der Binnendifferenzierung, da kommt man schnell mal an seine Grenzen. Wie machen Sie das denn?«

Schule war wohl doch kein so gutes Thema. Mir fällt auf, dass wir uns bisher nie über den Unterricht unterhalten haben. Irgendwie bin ich sowieso sicher, dass die das ordentlich macht, anschauen will ich mir das gar nicht unbedingt. Ich schiele sie von der Seite an. Sie wird immer hübscher. Mit dem Aussehen hätte sie sich doch auch einen anständigen Beruf aussuchen können.

»Ich kill jetzt nur noch Kobolde! Die sind scheißlahm und sackdoof und geben auch fünfhundert!«

»Ja, nun«, beginne ich, völlig ahnungslos, wie dieser Satz enden soll, »das, äh...«

»He, Alter, voll die Rübe weggesprengt von dem Troll, geil...«

»Denn eigentlich«, fährt Frau Selig ungerührt fort, »heißt Differenzierung ja auch diagnostizieren und individuell fördern. Und da wird es problematisch mit den traditionellen Strukturen an unserer Schule.«

Mannomann. Mir pocht schon der Kopf. Ich muss das Thema wechseln.

»Wow, Alter, krass! Wo kommt denn der Tunnel plötzlich her? Da ist alles derb voll mit Schlangen und Spinnen und so.«

»Wie soll man denn bei dreißig Kindern individuell fördern? Wie soll denn das gehen?«, klingelt es in meinem Ohr.

Eine schöne Stimme, denke ich, hat die Frau Selig nicht unbedingt, wenn man ehrlich ist, aber der Rest, denke ich weiter, der Rest gefällt mir immer besser. Bilde ich mir das ein, oder berühren sich unsere Arme auf der Sitzlehne?

»Am Ende empfiehlt man halt Nachhilfe, was soll man denn sonst machen?«

Sie scheint sich gerade in Rage zu reden. Ich muss mich ausklinken.

»Sterbt, ihr Trolle, sterbt, aaaaghghghg.«

Dieses Gequatsche über die Schule macht mich völlig fertig. Mir fallen die Augen zu.

Ich höre Kanonendonner. Überall Rauch. Keine Ahnung, wo ich bin. Schreie und fürchterliches Zorngebrüll von Kreaturen direkt aus der Hölle. Rauch lichtet sich. Da! Frau Selig reitet breit grinsend an mir vorbei. Auf einem Troll.

»Differenzieren«, kreischt der Troll, und Frau Selig lacht wie wahnsinnig.

»Wie differenzieren Sie, Herr Milford? Wie?«

Frau Selig kommt auf mich zu, öffnet ihren Mund, als wolle sie mich verschlingen.

»Methoden«, höre ich sie noch rufen. »Methodenvielfalt!«

»Entschuldigung!« Eine strenge Stimme reißt mich aus meinem Albtraum.

Vor mir steht die Schaffnerin und blickt mich maliziös an.

»Äh, ja?«

»Ihren Fahrschein bitte!«

»Ich habe kein Ticket. Wir haben ja auf dem Bahnsteig darüber...«

»Wie, Sie haben kein Ticket? Das geht aber nicht!«

Eine weitere Schulklasse, die zwischenzeitlich zugestiegen sein muss, betritt den Waggon. Sie suchen sich ausgerechnet das Flüsterabteil aus. Im Nu herrscht ein Höllenlärm. Es scheint eine Hauptschulklasse zu sein. Obwohl, wer kann das heute noch sagen? Die Jungs tragen fast alle Trainingsanzüge mit locker auf dem Kopf aufgesetzten Baseballmützen. Die eine Hälfte der Mädchen ist übergewichtig, die andere anorektisch dünn. Sie tragen Leggings mit Fellstiefeln oder zu kurze Hotpants.

Sie sprechen in einem seltsam abgehackten Präkariatsstil.

»He, Jerôme, mach das Fenster zu«, schreit ein Mädchen.

»Ja, Jerôme, mach mal, Alter! Jerôme, du Azzlack«, schreien plötzlich alle durcheinander.

Inzwischen versuche ich, der Kontrolleurin mein Problem auseinanderzusetzen.

»Hören Sie, gute Frau...«

»Nennen Sie mich nicht gute Frau, ich warne Sie!«

*Wumms!*

Ich zucke zusammen. Das muss wohl Jerôme mit dem Fenster gewesen sein.

Ich atme tief durch.

»Der Automat hat meinen Schein nicht genommen, ich habe es Ihnen erklärt«, sage ich mit kaltem Zorn.

»Ich kann hier im Zug keinen Fahrschein lösen. Ich habe auch gar kein Wechselgeld. Nachdem Sie um ein Haar die pünktliche Abfahrt des Zuges verhindert hätten, fahren Sie nun also auch noch schwarz. Ihre Adresse bitte!«

Jetzt reicht es mir. Ich habe wirklich versucht, ruhig zu bleiben.

»Nun passen Sie aber mal auf«, presse ich hervor, »ich bin hier mit einer Schulklasse, organisiere alles, vor dem Fahrscheinautomaten macht eine Geriatrikergruppe Kaffeekranz, ich muss die Schüler zählen, einige kommen zu spät, ich habe nur einen Fünfzigeuroschein, den der Drecksautomat nicht nimmt, der Zug fährt ab, ich springe gerade noch rein, damit die Schüler nicht ohne Aufsichtsperson irgendwo hinfahren«, meine Stimme wird immer lauter, »und nicht wissen, wo sie aussteigen sollen und ich die hinterher irgendwo suchen und das dann den Eltern erklären muss und ein Disziplinarverfahren am Hals habe, und jetzt sitze ich hier und habe keinen Fahrschein. So! Was jetzt?«

*Wumms!*

Jerôme. Ich bringe dieses Problemkind um, wenn er nicht aufhört damit!

Die Zugbegleiterin steht langsam unter Stress.

»Äh«, sagt sie. »Das geht aber trotzdem nicht. Und du ...«, sagt sie zu jemandem hinter mir, vermutlich Jerôme, »hör bitte auf, den Zug kaputtzumachen!«

Riesengejohle.

»He, Jerôme. Mach den Zug nicht kaputt!«, wiederholen seine Klassenkameraden, für den Fall, dass es Jerôme beim ersten Mal nicht verstanden hat.

»Ich habe es Ihnen doch gerade erklärt!«, schreie ich die Schaffnerin an. Frau Selig, die das Ganze bisher amüsiert verfolgt hat, zupft mich am Ärmel. Sie zeigt im Waggon herum, wo sich mittlerweile eine ganze Schar unserer Schüler versammelt hat und das Schauspiel fasziniert verfolgt. Auch die neue Schulklasse, die bereits den halben Waggon mit Coladosen und Chipstüten zugemüllt hat, stellt ihre Aktivitäten weitgehend ein und sieht uns gebannt zu.

»Fahren Sie schwarz, Herr Milford? *Nice!*«, ruft Poneder, den ich sofort auf meine imaginäre schwarze Liste schreibe.

»Also«, sagt die Schaffnerin und blickt mich deutlich genervt an. »Das macht aber trotzdem sechzig Euro!«

Frau Selig nestelt an ihrem Geldbeutel herum.

»Herr Milford ...«

»Nix da!« Ich schiebe ihre Hand weg und stehe auf, um mit der Zugbegleiterin auf Augenhöhe zu sein.

»Wissen Sie was? Ich steige bei der nächsten Station aus, und dann haben *Sie* ein Problem! Dann sind die Schüler nämlich ohne Aufsicht! Dann können *Sie* die beaufsichtigen.«

»Herr Milford, wir sind gleich da.«

»Hören Sie, wir sind gleich da? Sollen wir jetzt auch noch unseren Ausstieg verpassen wegen Ihnen? Wollen Sie das?«

Es drängen sich jetzt immer mehr Schaulustige von den umliegenden Waggons hinein und mischen sich unter die Walker, die Hauptschüler und unsere Schüler. Der Schaffnerin steht der Schweiß auf der Stirn. Es ist aber auch heiß hier drin. Wahrscheinlich ist die Klimaanlage kaputt.

»Sie geben mir jetzt Ihren Namen und Ihre Adresse«, schreit sie. Sie merkt, dass ihr die Felle davon schwimmen.

»Wissen Sie was? Ich schicke Ihnen eine Postkarte von unserem schönen Klassenausflug. Da steht dann alles drauf, in Ordnung?«

»Nein, das ist überhaupt ….«, aber mehr höre ich nicht, weil ich ein paar Schüler anschreien muss, die so in ihre Smartphones versunken sind, dass sie um ein Haar den Ausstieg verpasst hätten. Mein Blick fällt auf eine auffällig frühreife Schülerin aus meiner Klasse, die wieder einmal ihr enttäuschtes Barbiegesicht zur Schau stellt. Sie kaut in Zeitlupe auf einem Kaugummi herum, wickelt eine Haarsträhne wieder und wieder um ihren Zeigefinger und sitzt neben ihrer unscheinbaren Freundin. Die beiden starren gelangweilt auf ein Smartphone. Auf Barbies T-Shirt steht *Future Porn Star*.

»Na, Theresa, was gibt es Neues in der Welt der C-Promis und Oberflächlichkeit? Malst du dir wieder deine Zukunft im Dschungelcamp aus?«

Sie rollt genervt mit den Augen und flüstert ihrer Nachbarin etwas zu. Die beiden kichern.

»Aussteigen, ihr beiden, jetzt ist erst mal Wandern angesagt.«

Ich will gerade voller Elan auf den Bahnsteig springen, da knallt es hinter mir erneut – *Wumms* – und diesmal zucke ich nicht einmal mehr zusammen.

# Früher haben Kinder draußen gespielt – heute gibt es Erlebnispädagogik

Erleichtert stelle ich fest, dass wir den Zug vollzählig verlassen haben. Ist alles nicht selbstverständlich, bei diesen reifeverzögerten Wunschkindern. Die Sonne scheint. Unter uns breitet sich der malerische Bergsee aus.

»Wir haben jetzt etwa zwanzig Minuten Fußmarsch vor uns. Dort hinter dieser Landzunge ist die Jugendherberge. Meint ihr, ihr schafft das?«

Undefinierbares Gegrunze.

»Also, auf geht's!«

Nach einhundert Metern stöhnen und wehklagen die ersten Schüler. Die meisten Taschen wirken deutlich zu groß und schwer für drei Tage Erlebnispädagogik.

»Packen will gelernt sein«, meint Frau Selig grinsend.

»Mhm«, mache ich, weil mir langsam schwant, dass genau *das* nicht das Problem ist.

»Und Sie haben also einen Plan, was wir mit den Schülern heute machen?«

»Frau Selig, ich habe sämtliche Schüleraktivitäten ausgesourct, das A und O einer erfolgreichen Klassenfahrt, wie Sie noch merken werden. Wir haben in spätestens einer Stunde bis zum Abendessen frei.«

Ich habe eine Firma engagiert, die die Organisation und vor allem die Durchführung dieser sogenannten Erlebnispädagogik übernimmt. Drei Tage Schüler beschäftigen tue ich mir doch nicht an. Die Eltern waren zwar wegen der hohen Kosten einigermaßen aufgebracht, aber die Wogen haben sich dann auch schnell wieder geglättet. Die Freude darüber, ihre Blagen mal für ein paar Tage von der Straße zu wissen, und der Förderverein haben geholfen, das Problem schneller zu lösen als gedacht.

»Herr Milford? Haben Sie meine Beurteilung eigentlich schon geschrieben?«

Was für eine Beurteilung?

»Was für eine...? Ach so...?«

Wieso sagt mir das eigentlich niemand? Das wäre doch die Aufgabe der Gallwitzer, mich da mal zu unterweisen, was so ein Mentor eigentlich alles tun muss.

»Äh, ich hab angefangen, bin aber noch nicht ... Wieso eigentlich?«

»Ach, nur so.«

Nach über einer halben Stunde erreichen wir schwitzend und mit roten Köpfen die Jugendherberge. Ich wickle alles Nötige mit der Herbergsleiterin ab. Sie fragt mich nach der Zimmerbelegung.

Mist, denke ich, die Zimmerbelegung. Das habe ich ja ganz vergessen.

Ich krame meine Klassenliste hervor. Am besten alphabetisch. Sie zeigt mir die Zimmer, sie haben Blumennamen, und gibt mir die Schlüssel.

Ich gehe nach draußen, wo die Schüler vor der Herberge herumstehen und auf Anweisungen warten.

»Also, Zimmerbelegung wie folgt...«

Ich lese Namen vor und Zimmernummern. Ein Riesentumult entsteht.

»Aber können wir nicht selber bestimmen, wer...?« Die junge Gallwitzer motzt natürlich am schrillsten.

»Auf keinen Fall!«, schreie ich. »Wer was dagegen hat, kann gleich zurück zum Bahnhof!«

Wichtig ist, dass man immer die Oberhand behält, zur Not auch mit scharfen Worten und unmissverständlich demonstrierter Autorität. *Gerade* dann, wenn man eigentlich nicht so richtig weiterweiß, bewährt es sich, gleich klarzumachen, wer das Sagen hat, indem man die üblichen Verdächtigen erst mal in den Senkel stellt. Irgendein Grund findet sich immer.

»Ich rufe eure Eltern an, dass ihr gleich wieder da seid. Und glaubt mir, die werden sich nicht freuen. Die reiben sich schon seit Tagen die Hände, dass ihr mal aus dem Haus seid. Gell, Poneder, du weißt, wovon ich rede? Die haben nämlich schon vor Wochen zwei Tage im Wellnesshotel gebucht.«

Gemurre allenthalben.

Ich knalle die Zimmerschlüssel auf den Tisch neben der Eingangstür und gehe zum Seeufer hinunter, wo ich erst mal eine rauche. Das war mein pädagogischer Beitrag für heute. Wenn das die Entwicklung der Selbständigkeit nicht fördert, weiß ich auch nicht.

Eine halbe Stunde später treffen die Erlebnispädagogen ein. Junge, vitale und braungebrannte Damen und Herren in Outdoorkleidung, die mir sofort unsympathisch sind. Nach einer kurzen Besprechung hat sich meine Hoffnung bestätigt. Wir werden tatsächlich bis zum Abendessen nicht mehr gebraucht.

Frau Selig und ich setzen uns in sicherer Entfernung zum Sportplatz ins Gras und beobachten, was die Erlebnisprofis da zusammengeschustert haben.

Das Unheil beginnt mit den ersten Kennenlernspielen. Die Schüler sollen sich, ohne zu reden, in der Reihenfolge ihrer Hausnummern in einer Linie aufstellen. Nach fünf Minuten brechen die Erlebnisexperten die Übung ab, weil die meisten Mädchen sich genervt auf den Boden gesetzt haben und die Jungs sich nur noch gegenseitig in der Gegend herumschubsen. Immerhin sechs Schüler bilden eine Art Reihe, doch nachdem jeder seine Hausnummer genannt hat, stellt sich heraus, dass sich die 4 neben der 102 und die neben der 34 befindet und außerdem noch Philip, der Autist, in der Reihe steht, der sich aber offenbar eher zufällig dahin verirrt hat.

Als Nächstes kommen Vertrauensübungen. Die Erlebnisblockflöten stellen den Schülern hohle Fragen: »Was glaubt ihr, was man braucht, um als Team erfolgreich zu sein?«, oder, »Was braucht man, um anderen vertrauen zu können?«

Ich bin froh, dass ich nicht aufgerufen werden kann, denn ich habe keinen Schimmer, worauf sie hinauswollen. Die Schüler auch nicht. Keiner meldet sich. Sie hatten gehofft, mal für drei Tage der bescheuerten Fragerei zu entrinnen. Ausnahmsweise kann ich ihnen ihre Apathie nicht einmal verdenken. Die Erlebnisflachzangen sind zusehends genervt von der Passivität der Schüler. Ich überlege, ob ich einschreiten soll, um ihnen kurz den Unterschied zwischen offenen Inhaltsfragen und geschlossenen Suggestivfragen zu erläutern, und was bei diesem Haufen besser funktioniert, beschließe aber, dass mir das jetzt zu anstrengend ist.

Die Schüler werden nun gebeten, sich zu viert im Kreis aufzustellen, ein Schüler soll sich in der Mitte mit gestrecktem Körper wie ein Kegel fallen lassen, damit er von den anderen aufgefangen und innerhalb des Kreises sanft weitergereicht werden kann. Nach zwei Minuten, diversen aufgeschlagenen Ellenbogen und Knien und zwei Massenkeilereien wird auch dieses Experiment für beendet erklärt.

Zwei der Pädagoginnen haben in der Zwischenzeit mehrere Parcours aufgebaut. Jetzt heißt es, dass die Schüler in Teams dort Probleme lösen sollen. Dadurch soll ihr Sozialverhalten geschult werden, indem sie ihre verschiedenen Stärken kombinieren, um ein bestimmtes Ziel zu erreichen.

»Du Penner, du musst das Seil hintenrum legen.«

»Du Opfer hast mir gar nichts zu sagen.«

Einige wenige versuchen, das Ganze ernst zu nehmen, werden aber von den anderen sogleich als Schleimos und Arschkriecher verunglimpft und versuchen von da an nur noch, die nächsten drei Tage im Standby-Modus ohne weitere Demütigungen zu überleben.

Mir reicht es. Mehr brauche ich wirklich nicht zu sehen. Meine schlimmsten Befürchtungen haben sich bestätigt. Hinterher werden wir den Eltern stolz berichten, dass diese drei Tage, ohne Frage, nachhaltige Entwicklungen im Bereich Selbstvertrauen, Teamfähigkeit und Sich-Selbst-Kennenlernen angestoßen hätten, die man aber momentan nur ganz schwer erkennen oder gar messen kann. Aber die 150 Euro haben sich auf jeden Fall gelohnt, da sind sich alle Beteiligten völlig sicher.

Ich möchte aufstehen, aber Frau Selig hält mich fest.

»Bleib noch!«

Hat sie mich eben geduzt?

Die Stimmen der Schüler entfernen sich. Offenbar finden die nächsten Übungen am Seeufer statt. Wir sind alleine. Ich spüre Frau Seligs Hand auf meinem Rücken. Was ist das jetzt? Ich fühle mich irgendwie plötzlich ganz unwohl. Ich wollte mir doch eigentlich schon lange mal wieder den Bart schneiden. Und dieses Antischuppenshampoo aus der Apotheke ausprobieren.

Frau Selig strahlt mich an. Sie beugt sich zu mir. Ich muss einen Buckel machen, um mit ihr auf Augenhöhe zu sein. Ich sehe aus wie ein Geier. Wenn uns jetzt jemand sieht? Das geht nicht!

»Frau Selig, das geht nicht!«

»Wieso nicht?«

»Wenn uns jemand sieht!«

Sie springt auf und streckt mir ihre Hand entgegen.

»Wir haben doch Zimmer.«

# Showdown im Tulpenzimmer

Das Haus ist wie ausgestorben. Kein Geräusch dringt in mein funktional eingerichtetes Herbergszimmer. Ich habe ein Stockbett und einen Schreibtisch. Nicht, dass das jetzt eine Rolle spielen würde. Also, das mit dem Schreibtisch.

Wir sitzen auf dem unteren Stockbett. Ich wieder in meiner Geierhaltung, weil ich mir sonst den Kopf anstoßen würde. Wir mussten eben noch Philip verjagen, der aus irgendwelchen Gründen mitten in meinem Zimmer stand, als wir es betraten, aber nun sind wir alleine. Frau Seligs Hände sind unter meinem Hemd. Hätte ich mir doch einmal die Brust rasieren sollen? Die jungen Leute sind ja jetzt alle rasiert. Und wenn es zum Äußersten kommt? Dann hätte sie mich *alt erwischt*, denn natürlich habe ich auch an den heiklen Stellen eine veritable Haarpracht. Jetzt weiß ich, warum es Schamhaar heißt. Frau Selig ekelt sich bestimmt davor.

Aber vielleicht will sie ja nur küssen. Das geht noch. Obwohl, mit dem Bart? Ich rede von meinem, sie hat ja keinen, Gott sei Dank. Juckt das nicht? Ich habe das alles so ewig nicht mehr gemacht. Vielleicht wollte mich Karen ja wegen des Barts nicht mehr küssen.

Karen war meine erste und letzte Frau. Die Einzige. War das ein Fehler? Frau Selig ist da sicher erfahrener. Diese jungen Leute sind bestimmt mächtig versiert auf dem Gebiet, mit dem Internet und allem. Und ich? Ich habe halt lieber gelesen. Es war ja auch nicht so, dass ich viele Gelegenheiten gehabt hätte. Als ob mal eine auf mich zugekommen wäre und gesagt hätte: »Na, wie wär's mit uns beiden?«

Hätte das mit Karen nicht funktioniert, wäre mein Leben ein einziges unfreiwilliges Zölibat.

Und was genau macht Frau Selig jetzt da? Frau Selig, Vorsicht, Ihre Hände nähern sich jetzt verbotenem Terrain. Ganz langsam.

Und dieses Geküsse. Ich weiß nicht. Bestimmt juckt mein Bart wie Sau. Frau Selig, Obacht. Um Gottes willen. Sollte ich auch mal etwas unternehmen? Ich kann doch nicht ... Oh, Frau Selig, nehmen Sie besser Ihre Hände da weg, das können Sie doch nicht ... Aua, das wird mir jetzt aber alles zu eng, ich ... Ach herrje, wenigstens die Hose, das ist doch ... Ooohh, mein Gott. Das geht in die ... das darf doch nicht ...

»Harry? Alles okay mit dir?«

Au, mein Kopf. Ich habe mir meinen Kopf am oberen Bett angeschlagen. Frau Seligs Gesicht über mir. Ich liege am Boden. Mein Kopf schmerzt. Was für eine peinliche Vorstellung.

»Frau Selig, ich ... es ... tut mir leid.«

»Kein Problem, Harry. Aber du kannst jetzt ruhig Mareike zu mir sagen.«

# Pornorap und Pubertätsparfüm

Frisch geduscht, aber von Scham und Peinlichkeit gebeugt, schlurfe ich zum Sportplatz hinunter. Von den Schülern ist nichts mehr zu sehen. Von Frau Selig zum Glück auch nicht. Ich höre das Gegröle der Schüler vom Seeufer hinaufdringen. Als ich dort ankomme, herrscht größtes Chaos. Einige meiner Schutzbefohlenen plärren, manche schluchzen leise, die meisten schreien einfach herum und rennen wie besessen über die Wiesen. Auf dem Wasser treiben herrenlose Kanus, Turnschuhe, Paddel, Schirmmützen und Rucksäcke.

Vom Steg aus erkenne ich in einiger Entfernung, dass Poneder und Konsorten hilflos in ihren Paddelbooten sitzen und Richtung Seemitte treiben. Entweder sind die Paddel über Bord gegangen oder die Idioten haben keine Ahnung, wie man rudert. Es war klar, dass der Poneder dabei ist. Früher waren die Dummen wenigstens gut in Sport.

Eines der Kanus kentert, die Schüler kippen schreiend ins Wasser. Nicht gut, denke ich, das Wasser in diesem Bergsee ist empfindlich kalt.

Ein Schüler steht neben mir und schaut sich das Spektakel an.

»Was stehst du hier so rum?«, schreie ich ihn an. »Los, hilf deinen Klassenkameraden!«

»Herr Milford, ich bin wasserscheu«, sagt er. Ich glaube, er heißt Paul, aber sicher bin ich nicht. Er ist einer von denen, die nie auffallen und nichts sagen. Ein wasserscheuer Außenseiter, denke ich. Vermutlich hat er auch noch Heuschnupfen und Neurodermitis.

»Ja, meinst du etwa, *ich* spring jetzt da rein?«

Als Antwort beginnt er zu niesen.

Wo sind eigentlich diese Erlebnistypen? Und wo ist Frau Selig? Obwohl, ganz gut, dass die nicht da ist.

Die Schiffbrüchigen versuchen verzweifelt, Richtung Land zu schwimmen.

Inzwischen stehe ich in einem Pulk von schaulustigen Schülern. Ihre Spannung, wie ich diese schwierige Situation nun pädagogisch lösen werde, ist förmlich greifbar. Neben mir quietscht ein Mädchen.

»Mich hat etwas gestochen!«, jammert sie.

»Zeig mal her!«

Auf ihrem Oberarm bildet sich eine bedenkliche rote Schwellung.

Ich blicke mich um. Nur schafsgesichtige Schüler, die mich anglotzen.

»Hör zu, eigentlich müsste man das Gift raussaugen.«

Voller Hoffnung sieht sie mich an.

»Aber ich kann das nicht machen. Wenn das jemand deiner Mutter erzählt, komm ich in den Knast, das verstehst du doch, oder?«

Ihre Augen weiten sich erschrocken.

»Ich spür meine Eier nicht mehr! Das Wasser ist arschkalt.«

Poneder kommt schlotternd an Land gewankt.

»Los, rein ins Haus, bevor ihr euch den Tod holt!«, schreie ich, und er und seine Kumpane trollen sich bibbernd und feixend.

Frau Selig kommt angerannt und blickt den nassen Jugendlichen irritiert nach.

»Harry, die Erlebnispädagogen suchen dich überall. Die wollen nicht mehr. Die sagen, so etwas hätten sie noch nie erlebt.«

»Ja, aber genau dafür sind sie doch da.«

»Herr Milford!«

Der Oberpädagoge kommt mit großen Schritten über die Wiese auf mich zu.

»Hören Sie, wo waren Sie denn?«

Im Tulpenzimmer. Aber das sag ich dir Affen doch nicht, denke ich. Ich weiche Frau Seligs Blick aus.

Der Erlebnislurch baut sich vor mir auf.

»Wir haben ja schon viel gesehen, aber diese Meute schlägt dem Fass den Boden aus. Wo haben Sie denn diese Monster rausgelassen? Unverantwortlich ist das ...!«

Das ist mir jetzt zu blöd.

»Na hören Sie mal, ich halte die kleinen Scheißer jeden Tag aus. Und das sind lange nicht die Schlimmsten.«

Sind sie wohl. Aber das muss er ja nicht wissen.

»Die sind eigentlich sogar ganz lieb.«

Liebevoll streiche ich dem dürren Paul, der den Dialog gebannt verfolgt, über seinen Mittelscheitel.

»Das glauben Sie doch wohl selbst ...«, will sich der Nanoexperte ereifern, doch nicht mir mir:

»Wissen Sie was? Wenn Sie Windbeutelpädagoge mit meinen Schülern nicht klarkommen, dann lassen wir das einfach mit Ihnen. Wir machen den Rest. Sie können gehen. Aber wir zahlen nur die Hälfte! Dass das klar ist!«

Wutschnaubend macht er kehrt. Oben an der Böschung dreht er sich noch einmal um.

»Da ist das letzte Wort noch nicht gesprochen. Mit Ihrer Schule wollen wir nichts mehr zu tun haben...«, ruft er mir noch zu. Dann wird es still. Kurze Zeit später höre ich, wie Autotüren zuschlagen, ein Motor angelassen wird, und dann knirschen Reifen über den Kies. Die Pfuscher sind weg. Ihre Kanus haben sie zurückgelassen.

Frau Selig mustert mich. Vermutlich sollte ich jetzt etwas sagen. Bloß was?

»Tja.«

Ich gebe zu, viel gibt das nicht her, aber ich weiß doch auch nicht, wie man sich in einer solchen Situation verhält. Außerdem tut mir mein Kopf weh, und ich habe eine taubeneigroße Beule am Hinterkopf.

»Sie«, beginne ich, indem ich auf Frau Selig zeige, »haben das provoziert! Ich, also ... oder?«

Sie lacht. Aber nur ihr Mund, ihre Augen nicht.

»Jetzt tu doch nicht so, du wolltest es doch auch schon lange.«

Sie zögert kurz. »Außerdem war ja eigentlich gar nichts.«

»Na ja, also, so kann man das ja aber jetzt auch nicht...«

Weiter komme ich nicht, weil sie ja recht hat. Mit allem. So eine peinliche Vorstellung aber auch. Wenn es wenigstens etwas gäbe, wofür wir uns so richtig mies fühlen könnten. Aber alles, was ich fühle, ist brennende Scham.

Wir beginnen die Wasseroberfläche von Schülern und weiterem Unrat zu befreien.

Am späten Nachmittag haben wir unsere Gurkentruppe endlich vollständig eingesammelt und trockengelegt. Inzwischen haben sich Grüppchen gebildet, einige Schüler sitzen auf der Terrasse in der Sonne und fummeln an ihren Smartphones herum. Ich schlendere durch das Gebäude, Kontrollgang. Die Tür zum Geranienzimmer steht offen. Die gleiche Musik, wie Tim sie hört, und ekelhaft-süßlicher Deogeruch dringen nach draußen. Ich entnehme dem Gesang die Worte *Alles, was sie trug, war ein Arschgeweih.* Hier wohnen die coolen Jungs, kein Zweifel.

Ich bleibe einfach mal zwei Minuten in der Tür stehen. Einige Jungs posieren mit ihren in Tanktops steckenden Hühnerbrüsten vor dem Spiegel, versuchen mit verschränkten Armen Muskeln zu simulieren, schauen grimmig und fotografieren sich selbst. Andere bearbeiten mit Hilfe von Gels ihre Frisuren, dazwischen sprayen sie immer wieder ihre Achseln mit Billigdeo aus dem Supermarkt ein. Wären wir nicht in einer Jugendherberge an einem abgelegenen Bergsee, mitten in der Einöde, ich würde schwören, die haben noch etwas vor heute.

Poneder kommt schreiend aus der Dusche. Er sieht deutlich derangiert aus.

»Was für ein Wichser hat mir Imprägnierspray in die Tasche getan?«, schreit er. »Ich hab mir gerade die halbe Flasche in die Haare gesprüht.«

Mitten im Zimmer steht ein Lautsprecher, der von den Schülern offenbar über Funk von ihren Smartphones angesteuert wird. Es laufen mehrere Musikstücke gleichzeitig. Was aber von den Jungs niemanden zu stören scheint.

Da entdeckt Poneder mich und meinen irritierten Gesichtsausdruck.

»Herr Milford, wollen Sie mal was hören, was richtig *Swag* hat?«

Es ist egal, dass ich nicht weiß, was das heißen soll, meine

Antwort interessiert ihn sowieso nicht. Grinsend fummelt er an dem Gerät herum. Einige Sekunden später quillt billiger Hiphop aus einer der Boxen. Erst verstehe ich kein Wort, auch wenn ich den Verdacht habe, dass es sich um einen deutschen Text handeln könnte. Nach und nach erschließen sich mir einzelne Bedeutungsfetzen:

»*Latte ... steif ... Teil ... hart ... Mein Sack ... drückt ... Eier ...*«

Dann noch irgendwas von betäubten Gehirnzellen. Das erklärt natürlich alles.

»Habt ihr den Arsch offen, mir so einen Dreck vorzuspielen?«

Offenbar genau die Reaktion, die sie sich erhofft hatten. Großes Gejohle.

Ich verlasse angewidert das Zimmer, mache aber noch einmal kehrt, weil ich eine grandiose Idee habe. Ich reiße die Tür weit auf.

»So, ihr Stinker!«

Ich schließe das Fenster, dann drücke ich jedem Jüngling eine Spraydose in die Hand.

»Auf drei sprüht ihr eure Deos und Haarsprays leer. Komplett! Verstanden? Und wehe, ihr öffnet das Fenster oder die Tür. Ihr bleibt hier drin, bis ich euch rauslasse!«

Sie blicken mich ungläubig an. Sie denken, ich scherze. Tue ich auch ein wenig. In ein paar Minuten werde ich sie wieder befreien.

»Los!«, schreie ich.

Sie beginnen zu sprühen.

Ich verlasse den Raum, schließe die Tür und gehe in mein Zimmer, wo ich mich grinsend aufs Bett lege und sogleich eindöse.

Ich fahre auf, als es wie verrückt gegen meine Tür hämmert.

»Harald, Harald! Mach auf.«

Ich wanke zur Tür. Da steht Frau Selig mit ein paar Schülern im Schlepptau.

»Der Julius ist umgekippt, der kommt nicht mehr zu sich. Die anderen sagen, du seist das gewesen?«

»Was sei ich gewesen?«

»Na dass die in ihrer Giftwolke sitzen mussten und sich nicht mehr rausgetraut hätten.«

Mist, die hab ich ja ganz vergessen.

»Ja, so war das ja nun auch nicht«, murmele ich.

»Doch«, schreit einer, »das war genau so!«

»Sonst macht ihr doch auch nicht, was man euch sagt. Wieso ausgerechnet jetzt?«, brülle ich zurück. Da grinst der mich doch tatsächlich frech an. Na wartet, ihr Lutscher. Nicht mit mir, denke ich voller Gewissheit, dass meine Stunde sehr bald kommen wird.

# Generation Wodka

Beim Abendessen ist die Stimmung unter den Schülern wieder bestens. Julius kann auch schon wieder aufrecht sitzen und seinen Tischnachbarn piesacken.

Frau Selig und ich sitzen mit Philip am Katzentisch, hinten im Speisesaal, dessen blankgewachster Linoleumboden eine selbst für eine Jugendherberge außergewöhnliche Tristesse verströmt, die nur die Senfeier mit Salzkartoffeln auf meinem Teller noch toppen können.

»Was war denn das da vorhin?«

»Was genau meinen Sie?«

Sie runzelt die Stirn.

»Wir wollten uns doch duzen.«

»Ach so, ja.«

»Also, was genau meinst äh, ... du?«

Will sie jetzt auch noch auf meiner Schmach herumhacken?

»Na das mit Julius?«

»Ach so, das ... Was soll ich sagen ... Ich mag einfach keine Jugendlichen.«

Sie lacht.

»Na hast du dir da nicht den falschen Beruf ausgesucht?«

Ich schlage leicht auf den Tisch. »Danke auch für diese konstruktive Frage. Das wusste ich doch damals nicht. Oder vielleicht kam das auch erst im Lauf der Zeit. Warte es ruhig mal ab.«

Sie blickt sich um.

»Schau, die sind doch ganz friedlich. Und nett.«

»Jetzt fick dich mal, du Hurensohn«, schreit Poneder am Nebentisch seinen Nachbarn an.

»Jetzt chill mal dein Leben, du Mongo«, antwortet der.

»Ey, deine Mudda«, meint ein Dritter.

»Herr Milford?«, ruft ein Mädchen zu uns herüber. »Das Essen schmeckt eklig. Gibt's auch etwas anderes?«

Ich hebe beschwichtigend die Hände. »Da haben Sie's, Frau Selig. Also, Mareike. Selig.«

Sie legt ihre Stirn in die Hände und schüttelt den Kopf.

»Es gibt auch noch andere schöne Berufe, Frau ... äh ... Mareike. Du musst dir das nicht antun. Ich meine, soweit ich das beurteilen kann, bist du nicht ganz ungeschickt, aber ...«

Sie greift über den Tisch und so heftig nach meiner Hand, dass ich fast ein wenig erschrecke.

»Doch! Ich will das unbedingt! Verstehst du!«

Ihre Augen durchbohren mich. Mir wird kalt. Ihr Gesicht verwandelt sich für einen Wimpernschlag in eine Fratze.

Philip hat für einen Moment aufgehört zu essen und schaut uns neugierig an.

»Ich muss nach dem Ref eine Stelle bekommen! Ich *muss*!«

Ich weiß gar nicht, ob ich überhaupt wissen will, was der Grund für diese unheimliche Verwandlung sein könnte, und ziehe verstört meine Hand zurück.

»Jaja ... ist ja ... gut.«

Das ist auch das Signal für Philip, sich wieder seinen Senfeiern zu widmen.

Die Schüler haben offenbar fertig gespeist. Die ersten Stühle fliegen um, und allgemeine Unruhe macht sich breit.

»Können wir aufstehen, Herr Milford?«

»Aber stellt euer Geschirr noch auf den Wagen.«
»Okay, kein Ding, geht klar, Herr Milford, machen wir.«
Dies wäre eigentlich der Moment, wo die Lehrer sich gemütlich mit einer Flasche Rotwein zurückziehen. Aber ich glaube, heute möchte ich lieber alleine sein.
»Ich geh mal auf mein Zimmer.«
Sie blickt mich merkwürdig uneindeutig an. Ist sie froh oder bedauert sie es? Ich kann es nicht sagen. Frauen!

In meinem Zimmer angekommen öffne ich ein Bier, zünde eine Zigarette an, lege mich auf mein Bett und lausche den Geräuschen um mich herum. Türenschlagen, Gerenne auf dem Gang, spitze Schreie der Mädchen, Testosterongebrüll der Jungs.
Wieso zwingt man mich, mit einer Horde durchgeknallter Fünfzehnjähriger mehrere Tage und vor allem Nächte zu verbringen? Bei allem Geschimpfe und Geläster auf die Lehrer, aber das, was wir hier leisten, das ist doch wirklich allerhand. Dafür wird man ja selbst von Kükengeschlechtsbestimmern und Amazonpackern bemitleidet.
Was will Frau ... Mareike jetzt eigentlich von mir? Ist sie eine Nymphomanin? Wie soll das jetzt weitergehen? Und was machen diese Wahnsinnigen eigentlich da draußen? Treten die Türen ein? Muss mal nachsehen. Zeit für meine erste *Jetzt reichts ihr spinnt wohl!*-Runde.

Rotgesichtige Jugendliche stürmen mir entgegen. Halbnackte Jungs dreschen mit nassen Handtüchern aufeinander ein und bewerfen sich mit Gummibällen. Mädchen rennen quiekend und kreischend zwischen ihnen hindurch und werden mit Pumpguns nass gespritzt. Der Flur steht mehrere

Zentimeter unter Wasser. Ich schreie erst einmal herum und konfisziere ein paar Spritzpistolen. Das dürfte für eine halbe Stunde reichen.

Mit der unmissverständlichen Ansage »Ab zehn Uhr will ich niemanden mehr auf dem Gang sehen!« ziehe ich mich wieder zurück und mache mir noch ein Bier auf.

Hätte ich noch ein Glas trinken sollen mit ... Mareike?

Draußen ist es plötzlich so ruhig. Das gab es ja noch nie, dass eine Drohung beim ersten Mal greift. Ich trete auf den Gang hinaus. Gehe am Streber- und Außenseiterzimmer vorbei, aber um die brauche ich mich nicht zu kümmern, die schlafen sowieso schon oder spielen Karten. Ich schleiche zum Geranienzimmer und öffne die Tür. Als die Schüler mich bemerken, werden sofort Gegenstände unter Kissen, Decken, Kleiderberge gestopft. Aber nicht mit mir. Ich betrete das Zimmer, hebe Decken hoch und entdecke Flaschen. Wodka. Red-Bull-Dosen. Ein Kasten Bier notdürftig hinterm Vorhang versteckt. Ich öffne eine Schranktür. Drin stehen Poneder und die kleine Gallwitzer und knutschen. Erstaunt blinzeln sie mich an. Ich knalle die Schranktür zu und drehe mich zu den Schülern im Zimmer um.

»Sagt mal, habt ihr eigentlich ...« Bevor ich den Satz mit »den Arsch offen?« beenden und dabei mit jedem Wort die Lautstärke erhöhen kann, unterbricht mich Poneder, der immer noch im Schrank steht.

»He, *YOLO*, Herr Milford!«

»Was?«, frage ich fassungslos. Meine Stimme ist nur noch ein Flüstern.

»*You only live once. YOLO.* Wollen Sie ein Bier?«

*YOLO* ist ein zentraler Begriff dieser Generation. *YOLO*

ist das neue *carpe diem*. Mit *YOLO* können sie jeden Unsinn erklären und rechtfertigen: *Ich muss nachsitzen, weil ich achtzehn Mal die Hausaufgaben nicht hatte: Hey, YOLO.*

Man könnte nun darüber sinnieren, dass wir es hier mit einer Generation zu tun haben, deren eines Lebensmotto *YOLO*, also *Nutze den Tag, lass keine Zeit unnütz verstreichen, bedenke, dass du sterblich bist*, diametral ihrer Lieblingstätigkeit entgegensteht: chillen. Aber da bekommt man nur Kopfschmerzen.

Meine Augen verengen sich zu Schlitzen.

»Kommen Sie schon, Herr Milford, Sie sind doch eigentlich auch nicht so spießig. Sie trinken doch auch ganz gern mal...«

Ruckartig hebe ich eine Hand und lege den Zeigefinger auf meine Lippen.

»Poneder«, sage ich ganz leise und sanft. »Kein Wort mehr. Schweig still.«

Ich gehe bedächtig zur Tür hinaus, schließe sie liebevoll und schleiche auf Zehenspitzen zum Nebenzimmer.

Dort bietet sich mir ein ähnliches Szenario. Julius hatte von heute Nachmittag wohl noch einen empfindlichen Magen. In der Lache auf dem Boden lassen sich noch einzelne Stückchen ausmachen, unübersehbar die Reste mehrerer Senfeier.

Jetzt noch die Mädchen. Das sollte eigentlich Frau Mareike übernehmen, aber die ist als Berufsanfängerin zu weich. Jetzt braucht es Konsequenz und Erfahrung. Da kann ich kein Risiko eingehen. Das ist meine Chance, diese Veranstaltung ganz elegant abzukürzen. Ich gehe ins erstbeste Zimmer. *Gänseblümchen*. Welch Untertreibung! Barbie-Theresa hat sogar eine Zigarette in der Hand.

Nicht, dass ich überrascht wäre, im Gegensatz zu Frau Mareike, die im Türrahmen erscheint und der nun langsam dämmert, warum die Taschen der Schüler so groß und schwer gewesen waren: von den zahlreichen Spirituosen. Meine tiefste, innerste Hoffnung hat sich bestätigt. Die Schüler haben mich nicht hängen lassen. Feierabend.

»Was machen wir denn jetzt?«, jammert die Selig.

»Ganz einfach. Wir rufen sofort die Eltern an und brechen die Veranstaltung ab.«

»Ja, geht das denn so einfach? Dürfen wir das?«

Auch in ihren Augen meine ich, einen Schimmer Erleichterung zu erkennen.

»Das ist sogar unsere pädagogische Pflicht, Frau Kollegin.«

Ganz ruhig unterrichte ich alle Schüler über die neuesten Entwicklungen.

Zwei Stunden später schließe ich meine Haustür auf.

# Die Brezel

Auf dem Weg zu meinem Arbeitszimmer höre ich seltsame Geräusche. Das klingt doch ... kommt das aus Lisas Zimmer? Ist die da drin mit Marvin?

Ich reiße die Tür auf. Das Zimmer ist dunkel. Und leer. Wo ist Lisa, mitten in der Nacht? Morgen ist doch Schule.

Da! Wieder dieses Geräusch. Tim? Auch sein Zimmer ist leer. Was ist hier los? Wurde meine Familie Opfer eines niederträchtigen Verbrechens? Entführung? Erpressung?

Da, schon wieder! Das kommt aus dem Schlafzimmer!

Vorsichtig öffne ich die Tür. Das Zimmer ist in schummriges Lavalampenlicht getaucht. Auf dem Bett findet irgendetwas statt. Es sieht aus wie eine Riesenbrezel. Die sich bewegt. Meine Augen gewöhnen sich langsam an das Licht. Die Brezel sind zwei Menschen, die auf groteske Art und Weise miteinander verknotet sind.

Karen hat eigentlich immer noch eine gute Figur, fällt mir auf. Ich habe sie tatsächlich schon eine Weile nicht mehr nackt gesehen. Peter ist offenbar mächtig rasiert überall. Etwas bleich insgesamt, aber das kommt sicher von dieser abartigen Ernährung.

Die beiden haben die Augen geschlossen und schaukeln sich offenbar auf einen gemeinsamen Höhepunkt zu, ich kenne mich da nicht so aus.

Mir wird schwindlig. Ich will mich festhalten, erwische aber nur Karens Kleiderständer, der nachgibt und dadurch auch ich, und dann rumpelt es und wir liegen beide am Boden, der Kleiderständer und ich.

»Verzeihung.«

Niemand bewegt sich mehr. Karen und Peter starren mich an. Ich starre zurück.

Karen blickt zu Peter, dann zu mir. Aber keiner von uns Männern will die Initiative ergreifen.

»Harald, jetzt mach bloß kein Drama. Wir reden darüber, ja?«, beginnt Karen.

»Geh erst mal von dem runter, dann sehen wir weiter.«

Ich finde, ich reagiere erstaunlich souverän.

»Harry...«

Aha, der Nebenbuhler schaltet sich ein.

»Halt du bloß dein Maul, du Arsch. Mach, dass du wegkommst!«

Eigentlich bin ich viel zu erschöpft für so einen Gefühlsausbruch, aber ich habe das Gefühl, das würden die meisten Männer jetzt sagen. Hastig klaubt Peter seine Sachen zusammen. Er will Karen einen Abschiedskuss geben, überlegt es sich aber gerade noch rechtzeitig anders, steigt über die am Boden liegenden Kleider und meine Beine und eilt hinaus.

Karen zieht die Bettdecke über sich.

»Und du?«, frage ich. »Was hast du so zu sagen?«

Sie zeigt mit dem Finger auf mich.

»Das könnte ich dich auch fragen! Du hast angefangen!«

Ich spüre, wie mir sowohl die Kraft als auch die Lust auf eine Szene fehlen.

Ich bin unendlich müde.

»Du hast recht.«

Sie lächelt mich schüchtern an. Wie schon lange nicht

mehr. Ich muss an den Moment denken, wie wir uns in der Universitätsbibliothek kennengelernt haben. Das war kurz bevor sie ihr Psychologiestudium abbrach. Wir saßen uns in unsere Bücher vertieft gegenüber, und ich stieß aus Versehen meine Kaffeetasse um, so dass sich der Inhalt über ihren Platz verteilte. Ihr erschrockener, leicht genervter Gesichtsausdruck wich einem sanfteren, als sie mich ansah. So ähnlich schaut sie jetzt auch. Seit langem einmal wieder.

»Es tut mir leid, Harry.«
»Mir auch.«

# Schockschwerenot

Karen ist ganz früh aus dem Haus, ich weiß nicht, wohin. Ist mir recht, ich wüsste sowieso nicht, was ich ihr sagen sollte. Und die andere, die war gerade auf dem Anrufbeantworter und hat schon wieder nach diesem dämlichen Gutachten gefragt.

Dann schreib ich das Ding halt. Ich habe heute sowieso frei, weil ich offiziell noch auf Klassenfahrt bin und der Vertretungsplan nicht mehr rückgängig gemacht werden konnte.

Gerade habe ich mit Heller gesprochen. Die Elternsprecher der Klasse standen gleich bei ihm auf der Matte. Das Fazit ist, dass ich wohl am Ende alles richtig gemacht und pädagogisch sinnvoll gehandelt hätte. Schön blöd. Eigentlich wollte ich einen perfekten *Grünmeier* hinlegen, um nie mehr mit einer Klassenfahrt behelligt zu werden, und jetzt werde ich am Ende noch zum Lehrer des Monats gewählt und kann den Quatsch nächstes Jahr wieder machen.

Ich würde das gerne wiederholen mit Mareike. Aber diesmal richtig. Und ich wäre moralisch ja sogar im Recht, nach dem Vorfall letzte Nacht.

*… halte ich Mareike, äh, nein, Frau Selig, über die Maßen geeignet, den Lehrberuf zu ergreifen.* So, fertig. Gut, im Unterricht habe ich sie eigentlich nie gesehen, aber wer wird denn darauf Wert legen? Ich habe einen sehr guten menschlichen und charakterlichen Eindruck von ihr gewonnen. Ge-

fallen lässt sie sich zumindest nichts von den Schülern. So, fertig. Das leg ich später noch der Gallwitzer ins Fach, das muss reichen.

Ich habe keine Lust, Karen doch noch zu begegnen. Ich bleibe lieber noch hier in meinem Arbeitszimmer. Meinem Refugium. Wie viele Stunden meines Lebens habe ich hier drin schon verbracht?

Spaßeshalber checke ich kurz meinen Facebook-Account. Keine Überraschungen. Ein paar Bilder von der Klassenfahrt. Poneder und Kollegen halten ihre nackten Oberkörper und die obligatorischen Flaschen und Hochdaumen in die Kameras. Ich entdecke auch ein Bild von Pascal Faller, der versucht, sympathisch in die Kamera zu lächeln. Darunter steht: *Die schönste Kurve einer Frau ist ihr Lächeln.* Das darf doch nicht wahr sein. Und hier gleich noch eins. Mit Sonnenuntergang. Darunter: *L., all of me loves all of you.* Hoho, Faller! Hat er am Ende eine Freundin? Was für eine verirrte Seele würde sich denn mit dieser Wurst einlassen? Aber immerhin schreibt er auf Englisch, der Faller. Und sogar fehlerlos. Wer hätte das gedacht?

Als Nächstes entdecke ich ein neues Bild von Lisa und ihrer Freundin Jessie im Schwimmbad, beide im Bikini, posierend wie Softpornodarstellerinnen. Wieso machen sie das? Wieso bloß?

Mir fällt ein, dass Heizmann unlängst von diesem Online-Portal erzählt hat, auf dem Lehrer von Schülern bewertet werden. Soll ich das mal machen? Neugierig wäre ich ja schon. Irgendeinem kranken Impuls folgend melde ich mich an und suche meine Schule. *Bewertete Lehrer,* hier ist es.

Oha, da sind ja bereits etliche Kollegen versammelt. Sehr gut, hier wird doch schön evaluiert, dann kann man sich ja diesen Wahnsinn sparen, von dem da unlängst in der Konferenz die Rede war. Muss ich bei Gelegenheit anbringen. Mal den Fink klicken. Na prima. *Fachliche Kompetenz?* Als ob Schüler das beurteilen könnten. *Kleidung?* Geht's noch? Na der Fink schneidet aber gut ab. Heizmann ist auch da. Bestnoten allenthalben.

Also gut, ich mach's: *Milford.*
   Klick.
   *Fachliche Kompetenz 2,0.*
   Na das hätte ruhig etwas besser sein können.
   So, weiter.
   *Kleidung* ... Was?
   *Motivation* ...
   Was ist denn das?

# Midlife Crisis

»Harry?«

»Harry!«

Ich schrecke aus meinen Gedanken. Ich sitze am Küchentisch. Karen setzt sich zu mir. Ich weiß gar nicht, wie ich hierhergekommen bin. Ich nehme einen Schluck Kaffee aus meiner Tasse und spucke ihn wieder aus. Er ist kalt.

»Es tut mir leid, Harry.«

»Was?«

Sie blickt mich verdattert an.

»Ach so, ja. Ist ... okay.«

Ich bin völlig paralysiert. Aber das kann ich Karen nicht sagen. Nicht nach diesem Schock gerade im Internet.

»Hör zu, Harry. Das mit dem Peter war völlig daneben. Aber ich war so verletzt wegen dir und dieser Referendarin, und außerdem ist es für eine Frau auch wichtig, von einem Mann begehrt zu werden. Von dir kann ich da ja nichts mehr erwarten, oder? Klar genieße ich das, so hofiert zu werden von Peter. Wenn der erzählt von diesen unglaublichen fernöstlichen ...«

»Stopp!«

Bloß keine Details jetzt!

»Ich will das nicht hören!«

»Ja, gut, jedenfalls kam dann halt eins zum anderen, und dann dieser Tee, den er eigens gebraut hat. Ich weiß nicht, was er da reingetan hat ...«

Ich überlege, ob ich ihr sagen soll, dass die Kinder bei Freunden einzuquartieren für mich weder wie eine Affekthandlung noch wie eine aphrodisierende Kräuterverführung aussieht, sondern eher nach langfristiger Planung, entscheide mich aber dagegen. Bringt jetzt auch nichts.

»Jedenfalls«, Karen legt mir ihre Hand auf den Arm, »halte ich dich nicht auf. Geh zu deiner Referendarin. Es ist okay.«

Ist es natürlich nicht. Aber ein kluger Mann widerspricht nie einer Frau. Er wartet, bis sie es selbst tut.

»Natürlich«, fährt Karen fort, »wundere ich mich ein wenig, dass du dich plötzlich für Frauen interessierst...«

Hä?

»... ich hatte eher den Eindruck, du würdest eine regelrechte Abneigung gegen sie entwickeln...«

Das ist jetzt aber übertrieben, protestiere ich innerlich.

»Und dann auch noch gleich eine Jüngere... Obwohl, das ist ja dann eigentlich nur konsequent... Vielleicht bist du einfach in der Midlife-Crisis!«

Ha! Sie hat es ausgesprochen! Innerlich springe ich auf, schreie herum. Unverschämtheit. Midlife-Crisis? Ich? Niemals!

Aber äußerlich bleibe ich zusammengesackt hocken und starre den Wasserhahn an.

# Nur ein wenig Liebe

Ich flüchte vor Karens beißenden Fragen, ich soll ja auch noch Mareikes Gutachten in der Schule vorbeibringen.

Ich bin aufgekratzt und abgrundtief müde. Dieser Internetvernichtungskrieg hat mich bis ins Mark getroffen. Das Schulhaus baut sich bedrohlich vor mir auf. Ich will da nicht hinein, aber das bin ich Mareike schuldig. Sie kann schließlich nichts dafür, dass die Schüler mich hassen. Der Gedanke an Mareike ist gerade das Einzige, was mir hilft, mich überhaupt noch zu bewegen. Ansonsten würde ich mich einfach irgendwo hinlegen und nie mehr aufstehen. Aber nachher fahre ich zu ihr und überbringe ihr die gute Nachricht. Und vielleicht berichte ich ihr von den neuesten Entwicklungen in meiner Ehe. Womöglich kann ich ja vielleicht ein wenig... naja, das richtigstellen, was da in der Jugendherberge nicht ganz so zufriedenstellend lief. Obwohl, im Moment fühle ich mich nicht gerade wie ein galanter Verführer. Eher wie Don Quichotte, dem gerade klar wurde, dass es verdammte Windmühlen waren, gegen die er die ganze Zeit gekämpft hat. Beknackte *Windmühlen*!

*Auftreten 5,0.*

Wieso hassen die Schüler mich so? Ich habe mich doch bemüht. Ich habe doch nach bestem Wissen und Gewissen... Ich werde es Mareike erzählen. Vielleicht kann sie mich wieder etwas aufbauen. Sie muss es doch sehen, dass ich ein guter Lehrer bin. Wenn wir wirklich zusammenkämen,

Mareike und ich, so richtig offiziell, das wäre ein Hallo. Heizmann würde blöd aus seinem Rautenpulli schauen. Und Fink, dieser schmierige Emporkömmling.

*Beliebtheit 4,5.*

Ich falle in mich zusammen. Ich denke ans Angeln. Die Sachen habe ich seit Wochen im Auto. Das immerhin, wenn ich es auch schon ewig nicht mehr an den See geschafft habe. Heute ist ein guter Tag zum Angeln.

Ich biege auf den Lehrerparkplatz ein. Nichts frei. Ich erkenne das Auto von Lukas Meier, der ist so oft sitzengeblieben, der hat in der elften Klasse schon den Führerschein. *Für Schüler verboten*, steht groß und breit auf dem Schild neben der Einfahrt. Muss er wohl übersehen haben, der Meier.

Ich parke hinter Meiers Drecksschleuder und stolpere zum Haupteingang.

Dort steht ein Notarztwagen. Was ist hier los? Schlägerei? Überdosis? Frühgeburt? Grünmeier steht in der Nähe und diskutiert mit der Gallwitzer.

Sanitäter schleppen einen Mann auf einer Trage an mir vorbei. Es ist Heller. Er sieht nicht gut aus.

»Ist im Unterricht umgekippt«, sagt Grünmeier. »Er lag vor der Weltkarte. Wollte ihnen zeigen, wo der Nordpol ist. Hat sich wohl zu sehr gestreckt. Ich war im Zimmer nebenan.«

Wir schauen zu, wie er in den Krankenwagen gehievt wird.

»War alles zu viel für ihn«, sagt Grünmeier.

»Verdammter Scheißjob«, sage ich.

»Meine Herren«, sagt die Gallwitzer. »Kommen Sie, hier gibt es nichts mehr für Sie zu tun.«

Im Lehrerzimmer erklärt die Gallwitzer den Kollegen die Situation.

»Jetzt hat sie, was sie immer wollte«, raunt Grünmeier mir zu. »Zieh dich warm an, die übernimmt jetzt den Laden und dann ist hier Schluss mit lustig.«

»Herr Milford?! Kommen Sie doch bitte mal in mein Büro.«

Die Gallwitzer wartet meine Antwort gar nicht ab, sie geht einfach davon. Ich folge ihr widerwillig.

Ohne mit der Wimper zu zucken, setzt sie sich in den großen Sessel hinter Hellers Schreibtisch. Die verliert wirklich überhaupt keine Zeit. Sie bietet mir keinen Stuhl an.

»Ich will Ihnen nur kurz sagen, dass ich weiß, was Sie hier so treiben. Und solange ich hier etwas zu melden habe, werde ich das nicht dulden. Sie stehen unter verschärfter Beobachtung, verstehen Sie! Eine Nachlässigkeit, und ich werde alle Hebel in Bewegung setzten, dass das für Sie Konsequenzen haben wird.«

Was ist denn heute los? Erst dieser Internetscheiß und jetzt das.

Ich will gerade den Mund aufmachen, da fährt sie mir in die Parade.

»Jetzt tun Sie doch nicht so«, sagt sie. »Ich habe die Geschichten von der Klassenfahrt gehört. Haarsprayvergiftung. Klingelt es da bei Ihnen? Frau Selig hat mir alles erzählt. Außerdem haben die Kollegen von Incentive-Schmieder angerufen. Sie waren nicht begeistert, wie Sie Ihre Klasse leiten.«

Ich fasse es nicht. Diese Natter hat Mareike erpresst.

Wahrscheinlich mit einer schlechten Schulnote gedroht. Die schreckt vor nichts zurück. Arme Mareike.

»Außerdem«, fährt die Gallwitzer fort, »höre ich Bedenkliches aus Ihrem Unterricht. Schüler sollen von Ihnen benachteiligt werden. Teilweise weigern Sie sich, Ihnen mündliche Noten zu geben. Das ist ein klarer Verstoß gegen die Notenverordnung. Da hilft es auch nichts, wenn Sie denen sagen, das Notenspektrum reiche nach unten nicht aus, um diese Leistungen zu bewerten. Und in letzter Zeit kommen mir auch immer öfter Klagen von Eltern, dass ihre Kinder heulend nach Hause kämen, weil sie von Ihnen als ...«, sie nestelt in irgendwelchen Unterlagen herum, »ich zitiere: *gehirnamputiert, genetischer Sondermüll* oder *Vollpfosten*, Zitat-Ende, bezeichnet werden.«

Ich will hier raus. Ich will mich nicht einmal mehr streiten. Nur noch weg hier.

»Und ich weiß, dass Sie vor einiger Zeit einen Schüler öffentlich gedemütigt und ihm die Rückkehr in seinen Unterricht verboten haben. Was meinen Sie eigentlich, was hier in letzter Zeit los war wegen Ihnen? Elternanrufe noch und nöcher.«

*Motivation 4,8.*

»Was wollen Sie machen, mich feuern?« Ich lache hämisch.

»Fürs Erste werde ich Ihnen das Leben an dieser Schule zur Hölle machen. Und glauben Sie mir, ich habe da schon ein paar ganz tolle Ideen.«

Ich weiß nicht, was ich darauf erwidern soll. Mir fällt nichts ein. Ich bin völlig leer. Ich wende mich zum Gehen.

»Ach, und schicken Sie mir doch Ihren Kollegen Grünmeier her, seien Sie so gut.«

Als ich zu meinem Auto komme, stehen Meier, Faller und ein paar andere Elfer auf dem Lehrerparkplatz.

»Ist das Ihr Auto? Wollen Sie den mal wegfahren, dass wir rauskönnen?«

»Ich sag euch, was ich mache. Wozu ich *motiviert* bin, trotz meiner 4,8!«, schreie ich sie an, so dass sie zusammenzucken.

Ich stürme zurück ins Lehrerzimmer, nehme Grünmeiers Autoschlüssel von seinem Platz, lege ihm meinen hin, schreibe ihm eine Notiz, sprinte zurück auf den Lehrerparkplatz, zeige den Elfern den Mittelfinger, steige in Grünmeiers Auto und verlasse unter dem aufgebrachten Geschrei der Schüler das Schulgelände.

Ich bin noch nicht weit gekommen, da fällt mir ein, dass mein Angelzeug in meinem Auto liegt. Ich will heute angeln! Ihr haltet mich nicht vom Angeln ab!

Bei der nächsten Gelegenheit wende ich. Auf dem Parkplatz lamentieren die Elfer immer noch lautstark über ihr Unglück. Ihre Mienen hellen sich auf, als sie mich sehen. Sie denken, ich hätte einen kleinen Scherz gemacht. Sie ein wenig erschrecken wollen. Sie wissen nicht, wie *konsequent* ich sein kann. Ab heute. *Konsequenz 1,0!*

Ich hole meinen Schlüssel aus dem Lehrerzimmer, lade unter den ungläubigen Blicken der Elfer Angel und Zubehör in Grünmeiers Wagen, bringe den Schlüssel zurück, winke den Schülern kurz zu und bin verschwunden.

Zehn Minuten später klingle ich an Mareikes Tür. Ich brauche jetzt etwas Liebe. Der Summer summt. Wieso junge Menschen immer ganz oben wohnen müssen? Vier Stockwerke. Mein Herz rast und meine Lunge brennt. Mit übersäuerten Beinen komme ich oben an. Eine Art Mann steht in der Tür. Wie alt ist der, siebzehn?

»Ist Mareike da? Also Frau ... Mareike ... Selig?«

Er mustert mich von oben bis unten. Ein süffisantes Lächeln spielt um seinen Mund.

Was ist das für ein Penner?

»Mareike?«, ruft er, ohne den Blick von mir zu wenden.

Sie erscheint in der Tür und schaut mich überrascht an. Sie strahlt nicht mehr so wie sonst. Richtiggehend angespannt sieht sie aus.

»Herr Milford?«

Aha, *Sie*. Die Form wahren, verstehe.

»Ja, ich habe etwas für ... dich ... Sie? Vielleicht können wir das kurz ohne Ihren Mitbewohner ...?«

Frau Mareike nickt dem Typen zu. Er trollt sich.

»Hör zu, ich werfe dir nicht vor, dass du der Gallwitzer das mit dem Haarspray verraten hast. Du hattest sicher keine Wahl. Ist okay.«

Sie blickt mich seltsam kalt an.

»Ist das die Beurteilung?« Sie zeigt auf den Umschlag in meiner Hand.

»Gerade fertig geworden. Ich wollte sie dir persönlich vorbeibringen. Die Gallwitzer hat sie schon.«

Ich mache einen Schritt auf sie zu, versuche, sie zu umarmen oder zu küssen, oder was weiß ich, aber sie nimmt mir den Umschlag aus der Hand und zieht das Blatt heraus.

»Damit bekommst du sicher eine Eins-null«, stammle ich, während sie hektisch die Zeilen überfliegt.

Ich versuche, ihr noch einmal näherzukommen, aber sie weicht weiter zurück und macht Anstalten, die Tür zu schließen.

»He, was soll das?«

Ihr Mitbewohner drängt sich aus dem Dunkel der Wohnung in den Türrahmen.

»Hast du den adoptiert oder was?«

»Herr Milford, Sie sollten jetzt gehen!«, mischt er sich ein.

»Warum, Mareike? Ich bin ... frei. Ich habe mit Karen geredet. Wir können jetzt ... also ... Wenn du willst ... Alles ist ...«

Mareike schaut betreten zu Boden.

»Herr Milford«, ihre Stimme ist kalt und gepresst, »vergessen Sie bitte alles, was war. Es ist nie passiert. Und das hier ist Ferdi, mein Freund.«

»Was?«

Was soll das?

Sie reicht dem Jüngling den Zettel.

Ich springe dazwischen.

»Gib das her!«

»Ferdi, Achtung!«, kreischt sie und zieht mich am Hemd. Ferdi hält den Umschlag in die Luft.

»Gehen Sie, Sie Spinner! Es ist aus!«, schreit er. »Verlassen Sie unsere Wohnung!«

Er schiebt mich hinaus und knallt die Tür zu.

# Angel-Amok

Nachdem ich zwanzig Minuten lang mein Auto suchen musste, bis mir einfiel, dass ich mit Grünmeiers Wagen da bin, fahre ich nun ziellos durch die Gegend. Hat Mareike mich benutzt? Hat die Gallwitzer sie am Ende gar nicht erpresst? Ich weigere mich, zu glauben, dass Mareike so ekelhaft berechnend sein soll. Und ich mich so in ihr getäuscht habe. Ich brauche jetzt etwas Verbindlichkeit. Etwas Stabilität. Und Beruhigung. Da hilft nur angeln.

Ich fahre zu einer Tankstelle, will mir einen Sechserpack Bier holen, aber ich kann meinen Geldbeutel nicht finden. Grünmeier hat auch kein Geld im Auto. Zum ersten Mal seit Lisas Geburt könnte ich heulen. Ganz einfach losschluchzen wie ein Kind.

Zehn Minuten später biege ich in den Feldweg ein, der zum Baggersee führt. Der Baggersee war in letzter Zeit mein Lieblingsrevier. Beim letzten Mal habe ich eine Zweieinhalbkilobrasse herausgezogen. Vielleicht kann ein guter Fang mich etwas beruhigen. Mir das Gefühl geben, dass alles gut werden könnte. Ich würde den Fisch vielleicht sogar wieder ins Wasser schmeißen. Ich will ihn nur zappeln sehen.

Ich parke den Wagen am Ende des Feldweges, greife mir Angel, Köder und Hocker und mache mich auf den Weg zum See.

*Motivation ... Fachkompetenz ... Kleidung ... 4,5 ... Ich weiß, was Sie hier so treiben ... Es ist aus ...*

Meine Spinnrolle, ich habe sogar an meine neue Spinnrolle gedacht. Ganz ruhig, nachdenken, in Ruhe nachdenken. *Vergessen Sie alles, was war ... Es ist nie passiert ... Faire Prüfungen ... 5,0 ... 4,8 ... Harry, jetzt mach bloß kein Drama ...*

Der Weg zum See ist zu beiden Seiten gesäumt von Müll. Plastikflaschen, Chipstüten, Getränkedosen, Kanister, einem Schlauchboot, Campingstühlen.

Auf halbem Weg kommt mir ein anderer Angler entgegen. Er schüttelt den Kopf.

»Vergiss es, da findet eine Party statt. Das macht heute keinen Spaß.«

Ich kann jetzt nicht zurück. Ich kann nicht nach Hause. Wo soll ich denn überhaupt hin? *Gehen Sie, Sie Spinner ...*

Am Ufer gegenüber parken ein paar Autos. Etwa zehn Jugendliche sitzen und stehen herum. Sie haben ein Feuer gemacht. Es läuft ohrenbetäubend laute Debilenmusik.

Ich richte meine Sachen, während ich versuche, ganz ruhig zu atmen. Meine Finger zittern. Mein Mund ist trocken. Jetzt ein Bier wäre schön. Es gelingt mir gerade so, meine Spezialboilies aus Mais, Erbsen und fischigem Grundfutter zu präparieren. Mein Herz rast. Ich schwitze. Es ist unerträglich schwül.

Karen und Peter verknotet auf unserem Bett ... Mareike Selig, dieses kleine Luder. Hat sie mich wirklich so hintergangen? Sie ist ja auch deutlich zu klein, vielleicht sogar ein wenig zu dick für ihre Größe. Und auch nicht wirklich hübsch, ein wenig moppelig im Gesicht.

Ich befestige die Pose, das Blei und den Haken und versuche dabei, den Lärm von der anderen Seite auszublenden. Ganz ruhig. Nicht so zittern. Die Jugendlichen sind *einfach nicht da*. Die Internetbeurteilung habe ich geträumt. Dem Heller geht es gut. Konnte ich mich so täuschen? Und wie hätte das eigentlich ausgesehen, ein großer, hagerer Mann Anfang vierzig und eine jüngere, kleine und dicke Frau.

Auf der anderen Seeseite entsteht eine Unruhe, die ich nicht länger ignorieren kann. Die Jugendlichen haben mich entdeckt und rufen etwas in meine Richtung. Sie lachen.

»Hallo, Herr Milford, wollen Sie ein Bier?«

Es sind Schüler! Mein Albtraum, er nimmt kein Ende.

Ich winke unbeholfen zurück. Der eine könnte Pascal Faller sein, der andere Lukas Meier. Und der mit der Mütze ist dann wohl Marvin. Großartig. Der komplette Hochadel auf einem Haufen versammelt. Ein paar Mädchen sind auch dabei. Was für ein Elend.

»Haben Sie unsere Aufsätze schon fertig korrigiert?«

Sie lachen hämisch.

Ich verstehe die Welt nicht mehr. Ich habe doch alles versucht. Ich habe doch … Eine unbändige Wut packt mich. Ein Zorn von alttestamentarischem Ausmaß. Ich pfeffere meine Angel auf den Boden und schleiche mich durchs Gebüsch auf die andere Seite.

Euch Arschgeigen zeig ich's! Ihr versaut mir meine einzige Freude im Leben nicht! Jetzt seid ihr fällig! Ich schleiche mich von hinten an. Sie sehen und hören mich nicht. Wie auch bei dem Lärm?

Da steht tatsächlich Marvins Polo. Leicht abschüssig Richtung See. Marvin lässt sich offensichtlich nicht davon abhalten, dass man ihm den Lappen eingezogen hat.

So, jetzt wollen wir doch mal sehen. Ich grinse voller Vorfreude. Die Jugendlichen stehen mit Bierbüchsen in der Gegend herum und schmeißen irgendwelche Sachen Richtung Wasser. Auf dem Rasen liegen etliche Pizzakartons.

Leise öffne ich die Tür zu Marvins Auto und löse die Handbremse.

# Gute Zeiten, schlechte Zeiten

Ich parke Grünmeiers Wagen vor Stefans Wohnung. Nachdem ich eine Weile ziellos herumgefahren bin, bin ich hier gelandet. Ich weiß nicht, wo ich sonst hinsoll. Vielleicht ist er da.

Ich muss ein paar Mal auf die Klingel drücken, bevor der Türöffner betätigt wird. Die Wohnungstür ist angelehnt. Ich spähe hinein. Der Flur liegt im Halbdunkel und ist von Unrat übersät. Es riecht fürchterlich muffig.

»Hallo?«

Keine Antwort.

Ich steige über Bierkästen und leere Pizzakartons in Richtung Wohnzimmer.

Die Jalousien sind heruntergelassen.

Es stinkt nach kaltem Rauch. Eine armselige Gestalt sitzt auf dem Sofa. Das muss Stefan sein. Er ist unrasiert und hat fettige Haare. Außer T-Shirt und Unterhose hat er nichts an.

»Harry!«

»Stefan, was ist denn hier los?«

Er erzählt mir von seiner Trennung von Andrea. Wie sie ihn mit den beiden Kindern verlassen hat und zurück zu ihren Eltern gezogen ist, nachdem er ihr eine Affäre gebeichtet hat mit einer Frau, die er bei einem Auftritt mit seinem Jazztrio kennengelernt hatte.

»Und dabei war es nur einmal, und selbst das war eine Lachnummer!«, wehklagt er.

Das kommt mir bekannt vor, denke ich.

»Und dabei haben wir alles versucht, unsere eingeschlafene Beziehung zu retten. Wir waren sogar im Swinger-Club!«

Ich zucke zusammen. Angesichts seiner Verfassung erzähle ich ihm lieber nicht, dass Andrea wohl Gefallen an dieser Freizeitaktivität gefunden hat.

»Nachdem die Kinder da waren, haben wir jahrelang nur funktioniert. Manchmal haben wir uns in die Haare gekriegt, aber wir hatten nie Zeit, uns mal auszusprechen, dauernd war etwas los, und abends musste ich zu Auftritten oder sie war todmüde, und ruck, zuck sind die Kinder größer, und dann merkt man, dass man sich nichts mehr zu sagen hat.«

Er nimmt einen Schluck aus seiner Bierflasche.

Das kommt mir ebenfalls bekannt vor.

»Gut, vielleicht lässt man sich ein wenig gehen. Vergisst den Hochzeitstag, solche Sachen. Aber Herrgott, wir sind doch Männer, oder? Da sind einem halt andere Sachen wichtig, da...«

Er wird von einem Rülpser geschüttelt, der aus den tiefsten Tiefen seines Magens hervorgeschossen kommt.

Er zuckt die Schultern und winkt ab.

»Willst du auch ein Bier?«

»Hast du was Stärkeres?«

Er grinst, steht auf und wankt zur Schrankbar, wo er seine Whiskys hortet.

Er kommt mit einer Flasche Scotch zurück, 25 Jahre alt. Seit unserem Schottlandtrip während des Studiums haben wir beide ein Faible für dieses Land. Und für den Whisky, den sie dort machen. Mit Rucksäcken durch die Highlands sind wir getrampt. Aber waren das überhaupt wir? Oder waren das andere?

Er legt eine Platte auf und wir reden. Reden über die alten Zeiten, über die Studienzeit, als noch alles möglich war. Wir werden betrunken. Dazwischen erzählt Stefan mit ernster Miene Jazzmusikerwitze. Sagt der Arzt zum Jazzmusiker, Sie haben noch drei Monate zu leben. Ruft der Jazzmusiker, ja von was denn? Solche Sachen.

»Ich bin fertig«, sagt Stefan irgendwann, »ich will nicht mehr.«

Ich auch nicht, denke ich. Wir starren ins Halbdunkel seines Wohnzimmers.

»Und du? Was ist mit dir?«, fragt er nach einer Weile.
Ich schnaube resigniert. Wo anfangen?
»Alles Scheiße!«, sage ich. »Ich verstehe nichts mehr.«
Er lacht verächtlich.
»Da sagst du was.«
»Und jetzt?«, fragt er.
»Keine Ahnung«, sage ich. Er offenbar auch nicht.
Wir prosten uns zu.
»Jedenfalls«, lalle ich, »können wir auch Alkohol trinken ohne Spaß zu haben, gell?«
Zum ersten Mal lächelt Stefan kurz.
Irgendwann gibt es nichts mehr zu sagen und ich mache mich auf den Heimweg. Das Auto lasse ich stehen.

Ich laufe eine halbe Stunde durch die Nacht. Statt auszunüchtern werde ich immer betrunkener. Zu Hause angekommen gehe ich in mein Arbeitszimmer, stelle mich ans Fenster und rauche eine letzte Zigarette. Der Stefan, denke ich, was für ein armes Schwein.

Es ist neblig. Ich blicke ins Nichts. Ich will nicht mehr. Morgen melde ich mich krank. Ich gehe da nicht mehr hin.

Was war das?

Merkwürdige Geräusche unten im Garten. Es keucht und klappert. Da lehnt eine Leiter an der Hauswand. Jemand klettert nach oben, direkt auf mich zu. Ein Dieb? Ich bin ganz still und warte, bis er oben ist. Marvins Arschgesicht taucht vor mir auf und glotzt mich einfältig an.

»Oh«, macht er. Er hat eine fürchterliche Fahne.

»Bist du betrunken?«, frage ich ihn. Er grinst dümmlich.

»Sie haben aber auch ganz schön ...«

»Lass meine Tochter in Ruhe, du Arschmade!«

Ich greife ihm ins Gesicht. Er weicht rückwärts aus, und ich erwische gerade noch seinen Arm, bevor er mitsamt der Leiter umkippt. Die Leiter steht jetzt senkrecht, lehnt nicht mehr an der Wand. Ich halte ihn fest. Er blickt mich flehend an. Das ist meine Chance.

»Bitte, Herr Milford!«

»Hasta la vista, baby«, sage ich und lasse los.

In Zeitlupe kippt die Leiter um. Unter ihm ist nur Rasen, viel kann nicht passieren.

Ich höre den Aufprall und einen Schmerzensschrei.

Vielleicht kann doch etwas passieren.

Nicht mein Problem. Ich schaue auf die Uhr. Halb vier. Zur ersten Stunde muss ich raus. Ich mach das Fenster zu und hau mich mit Kleidern auf die Matratze.

# Ein Mann sieht rot

Als der Wecker klingelt, bin ich noch betrunken. Ich stehe auf und mache mir einen Kaffee. Keine Zeit mehr, mich umzuziehen. Muss so gehen.

Vor dem Haus treffe ich auf Marvin. Er hat einen Arm in der Schlinge und sieht insgesamt noch schlechter aus als sonst. Er blickt mich hasserfüllt an. Seine Mutter Steffi schiebt sich an ihm vorbei.

»Sag mal, Harry, wir mussten heute Nacht ins Krankenhaus. Marvin war total weggetreten, aber hat immer mal deinen Namen gemurmelt. Weißt du, warum er sich den Arm gebrochen hat?«

»Ich? Wieso ich?«

»Ich meine ja nur.«

Ich lasse sie stehen und öffne die Garage. Sie ist leer. Mein Auto hat ja Grünmeier. Und ich seines. Und das steht bei Stefan. Ich setze mich auf Karens Rad und eiere los.

Der Gedanke an die blöden Gesichter der Baggerseeidioten gestern hebt meine Laune. Die haben mich nicht einmal bemerkt, so fasziniert waren sie von dem versinkenden Auto. Und Marvin traut sowieso jeder zu, dass er sein Auto ohne angezogene Handbremse an einer abschüssigen Stelle an einem See abstellt. Jetzt hat er nicht nur keinen Führerschein, er hat auch kein Auto mehr. Muss Manni halt wieder in die Tasche greifen.

Ich radele gerade am kleinen Teich vorbei, den Bio-Hansmann mit seiner Teich-AG angelegt hat, in Richtung Lehrerparkplatz, da bemerke ich zwei Zehntklässler im Schilf. Ich schleiche mich von hinten an. Sie starren auf ein Handy. Ich greife mir das Gerät und sehe auf dem Display ein Obenohne-Foto eines jungen Mädchens. Ich kenne sie. Das ist Barbie-Theresa aus meiner Achten.

»Was soll das?«, frage ich die Schüler.

Sie drucksen herum.

»Haben Sie eine Fahne?«, fragt einer dreist.

Ich halte ihm das Handy vors Gesicht.

»Was soll das?«, schreie ich diesmal.

»Das haben wir bekommen ... also ... er.«

Er zeigt auf seinen Kumpel.

»Warum bekommst du so was?«

»Na die steht auf mich, was sonst?«

Ich haue ihm mit der flachen Hand auf den Hinterkopf.

»Au! Das können Sie ...«

»Und ob ich kann! Wie viele Leute kennen das Bild?«

»Woher soll ich ...?«

»Ihr wolltet das Bild sicher gleich löschen, richtig?«

»Nein, wieso? ... Äh, ja klar.«

Er grinst frech.

»Habt ihr es schon weitergeschickt?«

»Nein, wir haben es gerade erst ...«

Ich schmeiße das Handy in den Teich.

»So, damit das auch so bleibt, ihr Penner!«

»He, mein Handy. Ich zeig Sie an! Ich ...«

Ehe er weiterreden kann, packe ich ihn am Kragen und schmeiße ihn seinem Handy hinterher.

»Das melde ich! Das sage ich meiner Mutter!«, prustet er.

»Das glaubt dir doch sowieso niemand.«

Ich funkle seinen Kumpel wütend an.

»Und du? Bei dir alles klar so weit?«

»Jaja, alles klar.«

»Wenn ihr das, was hier passiert ist, verratet, mach ich euch fertig. Ich krieg euch dran, wegen Kinderpornographie, verstanden.«

»Aber das machen doch ganz viele. Das ist doch normal.«

»Soso, normal findest du das«, sage ich, packe ihn und schmeiße ihn seinem Kumpel hinterher in den Teich.

»Und das? Ist das auch normal?«, schreie ich sie an, außer mir vor Zorn.

»Wie ist das als Auftreten? 5,0, oder was?«

Ich mache, dass ich wegkomme.


Mit viertelstündiger Verspätung stehe ich vor den Elfern.

»Faller, komm nach vorne!«, sage ich.

Ich drücke ihm ein Stück Kreide in die Hand.

»Dies ist ein bewerteter Test, bist du *motiviert*? So *motiviert* wie ich?«, frage ich ihn. Er sieht mich unsicher an.

»Erste Frage. Nenne mir vier Werke von Max Frisch.«

Er steht an der Tafel und grinst. Ich schnipse seinen Blick mit den Fingern in meine Richtung.

»Drei zusammenhängende Zeilen eines beliebigen deutschen Gedichts.«

Er steckt seine Hände in die Hosentaschen.

Ich schlage mit der Hand auf die Tafel.

»Drei Schauplätze in *Homo Faber*?«

Er will gerade den Mund aufmachen, aber ich unterbreche ihn.

»Die Zeit ist um. Deine Unterdurchschnittlichkeit kotzt

mich an. Das war eine glatte Sechs. Du darfst dich jetzt hinsetzen. So viel zu *fairen Tests*, was?«

»Aber das können Sie doch nicht ...«, meldet sich Julia Weber zu Wort.

»Julia, du bist ein intelligentes Mädchen, aber du musst jetzt ganz tapfer sein. *Jeder Mensch ist ein Abgrund; es schwindelt einem, wenn man hinabsieht.* Sagt dir das was?«

»Georg Büchner«, sagt sie.

»Faller, hörst du das?«, schreie ich. Faller, der gerade vor seinen Kumpels herumspackt, zuckt zusammen.

»Bemerkst du den Unterschied zwischen einerseits einem völlig missratenen, degenerierten Zivilisationssondermüll wie dir, der der Gemeinschaft, in der er vor sich hin vegetiert, nichts zu geben hat, der mehr nimmt, als er gibt, und die Evolutionsgeschichte ad absurdum führt, indem er sich in die völlige Bedeutungslosigkeit entwickelt, und andererseits jemandem, der die Fackel abendländischen Gedankenguts weiterträgt in die Zukunft, die Verfeinerung und Optimierung des Menschengeschlechts anstrebend?«

Pascal Faller schaut mich unschlüssig an.

»Jetzt chillen Sie halt mal Ihr Leben, Mann«, sagt er tatsächlich. Ich schlucke. Es ist jetzt völlig still in der Klasse.

»Okay, Pascal Faller«, antworte ich ruhig. »Das mache ich. Jetzt zeige ich dir mal, wie *gechillt* ich bin.«

Jedes Augenpaar ist auf mich gerichtet. So aufmerksam war selten eine Klasse, die ich unterrichtet habe.

»Jetzt hört mir mal ganz genau zu«, sage ich ruhig.

Die Worte sprudeln in geschliffenen Sätzen aus mir heraus. Mein Verstand ist jetzt völlig klar. Ich lasse alles raus. Ich erzähle den Schülern, wie ich mit fünfzehn Jahren durch Platons Höhlengleichnis intellektuell erweckt wurde, wie ich das gegenkulturelle Gedankengut Thoreaus, der Frankfurter Schule, Karl Marx', Gandhis, des Neuen Testaments in mich aufsog. Wie ich so lange voller Hoffnung war, dass wir gemeinsam eine Entwicklung meistern würden, die unsere Spezies auf eine neue Stufe katapultieren würde: friedlich, tolerant, gut, und wie ich als Lehrer dazu beitragen konnte, dachte ich, zukünftigen Generationen die Augen zu öffnen und ihnen das nötige Handwerkszeug mitzugeben, die Herausforderungen der Zukunft zu meistern.

*Kleidung 4,5!*

Und wie ich jetzt fassungslos vor den Trümmerhaufen dieser Entwicklung stünde.

*Auftreten 5,0!*

Ich dachte ja vor Jahren schon, die materialismusorientierte Generation Golf wäre schlimm, aber jetzt muss ich erkennen, dass sie harmlos war im Vergleich zu den Nachkommen, dieser Heiapopeia-Jugend, den Generationen Wodka, Porno, Social Network und Headdown mit ihren aufgeblasenen Egos, die sich von frühester Kindheit an in einem idellen *Ground Zero* einrichtet, auf eine jahrzehntelange Nabelschnurversorgung durch ihre wohlmeinenden Airbag-Eltern spekuliert, und jetzt umgebremst auf eine Karriere als zukünftiges Humankapital, viel eher aber als zukünftige Minderleister zusteuert.

*Motivation 4,8!*

Mein Verstand arbeitet messerscharf, der Alkohol beflügelt mich. Ich bin eloquent, inspiriert, überzeugend. Die Schüler schauen fasziniert. Sicherlich fragen sie sich, wie sie mir so unrecht tun konnten. Mich so verkennen.

Irgendwann beende ich meine Ausführungen und verlasse mit den Worten *So, jetzt denkt da mal drüber nach* den Raum.

Ich lächle in mich hinein. Eine lange nicht gespürte Ruhe überkommt mich. Das Gefühl, im Einklang mit meiner Umwelt zu sein. Das Gefühl, einmal verstanden worden zu sein. Meine Botschaft wirklich und unmissverständlich an den Adressaten gebracht zu haben. Ich gehe ins Lehrerzimmer und setze mich an meinen Platz. Mir wird etwas blümerant. Ich muss immer noch ganz schön betrunken sein. Ich lege den Kopf auf den Tisch und schlafe ein.

Man rüttelt unsanft an mir. Vor mir stehen Frau Keil und Frau Gallwitzer-Merkensorg.

»Herr Milford, hallo?«, ruft Frau Keil immer wieder und stupst mich dabei mit dem Zeigefinger an.

»Ja doch, was denn?«

»Erstens hätten Sie jetzt seit zwanzig Minuten Unterricht«, giftet die Gallwitzer, »und zweitens müssen wir uns mal darüber unterhalten, was da gerade beim Teich und in der Elften vorgefallen ist.«

Keine Ahnung, wovon sie spricht.

»Was heißt denn hier vorgefallen?«

»Na, wie würden Sie das denn nennen?«

»Was, dass ich denen ein wenig aus meinem Leben erzählt habe? War das methodisch nicht ausgereift genug? Ach so, der Lehrervortrag ist ja verpönt. Ja, nächstes Mal sollen sie meine Biographie als Gruppenpuzzle erarbeiten, dann ist es sicher nachhaltiger.«

»Nun tun Sie nicht so, Sie wissen, was ich meine!«

Frau Keil nickt heftig.

»Nein, weiß ich nicht!«

»Dann kommen Sie doch mal mit in mein Büro!«

Ich versuche aufzustehen, aber es fällt mir schwer. Ich

schaffe es gerade noch, mich am Tisch abzustützen. Das Geradeauslaufen ist eine Herausforderung.

»Herr Milford, sind Sie betrunken?«, fragt die Gallwitzer.

»Was? Nein, natürlich nicht!«

Zwanzig Minuten und eine Schimpftirade später bin ich suspendiert. Die Gallwitzer beschuldigt mich, die Elfklässler aufs Übelste beschimpft zu haben. Sie als Abschaum und Schlimmeres bezeichnet und sowohl den nassen Schwamm durch die Gegend als auch meine Kreidebox Pascal Faller an den Kopf geschleudert zu haben. Dass zwei Schüler in den Teich geflogen sind, schlägt auch schon Wellen. Dass das pädagogisch notwendig war, davon redet natürlich keiner. Und als wäre das noch nicht genug, hatte Bio-Hansmann offenbar einen Nervenzusammenbruch wegen der zerstörten Laichplätze im Teich.

Als ich endlich aus ihrem verbalen Würgegriff entlassen werde, gellt es mir durch die geschlossene Bürotür hinterher: »Schlafen Sie Ihren Rausch aus. Und wehe, ich entdecke Sie heute Abend auf dem Sommerfest! Und entschuldigen Sie sich gefälligst bei Herrn Fink!«

Frau Keil schüttelt verächtlich den Kopf.

»Einen Kollegen so in die Bredouille zu bringen.«

»Machen Sie sich lieber mal eine anständige Frisur!«, rufe ich ihr zu. Das wollte ich schon lange mal loswerden.

Ich will noch meine Tasche im Lehrerzimmer holen, als ich in Mareike Selig hineinlaufe, diese bösartige Person. Ich bin etwas irritiert, denn sie scheint deutlich zugenommen zu haben seit dem Schullandheim. Galoppierende Fettsucht womöglich. Die Begegnung mit mir ist ihr sichtlich unangenehm. Sie will sich an mir vorbeidrücken.

»Moment mal, Mareike, nur damit ich das alles richtig verstehe, was ist eigentlich ...?

»Ich bin spät dran, ich muss ...«

»Nix da! Du erzählst mir jetzt, was los ist!«

»Was soll los sein?«

»Na zum Beispiel, wer dieser Typ gestern Nachmittag war und warum du plötzlich so anders bist?«

Sie fährt sich mit der Hand durchs Haar.

»Das war mein Freund.«

»Dein Freund?«

»Ja, mein Freund. Was noch?«, fragt sie genervt.

»Ist der minderjährig? Stehst du gar nicht auf alte Männer, sondern auf jüngere?«

»Wieso minderjährig? Der ist Physikdoktorand!«

»Ach so, ich dachte nur ... Aber was ist jetzt mit uns?«

Sie lacht verächtlich.

»Mit uns?«

»Äh ... ja?«

»Mit uns ist gar nichts! Sie glauben doch nicht ... wie kommen Sie denn darauf?«

»Sag mal, hast du mich ausgenutzt? Wolltest du nur eine gute Beurteilung? Bist du wirklich so eiskalt?«

»Herr Milford? Kommen Sie doch gerade noch mal kurz zu mir!«

Wie ein Racheengel steht die Gallwitzer vor dem Sekretariat. Was will sie denn jetzt noch? Diese Frau entwickelt sich mittlerweile zum Bluthusten meines Daseins.

»Sie glauben doch nicht, dass ich wirklich etwas von Ihnen wollte ...?«

Mit diesen gezischten Worten schlüpft Mareike Selig an mir vorbei. Wie sie ihren Hintern in die deutlich zu enge

Jeans gepresst hat. Das geht ja wohl gar nicht. Wie konnte ich das übersehen.

Konsterniert stakse ich wieder ins Sekretariat, wo Frau Keil gerade einen Handspiegel verschwinden lässt.

»War nicht so gemeint«, sage ich im Vorbeilaufen, was natürlich gelogen ist.

Die Gallwitzer lotst mich in ihr Büro.

»Wo ich Sie gerade mit Frau Selig gesehen habe. Ihre Beurteilung ist schon überfällig. Wir müssen die Schulnote machen. Darum möchte ich Sie noch bitten.«

»Aber die habe ich Ihnen doch gestern ins Fach...«

Sie blickt mich verwundert an.

Hab ich?

Ich greife in meine Jacke und fühle das Kuvert in der Innentasche. Hab ich das gestern in der ganzen Hektik mit Heller vergessen? Offenbar. Das ist ja wunderbar. Das ist ja mal eine Wendung zum Guten.

»Was gibt es denn jetzt zu grinsen«, herrscht mich die Gallwitzer an. »Ich glaube nicht, dass Sie etwas zu grinsen haben. Haben Sie Frau Selig überhaupt einmal im Unterricht besucht? Sie müssen drei Besuche gemacht haben, das wissen Sie!«

Im Unterricht besucht? Natürlich nicht. Aber das ist doch jetzt egal. Alles egal. Das ist ja großartig! Ohne die Gallwitzer einer weiteren Antwort zu würdigen, schwebe ich davon. Damit haben Sie nicht gerechnet, Frau Selig, was? Ich fahre jetzt nach Hause und schreibe eine Beurteilung, mit der Sie nie eine Stelle bekommen, Frau Selig. Vielleicht als Verkäuferin bei KiK, aber nicht an einer Schule.

Nichts wie raus hier.

# Sommerfest

Ich setze mich auf Karens Rad.
»Milford? Wo ist eigentlich mein Auto?«
Grünmeier steht in altbewährter Livree vor dem Haupteingang. Selbst dreißig Grad können ihn nicht dazu bewegen, etwas anderes anzuziehen. Und ich bekomme eine 4,5 für Kleidung.
»Kriegst du bald wieder. Versprochen!«
»Na hoffentlich!«

Ich radle zu Stefan. Als ich schwitzend dort ankomme, ist er gerade dabei, seine Wohnung zu verlassen. Auch wenn er sich geduscht und rasiert hat, sieht er immer noch mächtig derangiert aus.

Mit den Worten *Du kannst gerne bleiben, es gibt noch Whisky*, drückt er mir grinsend seinen Hausschlüssel in die Hand und geht.

Ich setze mich auf sein Sofa, lege eine Platte auf und öffne eine neue Flasche Whisky. Das Telefon klingelt. Mir doch egal, es kann sowieso nicht für mich sein.

Mein Leben liegt in Trümmern vor mir. Ich habe meiner Frau eine Art Affäre gestanden, die sich als Hirngespinst entpuppt hat. Ich bin nach Strich und Faden benutzt worden, von einer Fünfundzwanzigjährigen. Meine Frau hat mich mit dem veganen Albtraum auf zwei Beinen betrogen.

Die Beziehung zu meinen Kindern ist zerrüttet. Meine Schüler hassen mich. Und bin gerade suspendiert worden. Im Kollegium gelte ich mittlerweile bestimmt als psychotische Witzfigur. Als abschreckendes Beispiel.

Ich trinke und denke nach. Wann habe ich das letzte Mal freiwillig ein Buch gelesen? Eines, das keine Pflichtlektüre war. Einfach so, zum Spaß. Muss Jahre her sein. Zu einer Zeit, als Karen und ich uns noch in den Arm nehmen konnten. Als die Kinder noch gutgelaunt aus der Schule nach Hause kamen. Als ich Mareike Selig noch nicht kannte. Frau Selig, diese abscheuliche, übergewichtige Harpyie.

Es klingelt an der Tür. Keine Zeit jetzt! Wo hat Stefan seinen Computer? Ich setze mich jetzt hin und schreibe ein neues Gutachten. Eines, das Frau Mareike Seligs charakterliche Verkommenheit und pädagogische Inkompetenz messerscharf zum Ausdruck bringt.

Eine halbe Stunde später halte ich den neuen Text ausgedruckt in meinen Händen. Mein Abschiedsgeschenk. Wie sorge ich nun dafür, dass die Gallwitzer das bekommt? Per Post schicken? Nein. Ich habe eine viel bessere Idee.

Ich mache mich mit dem Rad auf den Weg zur Schule. Eigentlich wollte ich noch duschen, aber geduscht in die alten Klamotten zu steigen, das ist ja auch sinnlos. Stefans Sachen passen mir nicht. Also gehe ich so, wie ich bin.

Stefan wird es hoffentlich verschmerzen, dass ich seine Whiskyflasche geleert habe. Hat er schon einen Grund, mal wieder nach Schottland zu fliegen. Vielleicht kann ich ja mit. Ich habe ja jetzt wohl alle Zeit der Welt.

Ich mag betrunken sein, aber ich habe eine Mission zu erfüllen. Mühsam biege auf das Schulgelände ein. Es ist fürchterlich heiß, mir läuft der Schweiß in die Augen, meine Lunge brennt. Das ganze Areal um die Schule ist voll mit Autos. Da ist mächtig was los beim Sommerfest. Meine Extremitäten sind aus Gummi, ich kann nicht mehr bremsen und fahre in eine Reihe abgestellter Fahrräder hinein. Sie fallen wie Dominosteine um. Ich lasse sie liegen.

Es ist niemand zu sehen. Wahrscheinlich sitzen alle in der Aula und hören sich unerträgliche Selbstbeweihräucherungsreden an. Ich gehe durch den Haupteingang. An den Ständen sitzen Schüler und glotzen mich an. Offenbar sind alle im Bilde darüber, was heute Morgen vorgefallen ist. Sie rufen mir etwas hinterher. Ich verstehe kein Wort. Plötzlich steht Philip, der Autist, vor mir. Wo kommt der denn jetzt her? Er schaut mich ernst an und schüttelt den Kopf.

»Philip«, sage ich, »du bist ein guter Junge, aber geh mir jetzt aus dem Weg!«

Er schüttelt wieder den Kopf.

»Manchmal gibt es Dinge, Philip, Dinge, die ein Mann einfach tun muss. Verstehst du?«

Ich schiebe ihn beiseite und laufe in Frau Keil, die sich gerade beim Kuchenbüfett zu schaffen macht.

»Was machen Sie denn hier? Sie dürfen doch...«

Ich stoße sie zur Seite und quetsche mich an den Tischen vorbei in die Aula. Vor mir unzählige Reihen, vollbesetzt mit Eltern, Schülern und Lehrern. Hunderte von Menschen. Vorne auf der Bühne steht die Gallwitzer an einem Rednerpult und spricht in ein Mikrofon.

»Und so haben wir wieder einmal ein erfolgreiches Schuljahr...«

»Entschuldigung, Frau Kollegin!«

Sie hält irritiert inne, während ich an den Zuschauern vorbei nach vorne wanke und das Blatt mit Frau Seligs karrierebeendendem Gutachten wie ein Fahne nach oben halte. Der ganze Saal dreht sich zu mir um.

Die Gallwitzer blickt mich fassungslos an.

»Herr Milford, was ...?«

»Ich habe hier etwas, das Sie unbedingt lesen sollten.«

Jemand zerrt von hinten am meinem Hemd. Es ist Frau Keil.

Ich laufe weiter und ziehe sie hinterher. Mit einer Hand schlägt sie mir auf den Rücken und den Hinterkopf, mit der anderen hat sie sich an meinem Hemd festgekrallt.

Mehrere Hundert Augenpaare verfolgen das Spektakel mit angehaltenem Atem.

»Hier habe ich«, sage ich, als ich schwer atmend die Bühne erreicht habe, »die Beurteilung, die Sie unbedingt wollten.«

»Ja, aber doch nicht jetzt!«, ruft die Gallwitzer entsetzt.

Ihre Lippen werden noch schmaler als sonst.

Frau Keil lässt resigniert von mir ab und hält sich die schmerzende Hand.

»Außerdem habe ich Ihnen doch gesagt, dass Sie ...«

»Es gibt Dinge, die können nicht warten. Ich muss Sie warnen.«

Mein Blick fällt auf Frau Selig. Sie sitzt feist in der dritten Reihe neben ihrem Physik-Gnom und sieht mich erschrocken an.

»Sie ... Sie ...«, beginne ich und zeige auf die Viper, doch da bemerke ich, dass schräg hinter Frau Selig Lisa sitzt, meine Tochter Lisa, und mein Blut gefriert.

Sie hat ihr Gesicht in den Händen vergraben. Mit einem Mal bin ich nüchtern. Was mache ich hier? Neben Lisa sitzt Pascal Faller mit seinem blauen Auge. Und neben ihm Marvin, den Arm in der Schlinge.

»Herr Milford, Sie sind ja betrunken! Sie sind eine Schande für diese Schule und für dieses ...« Die Stimme der Gallwitzer überschlägt sich. Ich bin angezählt wie ein Boxer.

»Jetzt führen Sie sich halt nicht so auf, Sie vom Ehrgeiz zerfressene Person!«

Alle Köpfe wenden sich nach hinten, wo Grünmeier in seinem abgewetzten Anorak aufgestanden ist und Richtung Bühne zeigt.

»Ohne altgediente Kollegen wie Milford würde dieser Laden ganz schnell vor die Hunde gehen, Sie Effizienzjunkie!«

Es ist totenstill im Saal.

»So ein Quatsch!« Die engagierte Verbindungslehrerin springt auf. »Wir, die diese Schule voranbringen wollen, müssen doch immer Rücksicht nehmen auf Ihre Engstirnigkeit und Inkompetenz. Sie ...«

Plötzlich knallt und scheppert es ohrenbetäubend. Am Notausgang steht der Hausmeister. Er hat den Eimer, den er eben noch in der Hand hielt, mit voller Wucht auf den Boden geschleudert. Der Saal dreht sich zu ihm um. Er zieht genüsslich an seiner Zigarette und sagt mit ruhiger Stimme:

»Milford ist der Einzige in dem Laden, der etwas auf der Pfanne hat.«

Und damit schlurft er davon. In seinem grauen Arbeitskittel. Den Eimer lässt er liegen.

»Das ist ja wohl ein Witz!« Fink ist aufgesprungen. »Leute wie Milford und andere ältere Kollegen bremsen doch hier alles aus ...«

»Jetzt aber mal langsam«, schaltet sich Heizmann ein, »ich warne doch davor, das hier zu einem Konflikt der Generationen zu machen.«

»Ich finde Milford cool.«

Poneder ist aufgestanden und reckt einen Daumen in die Höhe. Die Meinung von Jugendlichen ist ein flüchtig Ding. Ich dachte, Poneder hasst mich.

»Milford hat unseren Sohn in den Teich gestoßen, was soll denn daran cool sein? Der gehört verklagt und entfernt!« Ein Mann in Schlips und Anzug steht erregt auf.

»Ihr Sohn ist ein Penner«, schreit Grünmeier den Mann an, »das wollte ich Ihnen sowieso schon lange mal...«

Der Vater des Teichschülers macht einen Satz und packt Grünmeier am Kragen.

»Kollegen, Kollegen«, schreit die Gallwitzer, »lassen Sie uns doch vernünftig...«, aber sie kann ihren Satz nicht beenden, da sie von einem Stück Kuchen voll im Gesicht getroffen wird.

»Wer war das?«, schreit Frau Keil, inzwischen wieder bei Kräften.

»Herr Milford ist ein guter Lehrer, bei dem lernt man wenigstens etwas.«

Julia Weber. Ich bin gerührt.

»Milford steht für Willkür und Amtsmissbrauch...«

*Herr* Gallwitzer darf es sich natürlich nicht nehmen lassen, seinen Senf dazuzugeben.

Frau Keil hat mittlerweile die Bühne gestürmt und wischt den Kuchen aus dem Gesicht der Interimsschulleiterin.

»Daran sind nur Sie schuld! Sie, jawohl!«, keift sie in meine Richtung.

»Frau Keil...« Heizmann beginnt den Satz mit der ihm

eigenen arroganten Lässigkeit, aber Sekunden später muss auch er sich Cremetorte vom Rautenpulli kratzen.

Um Grünmeier und den Teichvater entsteht ein Handgemenge. Personalrats-Schröder will dazwischenhechten, bleibt aber mit seiner Plauze an einer Stuhllehne hängen und geht röchelnd zu Boden. Kuchenstücke fliegen kreuz und quer durch den Raum. Schüler aus meiner achten Klasse bewaffnen sich mit Törtchen und Muffins. Sport-Gerber versucht, auf Schwäbisch für Ruhe zu sorgen: »Leude, Leude, jetzt reißet eich doch ...«, Er kommt nicht weit, ein dicker, unsportlich aussehender Schüler zerrt ihn nach hinten. Vermutlich die Rache für jahrelange Demütigungen im Sportunterricht, denke ich noch, dann erwischt mich eine Faust in den Magen.

Fink steht mit hasserfülltem Gesicht vor mir.

»Das war für die Aktion im Kopierraum, Sie Arschloch!«

Ich bekomme keine Luft. Jemand hilft mir auf.

»Papa, komm!«

Lisa. Meine Rettung.

Eine weitere Hand zieht an mir. Pascal Faller. In Erwartung eines Racheakts seinerseits halte ich die Hände schützend vor mein Gesicht. Aber Faller scheint nichts dergleichen vorzuhaben.

»Kommen Sie, Herr Milford. Wir bringen Sie hier raus.«

»Was zum ...?«

Ich starre Faller an. Dann Lisa.

»Ganz ruhig, Papa. Ich muss dir was sagen.«

Wir weichen herumfliegenden Kuchenstücken aus.

»Pascal ... ist ein Freund. Also, meiner.«

Faller grinst unbeholfen und tritt von einem Bein aufs andere.

Ich verstehe nicht.

Plötzlich weiten sich Fallers Augen, er springt auf mich und reißt mich zu Boden.

»He, was...?«

Ich will wild um mich schlagen, aber dann sehe ich, wie ein Stuhl haarscharf an unseren Köpfen vorbeifliegt. Wer hätte gedacht, dass der Tag dazu führen würde, dass ich noch unter Pascal Faller liege. Unbeholfen stehe ich auf. Faller hat mich gerettet. Ich helfe ihm auf.

»Äh, danke. Faller.«

»Kein Ding.«

Er grinst.

»Herr Milford, Sie sind ein Arschloch, aber ich liebe Ihre Tochter, also habe ich keine Wahl.«

Die Worte sickern zäh wie Teer in mein Bewusstsein.

*L., all of me loves all of you.*

Ich suche nach einer Antwort, aber jemand reißt von hinten an meinen Haaren. Frau Keil. Sie drückt mir ein Stück Torte ins Gesicht und kreischt, wird aber zur Seite gezogen, bevor sie mir noch die Augen auskratzt.

Es ist Marvin, der einarmig Schlimmeres verhindert.

Unter den umherfliegenden Kuchenstücken versuchen wir, zum Seitenausgang zu gelangen. Durch den Sahneschleier kann ich gerade nicht viel erkennen, aber ich muss jetzt unbedingt Licht in Lisas kompliziertes Liebesleben bringen.

»Marvin? Lisa, ich dachte, du bist mit Marvin...?«, keuche ich.

»Was, mit Marvin? Nein! Wie kommst du denn darauf?«

»Na weil der doch dauernd... und dann noch neulich nachts... in deinem Bett?«

Wir retten uns hinter eine Stellwand. Dort steht bereits Philip, als hätte er auf uns gewartet.

Auf die Rückseite der Stellwand hat jemand Karten gepinnt, auf denen mit Edding geschrieben wurde, was einen guten Lehrer ausmacht.

*Ist gerecht*

*Fachlich kompetent*

*Ist motiviert – unterrichtet gerne*

Ich kann nicht mehr weiterlesen, sonst muss ich mich übergeben. Haben vermutlich Praktikanten da aufgehängt. Die Unwissenden!

»Ach was, Papa!«, sagt Lisa. »Das neulich im Bett war doch gar nichts. Der Marvin ist ein Freund. Der hat geholfen, das mit Pascal einzufädeln, weil der so ... schüchtern ist. Und das mit der Übernachtung habe ich dir ja schon erklärt.«

Der Saal ist in Aufruhr. Stühle fliegen durch die Luft. Menschen schreien aufeinander ein. Packen einander an den Krägen. Fäuste werden geschwungen. Am Mikrofon versucht die Gallwitzer verzweifelt, Herrin der Lage zu werden.

»Liebe Eltern ... Kollegen ... Bitte!«

Was sich hier entlädt, sind jahrelanger Frust und gegenseitige Abneigung zwischen Eltern und Lehrern. Da werden alte Rechnungen beglichen, ganz klar. Es ist auch die Chance für manche Eltern, jahrelang angestautem Zorn über andere Eltern Luft zu machen, diesen Besserwissern und Klugscheißern, diesen Angebereltern, die schon in der Krabbelgruppe damit prahlen, was ihr Kind alles kann.

Und natürlich bietet sich hier und jetzt die Gelegenheit für Kollegen, anderen Kollegen mal deutlich zu zeigen, was sie von ihnen halten. Lehrerinnen ziehen sich gegenseitig an Haaren und Holzketten. Filzjacken fliegen durch die Luft. Heizmann und Personalrats-Schröder schreien aufeinander ein und stoßen sich abwechselnd gegenseitig auf die Brust. Grünmeier hüpft grinsend durch den Raum und tritt jedem, der ihm zu nahe kommt, in den Hintern. Schade nur, dass der Heller das nicht miterleben kann. Das hätte ihm Spaß gemacht.

Lisa gibt Faller einen Kuss auf die Wange.
»Faller, du bist schüchtern? Seit wann?«
Wollen die mich verhohnepiepeln?
»Deshalb war er ja auch noch nie bei uns. Weil er weiß, dass du ihn nicht leiden kannst. Ich wollte es dir sagen, aber du bist immer so stur und immer gleich auf 180. Mit dir kann man einfach nicht reden.«
Ich weiß nicht, was ich sagen soll.
»Lisa ... Es tut mir leid. Ich werde mich ändern. Versprochen!«
Mein Blick fällt auf Marvins bandagierten Arm.
»Marvin, ich ...«
Er grinst schief.
»Schon gut, Herr Milford.«
»Aber was wolltest du denn überhaupt an meinem Fenster?«
»Ich hab die Fenster verwechselt. Lisa und Pascal haben sich gestritten, und ich wollte ihr eine Nachricht überbringen ...«
»Wer ist eigentlich das da?«, fragt Lisa und zeigt auf Philip, der sich unsere Familiengeschichte interessiert angehört hat.
»Der gehört zu mir«, sage ich, ohne zu wissen, warum,

und auf drei rennen wir zum Notausgang und auf den Schulhof. Drinnen tobt die Apokalypse weiter. Vor der Tür steht rauchend der Hausmeister, klopft mir auf die Schulter und lacht heiser.

»Sehr gut, Milford. Das ist wenigstens mal ein Sommerfest! Hut ab!«

Ich bin schweißgebadet und völlig außer Atem. Ich schnappe nach Luft, die Hände auf den Oberschenkeln aufgestützt.

»Pascal, das mit deinem Auge ... war ich das?«
Er nickt.
»Ihre Kreidebox, genaugenommen.«
»Entschuldige.«
»Kein Ding.«

Marvin und Faller. Die sind ja gar nicht so daneben, wie ich immer dachte.

Habe ich mich so getäuscht?

Eine Frau und ein Mann stolpern durch die Tür nach draußen. Beide eher kleinwüchsig. Die Frau deutlich übergewichtig. Fett, geradezu. Mareike Selig und ihr spätreifer Gespons.

»Sieh an«, empfange ich sie, irgendwie euphorisiert durch die aktuellen Ereignisse.

»Frau Selig und ihr Troll! Oder sollte ich lieber Mareike sagen?«

»Wie haben Sie mich gerade genannt?« Mareike Seligs Freund will auf mich losgehen, aber meine beiden neuen Bodyguards ringen ihn zu Boden.

»Und du«, ich zeige auf Mareike Selig, »bist wirklich die intriganteste und durchtriebenste Person, die mir jemals untergekommen ...«

»Ja, was soll ich denn machen?«, schreit sie mich an.

»Wer ist *das* denn?«

Fink steht in der Tür und zeigt auf den Troll, schaut dabei aber Frau Selig an.

Ihr Zorn weicht etwas anderem. Verlegenheit?

»Ich dachte, du hättest mit ihm Schluss gemacht?«

»Jan, ich ...«

Ich schaue von Frau Selig zu Fink und wieder zurück. Fink zittert richtig.

»Mareike, du hast doch ... War das alles ...?«

Langsam dämmert mir, was hier geschieht.

»Tja, Finki«, sage ich lässig und klopfe ihm auf die Schulter. »Dass wir beide mal im selben Boot enden würden, hättest du auch nicht gedacht, was?«

Er starrt mich entgeistert an.

»Aber jetzt sagen Sie mal, Frau Selig, was soll das alles?«, erkundige ich mich ehrlich neugierig. »Wer geht denn so weit, nur um Lehrer zu werden? So, wie Sie sich ins Zeug gelegt haben, könnte man ja meinen, es handelt sich um die Hauptrolle in einem Hollywoodfilm oder so.«

»Ja, das würde mich auch mal interessieren?«, fragt Fink.

»Herr Fink würde das auch gerne wissen, Frau Selig«, ergänze ich sicherheitshalber.

Mareike Seligs Gesichtsausdruck wechselt von wütend zu verzweifelt. Ihre Augen füllen sich mit Tränen.

»Sie ist schwanger«, informiert uns ihr Freund.

Wir glotzen ihn verblüfft an.

»Ja und?«, frage ich völlig ratlos.

»Na ja, ich habe eine Doktorandenstelle hier an der Uni. Wir wollen hier nicht weg. Aber hier will ja jeder bleiben nach dem Referendariat. Außerdem, so eine tolle Altbauwohnung in diesem schönen, ruhigen Viertel, wo die ganzen Lehrer wohnen, finden wir doch nirgends sonst. Parkettboden! Aber es gibt ja fast keine Stellen. Nur für die Allerbesten. Sie ist im dritten Monat. Das Schuljahr ist fast um. Sie dachte, sie könnte mit einer guten Note direkt hier in der Stadt eine Stelle bekommen und erst dann die Schwangerschaft melden. Dann wäre sie auf Probezeit verbeamtet und bekäme fast ihr volles Gehalt...«

Mareike Selig blickt dankbar zu Ferdi. Dann zu mir und zu Fink und wieder zu Ferdi.

Ich haue Fink auf die Schulter.

»Na das ist doch eine völlig plausible Begründung, oder, Finki, da haben wir uns doch gerne geopfert, für diese gute...«

»Harry?«

Karen steht vor uns. Karen!

Wo kommt die denn jetzt her?

»Mama!« Lisa rennt auf sie zu und umarmt sie.

Ich gehe auf sie zu. Sie ist wunderschön. Das ist mir schon lange nicht mehr so deutlich aufgefallen. Und was sie für eine tolle Figur hat. Vor allem im direkten Vergleich zu Mareike »Presswurst« Selig. War das viele Walken doch für etwas gut.

»Karen, ich...«

»Lisa hat mir erzählt, was heute Morgen in der Schule passiert ist. Ich dachte mir, dass du heute Abend hier aufkreuzt. Du warst bei Stefan, oder? Ich habe versucht, dich dort zu erwischen, um das hier...«, sie zeigt in die Aula, »zu verhindern.«

Wärme durchströmt mich.

Karen. Ich Idiot!

Wie konnte ich nur vergessen, dass Karen kein Irrtum war. Dass Karen von Anfang an ein Wunder war.

Einem Impuls folgend falle ich ihr um den Hals.

»Harry, du stinkst...«

»Mama!«

»Jaja, war doch nur ein Witz. Na ja, ein wenig.«

Da entdeckt Karen Mareike Selig, die immer noch wie angewurzelt dasteht.

Ich blicke von Karen zu Frau Selig und wieder zurück zu Karen. Zwischendurch mal noch zu Fink und zu Philip, dem Autisten und dann wieder zurück zu Karen. Ich glaub, ich hol mir noch ein Schleudertrauma, nur vom Gucken.

Karen schaut nur, sagt nichts. Irgendwann hält Frau Selig ihrem Blick nicht mehr stand und sieht zu Boden. Ein leises Lächeln umspielt Karens Mund.

Sie löst ihren Blick, geht zu Lisa und umarmt sie. Dann streicht sie Pascal und Marvin über den Kopf.

Da stehen wir. Überlebende in einem gnadenlosen Kampf. Ich gebe Faller und Marvin die Hand und nehme Lisa in den Arm.

»So!«, sagt Karen und klatscht in die Hände. »Kommt. Wir gehen nach Hause. Ich mach uns was Leckeres im Wok.«

# Die Zukunft ist auch nicht mehr das, was sie mal war, Teil 2

»Herr Milford? Hallo? Herr Milford?«

Ich schrecke auf. Ich stehe immer noch im Klassenzimmer mit dem Rücken zur Klasse und sehe zum Fenster hinaus. Als ich mich umdrehe, starren mich dreißig Augenpaare neugierig an.

Hinter mir steht Theresa.

»Alles in Ordnung mit Ihnen? Sie sind ganz bleich. Und verschwitzt. Haben Sie einen Herzinfarkt? Sollen wir Herrn Grünmeier Bescheid sagen?«

»Nein, bloß nicht«, sage ich verwirrt. Ich blinzle hektisch. »Äh, jaja, alles gut. Seid ihr fertig?«

»Hier.«

Sie zeigt stolz auf das Ergebnis einer Gruppenarbeit.

»Sieht gut aus. Super Poster. Alles drin. Habt ihr toll gemacht.«

Ich schaue mir die anderen Plakate an. Alle Gruppen sind fertig geworden. Ich muss eine ganze Weile abwesend gewesen sein. Um Gottes willen, was war das? So einen luziden Tagtraum hatte ich noch nie, ich wusste gar nicht, dass es das gibt.

Ich nicke den Schülern zu und checke die Uhrzeit. Postervorstellung lohnt sich nicht mehr.

»Wisst ihr was? Wir machen Schluss für heute.«

Zufriedenes Murmeln.

»Haben wir was auf?«

»Nö, ihr habt gut gearbeitet. Hausaufgaben werden eh überschätzt.«

»Cool, Herr Milford.«

So, Feierabend für heute. Zu Hause muss ich mich erstmal hinlegen, ich bin total erschöpft. Meine Knie zittern. Wie in Zeitlupe gehe ich durch den Gang zum Lehrerzimmer.

Ich sehe Mareike und Jan Fink, meine Referendarskollegen auf der Bank am Teich sitzen. Sie ist zwar einen Tick zu klein und auch etwas zu ehrgeizig, aber ich freue mich immer, wenn ich sie sehe. Ich finde die ziemlich süß. Aber ihn kann ich gar nicht leiden. Eingebildeter Depp. Macht immer auf supercool und ist in Wirklichkeit wahnsinnig besserwisserisch. Das wird mal so ein richtiger Oberlehrer. Ist er eigentlich jetzt schon.

»Tag, Frau Gallwitzer.«

»Ach, Herr Milford, Sie denken an Schulkunde morgen, gell, nicht, dass Sie das wieder versäumen...«

Soll ich ihr zum fünften Mal sagen, dass ich beim Arzt war? Ach, was soll's, ich mach mich doch nicht zum Affen wegen der. Da kommt der Heller, der ist okay.

»Na, Herr Milford, alles im Lot auf'm Riverboot? Sie sehen blass aus. Haben Sie einen Zombie gesehen?«

»Ehrlich gesagt, ja. Kein Spaß, sag ich Ihnen.«

Er schaut mich ernst an.

»Ich weiß, ich weiß. Na dann, erholen Sie sich gut.«

So, jetzt aber nichts wie weg.

»Ach, Herr Milford?«

Oh nein, die Verbindungslehrerin. Was will die jetzt?«

»Wegen der Aufsicht morgen beim Sommerfest, könnten Sie nicht doch die letzte Schicht übernehmen, von 23 Uhr bis halb zwei? Ist spät, ich weiß, aber da haben wir noch niemanden.«

»Klar, Frau Verbindungslehrerin, mach ich!«

»Oh super, Sie sind ein Schatz.«

Sicher, weiß ich doch.

Die Sechser kommen mir krakeelend entgegen.

»Herr Milford, haben Sie unsere Aufsätze schon korrigiert?«

»Nein, Justin, das mach ich heute.«

»Cool, Herr Milford.«

Na ja, denke ich. Ich glaube nicht, dass du das morgen auch noch sagen wirst.

»Und Justin, steck das Smartphone ein, sonst muss ich es dir abnehmen.«

Ich laufe an Grünmeier vorbei, der geistesabwesend mit seinen Gesundheitsschlappen aus dem Rot-Kreuz-Zimmer kommt, und passe beim Sekretariat auf, dass mich Frau Keil nicht durch die geöffnete Tür sieht, sonst bekomme ich wieder einen Rüffel, weil ich das Geld für die Workbooks immer noch nicht abgeliefert habe.

Im Lehrerzimmer finde ich auf meinem Platz schon wieder ein Beitrittsformular für den Philologenverband, samt Post-it mit Heizmanns persönlicher Widmung. Ich lege es auf den Stapel mit all dem anderen Kram, um den ich mich bei Gelegenheit mal kümmern will, nehme meine Jacke vom Stuhl und fahre nach Hause.

Lisa kommt auf mich zugekrabbelt.

»Mama, Papa kommt«, kräht sie, und ich freue mich wieder einmal, wie gut sie mit ihren zwölf Monaten schon spricht.

Ich hebe sie hoch und küsse sie auf die Wange.

»Bart kratzt.«

»Jaja, das sagt die Mama auch immer«, murmle ich. »Wo ist denn die Mama?«

»Da.« Sie zeigt Richtung Küche.

Karen ist gerade dabei, Gemüse zu schnippeln.

»Und, wie war dein Vorstellungsgespräch?«, frage ich sie und gebe ihr einen Kuss.

»Super, diese Rita ist total nett. Sie will sich bis Ende der Woche melden.«

»Gut.«

Eine fürchterliche Erinnerung an meinen Tagtraum durchfährt mich, doch ich schüttle sie ab und hebe stattdessen den Deckel des Woks hoch.

»Hmmm, schon wieder asiatisch. Lecker.«

»Wieso schon wieder?«

»Das gab es doch vorgestern schon.«

»Echt, weiß ich gar nicht mehr. Und wie war dein Tag?«

»War okay. Ich hatte allerdings einen so ...«

»Ach du?«, unterbricht mich Karen. »Ich hab dir hier einen Einkaufszettel gemacht, könntest du das heute noch besorgen?«

Ich denke daran, dass ich morgen vier Stunden habe, die vorbereitet sein wollen, und an die Aufsätze, von denen ich gehofft hatte, sie heute fertig korrigieren zu können. Na ja, das kann warten.

»Klar, mach ich.«

Bevor ich aufdecken kann, muss ich den Esstisch von Büchern und Zeitschriften freiräumen. Karen liest immer noch *Der Alchimist*. Na gut, wenn es ihr etwas gibt.

Nicht viele meiner Referendarskollegen haben schon Kinder. Lehrer bekommen ja heute gerne mal mit weit über dreißig das erste Kind, wenn die Lebensplanung in trockenen Tüchern und die Verbeamtung durch ist. Da waren wir etwas schneller. Nicht ganz absichtlich allerdings. Aber so ist es jetzt, und es ist schön. Anstrengend, aber schön. Karen konnte gerade noch ihr Heilpädagogikstudium abschließen. Allerdings ist das Geld etwas knapp. Es gibt keine Eltern, die uns unterstützen, wie bei den meisten anderen. Aber wenn es mit dem Job bei dieser Rita klappt, dann kommen wir ganz gut über die Runden.

»Heute wollte Steffi mal vorbeikommen«, ruft Karen aus der Küche.

Oh Gott, denke ich. Ihren gestörten Sohn Marvin lässt sie hoffentlich zu Hause. Was für ein anstrengendes Nervkind.

»Bringt sie Marvin mit?«

»Klar, meinst du, die lässt den zu Hause?«

Besser wär's, denke ich.

»Marvin kommt, Marvin kommt«, singt Lisa.

»Na Gott sei Dank bin ich im Edeka«, sage ich.

»Ach komm, hör auf. So schlimm ist der gar nicht. Sie setzt ihm halt zu wenig Grenzen, aber eigentlich ist das ein ganz Lieber.«

Innerlich schüttle ich den Kopf, und kalte Schauer jagen mir über den Rücken bei der Erinnerung an meinen Tagtraum.

Ich überlege, ob ich mal Stefan anrufen soll, wir wollten schon lange mal wieder was trinken gehen. Aber andererseits bin ich heute Abend wahrscheinlich heilfroh, wenn ich um neun vor dem Fernseher einschlafen kann.

»Harry?«, ruft Karen aus der Küche. »Ich wollte heute Abend mit dem Peter was trinken gehen. Wäre das okay für dich? Er fährt doch bald nach Indien.«

Das Bild einer Brezel wabert vor meinem geistigen Auge vorbei.

Damit hat sich das mit Stefan erledigt. Einer muss bei Lisa bleiben.

»Jaja, mach nur.«

Hoffentlich ist der Peter bald weg. Ich mag ihn nicht. Und ich mag nicht, dass er sich so offensichtlich für Karen interessiert und sie so tut, als irre ich mich.

Aber wenn Karen heute Abend weggeht und ich früh einschlafe, laufen wir wenigstens keine Gefahr, gleich schon wieder schwanger zu werden. Das wäre mir jetzt auch wirklich etwas zu viel.

**Von:** Gallwitzer_Merkensorg@schillergymnasium.de
**An:** harrymilford@web.de
**Gesendet:** 14.07.2014 / 11:17
**Betreff:** Ihr Attest

Lieber Herr Milford,
eben finde ich Ihr Attest von der letzten Woche. Sie waren ja tatsächlich für Schulkunde entschuldigt. Vielleicht haben Sie es ins falsche Fach gelegt?
Herzliche Grüße,
S. Gallwitzer-Merkensorg



**Von:** verbindungslehrerin@arcor.de
**An:** harrymilford@web.de
**Gesendet:** 15.07.2014 / 16:18
**Betreff:** Aufsicht beim 24-Stunden-Lauf

Lieber Herr Milford,
ich habe ganz vergessen, Sie zu fragen: Nächste Woche ist ja unser alljährlicher 24-Stunden-Lauf. Die laufenden Schüler bräuchten von vier bis sechs Uhr morgens noch Unterstützung am Verpflegungsstand. Überlegen Sie es sich doch bitte einmal. Es ist schließlich für eine gute Sache. Wir zählen auf Sie!
Schöne Woche.
Ihre Verbindungslehrerin

**Von:** m.selig@googlemail.net
**An:** harrymilford@web.de
**Gesendet:** 16.07.2014 / 11:17
**Betreff:** Hospitieren & Lerngruppe

Lieber Harry,
sag mal, ich wollte dich fragen, ob ich vielleicht am Montag mal bei dir hospitieren darf. Du unterrichtest doch die 11er, oder? Ich brauche mal ein paar neue Ideen. Außerdem, hättest du Lust, dass wir mal zusammen auf Schulrecht lernen? Jetzt sind ja bald die Prüfungen.
Grüße,
Mareike



**Von:** jan.fink@yahoo.com
**An:** harrymilford@web.de
**Gesendet:** 17.07.2014 / 17:14
**Betreff:** Party oder Abschwächeln?

Harry,
morgen Abend in die Stadt feiern? Oder musst du bei der Family sein, Kindis ins Bett bringen und so? Lass mal locker. Man muss auch mal entspannen, gell?
Stay rebel,
Jan

**Von:** heizmann-geschichte@gmx.de
**An:** harrymilford@web.de
**Gesendet:** 18.07.2014 / 07:24
**Betreff:** Beitritt in den Philologenverband

Sehr geehrter Herr Milford,
ich habe Ihnen noch mal ein Formular für den Philologenverband auf den Platz gelegt. Überlegen Sie sich das. Die Vorteile liegen auf der Hand. Gerade für Sie als Referendar. Ich sage nur: Schlüsselversicherung! Und natürlich unterstützen wir Sie nach Kräften bei der Stellensuche nach dem Referendariat. Es wäre fahrlässig, diesen Service nicht zu nutzen. Zumal wir auch sinnvolle Fortbildungen anbieten, erst neulich wieder zum Thema *Lehrerpersönlichkeit*. Schauen Sie doch mal in unseren Prospekt. Unsere Tagungsstätte ist auch sehr idyllisch gelegen. Überlegen Sie sich das!
Mit kollegialem Gruß,
Heizmann

**Von:** stefan.meisner@web.de
**An:** harrymilford@web.de
**Gesendet:** 18.07.2014 / 23:17
**Betreff:** Lehramtsgesamtscheiße

Lieber Harry,
ich habe mich endgültig entschieden: Ich schmeiße das Referendariat hin. Gründe eine Band, gebe Gitarrenunterricht, was weiß ich. Unser Gespräch unlängst hat mich bestärkt. Die Macht der Abschreckung! Danke noch mal. Demnächst mal wieder einen gepflegten Whisky? Bei mir? Vielleicht wenn Andrea mal nicht da ist, oder?
Bis bald.
Stefan

**Von:** Horkheimer@dozent-seminar.de
**An:** harrymilford@web.de
**Gesendet:** 19.07.2014 / 11:17
**Betreff:** Beratungsprotokoll Ihrer gestrigen Stunde

Sehr geehrter Herr Milford,
anbei, wie besprochen, noch eine schriftliche Zusammenfassung unseres Beratungsgespräches.
Inhaltlich haben Sie das Thema durchdrungen, und auch der Lehrplanbezug war gut nachvollziehbar. Methodisch müssen Sie jedoch in Zukunft schülerzentrierter agieren. Insgesamt finden zu viele Phasen im Plenum statt, Ihr Sprechanteil ist viel zu hoch. Es ist auch keine Lösung, immer nur die einzige Schülerin dranzunehmen, die sich meldet, und alle anderen zu ignorieren. Ihre Unterrichtsziele erreichen Sie zwar, jedoch vor allem deduktiv, wobei sich die Frage der Nachhaltigkeit stellt. Viel zu viele Fragen beantworten Sie am Ende selbst. Der Vorteil dieser Technik ist allerdings, dass fast alle Antworten richtig waren.
Unterschätzen Sie auch nicht die Funktion eines guten Einstiegs, der die Schüler_innen dort abholt, wo sie stehen, nicht dort, wo Sie stehen, was in Ihrem Fall ja eingeklemmt zwischen Lehrerpult und Tafel war, während die Schüler_innen ja genaugenommen saßen. Zu Ihrer Verteidigung habe ich mich allerdings gefragt, ob dieser schlauchförmige Raum sich nicht sowieso viel besser als Bowlingbahn eignen würde.
Zu entwickeln ist bei Ihnen der Bereich Auftreten/Lehrerpersönlichkeit:
Hier sollten Sie noch etwas an sich arbeiten. Generell sollten Sie versuchen, die Schüler mehr zu loben, auch wenn

es dafür in der Stunde beim besten Willen keinen Grund gab.

Zeigen Sie Ihre Abscheu für einzelne Schüler in der Klasse nicht ganz so deutlich, auch wenn Ihre Gefühle hier völlig nachvollziehbar sind.

Noch ein Tipp: Verzichten Sie doch in Zukunft auf jeglichen Medieneinsatz. Meistens sind die Geräte sowieso kaputt, und Sie wirken, ehrlich gesagt, auch sehr überfordert damit.

Sie stehen insgesamt recht souverän vor der Klasse, wirken aber etwas angespannt und fahrig, teilweise fast lustlos. Schlafen Sie genug?

Im Vertrauen: Machen Sie sich doch mal wieder einen schönen Abend mit Ihrer Frau: Kerzen, Weinchen, lecker Essen. Und danach ... Wir verstehen uns, gell?

Insgesamt sehe ich Sie aber auf einem guten Weg. Das wird, Herr Milford, das wird. Durchhalten: Bald sind Sommerferien.

Mit freundlichem Gruß,
Horkheimer

# Mein Dank geht an:

Tina und Zoë für alles.

Tanja Weber, Gero Eggers (»Eine Schlägerei am Ende ist immer eine prima Sache«), Roswita Esther, Britt Schilling für all die tollen Fotos, Lilli Schilling und Pilli Mauch, Dominikus Probst, Karl Willmann, Martin Wangler, Kai Gathemann, Frank Zimmermann und Tobias Schwab.
Meine beiden Chefs, Herr Moser und Herr Frommhold für ihre wohlwollende Unterstützung und ihren Humor.
Alle Kollegen an meiner Schule und am Seminar für Lehrerbildung Freiburg für Ideen, Anregungen und Interesse. Alle Schüler für ihre manchmal unfreiwillige, oft aber freiwillige Inspiration.
Regina Leonhart, Martin Wiedemann und das Vorderhaus Freiburg, sowie alle anderen Veranstalter des *Klassenfeinds* für ihr Vertrauen.
Alle, die durch ihr Lachen und ihren Applaus bei den Veranstaltungen dafür gesorgt haben, dass der Roman tatsächlich irgendwann fertig wurde.
Und ein ganz fettes Danke an Jess Jochimsen, ohne den Sie diesen Roman nicht in dieser Form in Händen halten würden.

Für alle Lehrer, denen es gelingt, sich das Feuer zu bewahren!

www.tropen.de

Jasmin Ramadan
**Kapitalismus und Hautkrankheiten**
Roman

218 Seiten, gebunden
mit Schutzumschlag
ISBN 978-3-608-50121-6

»Satirischer Witz und ein scharfer Blick auf die Lebensumstände der Partygesellschaft« *Ralf Sziegoleit, Frankenpost*

Teresa Kugler, Schauspielerin und Gelegenheitsmodel, ist Anfang dreißig, bildschön und erfolglos. Sie möchte mit ihrem Leben endlich ins Reine kommen. Dabei ist ihre prominente Mutter keine Hilfe, auch der Stubenhocker-Vater macht alles nur noch schlimmer. Ihr Zwillingsbruder gibt ihr schließlich einen Hinweis auf ein Familiengeheimnis.

www.tropen.de

Charlotte Förster,
Justus Loring
**Der moderne Spießer**
Beobachten, erkennen, bestimmen

160 Seiten, gebunden
mit 25 Illustrationen von
Henry Büttner
ISBN 978-3-608-50320-3

## Es gibt sie noch, die guten Bücher.

Wer Qualitätsarbeit zu schätzen weiß ... Wer einen Blick für das Besondere hat ... Wer die Haptik und den Duft bedruckten Papiers liebt – der wird dieses Buch nicht missen wollen. Ein liebevoll zusammengestelltes Panoptikum der Spießigkeit, auf berückende Weise veredelt durch ausgesuchte Humorbestandteile und feinste kulturelle Anspielungen. In jedweder Hinsicht ein Gewinn!

www.tropen.de

Kathy Benjamin
**Begräbnisse zum Totlachen**
Die durchgeknalltesten Bestattungen aller Zeiten

Aus dem Amerikanischen von Dieter Fuchs
206 Seiten, Flexcover, mit Illustrationen von Mario Zucca
ISBN 978-3-608-50326-5

»Ich möchte im Schlaf sterben wie mein Vater und nicht schreiend wie seine Passagiere.«

Wie das Leben nach dem Tod so weitergeht, mag im Verborgenen bleiben, aber immerhin hat Kathy Benjamin für uns die schrägsten und komischsten Rituale rund ums Sterben ausgegraben. Die über 100 unglaublichen Geschichten sind nicht nur todernst und zum Totlachen, sondern auch voller faszinierender Fakten und Informationen.